Ferdinand Kleophas

# Schauernovellen

Beide Bände von 1843 in einem Buch

Ferdinand Kleophas: Schauernovellen. Beide Bände von 1843 in einem Buch

Erstdruck in zwei Bänden: Leipzig, F. Peter, 1843

Neuausgabe
Herausgegeben von Karl-Maria Guth
Berlin 2019

Der Text dieser Ausgabe wurde behutsam an die neue deutsche Rechtschreibung angepasst.

Umschlaggestaltung von Thomas Schultz-Overhage

Gesetzt aus der Minion Pro, 11 pt

Die Sammlung Hofenberg erscheint im
Verlag der Contumax GmbH & Co. KG, Berlin
Herstellung: BoD – Books on Demand, Norderstedt

ISBN 978-3-7437-3117-2

Bibliografische Information der Deutschen Nationalbibliothek

Die Deutsche Nationalbibliothek verzeichnet diese Publikation in der Deutschen Nationalbibliografie; detaillierte bibliografische Daten sind im Internet über www.dnb.de abrufbar.

# Inhalt

# Erster Band

## Die Schachpartie mit dem Teufel

Der Herr von Clairmarais war auf der Jagd seit der Stunde der Frühmetten. Die Burgfrau, seine Gemahlin, vertrieb sich die Langeweile eines Herbstabends in ihrem Betzimmer, einen gewirkten Schleier zu sticken, ein köstliches Gewebe, das bestimmt war zum Schmuck der wunderbaren Jagd des hochseligen, heiligen Bertin. Ihre Kammerdamen arbeiteten schweigend, sie im Zirkel umgebend, denn ihre Herrin war zu stolz mit ihren Untergebenen zu schwatzen, und selbst nur ihnen zu erlauben, die Stimme zu erheben vor ihr, wenn sie sie nicht fragte.

Seit einer Stunde hatte der Wind aufgehört, die letzten Töne der Feierabendglocke der benachbarten Stadt nach dem Schlosse herüberzutragen, als man plötzlich am Ausfallstor des Schlosses den Ton eines Hornes vernahm. Es war in diesem Tone etwas Fremdartiges und Wildes, was die Burgfrau und ihre Frauen erzittern ließ. Ein Page ging zu sehen, was da wäre, und kam zurück mit der Meldung, dass ein vornehmer Ritter, der sich Brudemer nenne, um Obdach bitte.

Wenn ein armer Bauer in Lebensgefahr um Erbarmen stehend am Rand des Graben gestanden hätte, so würde die Herrin nicht daran gedacht haben, ihm die Burg zum Asyl öffnen zu lassen; ein andres aber war es mit einem vornehmen Herrn. Sie gab Befehl, dass man ihn ins Schloss lasse und dann bei ihr einführe.

Sie schickte sich unterdessen an, ihm der Sitte gemäß, mit eignen Händen den Trank zu bereiten, den man seinen Gästen zum Zeichen des Willkommen reichen musste. Sie hatte noch nicht ganz das Getränk in einen silbernen Becher gegossen, als Brudemer von dem Pagen eingeführt wurde. Er näherte sich der Burgfrau mit jener einnehmenden und edlen Höflichkeit, die einem Ritter von hohem Stande eigen ist und dankte zuerst der Dame höflich für die Gastfreundschaft, die sie ihm erteile.

»Ich habe mich verirrt in dieser Gegend«, sagte er. »Eben erst verwünschte ich noch die Hitze meines Jagdrosses, das mich, von meinen Jägern trennend, in Sümpfe und Schluchten und das tiefste Dickicht des Waldes trug; aber seit ich das Glück habe, in der Nähe einer so wunderbar schönen Dame zu atmen, kenne ich keine Ermüdung, keine Gefahren, keine Unruhe mehr.«

Bei der ersten Anrede hatte die Stimme des Fremden etwas Hartes und Unbiegsames, was er jedoch bald durch die honigsüße Grazie seiner Reden vergessen ließ.

Die Gesellschaftsdamen, welche sich nach Sitte und Brauch in die Tiefe des Saales zurückgezogen hatten, so dass sie sahen was vorging, ohne jedoch zu hören, was man da sprach, machten sich ganz heimlich untereinander auf den reichen Anzug Brudemers, die Eleganz seines Wesens und Benehmens, die Regelmäßigkeit seiner Züge und den wilden Ausdruck seines Feuerblickes aufmerksam. So war es nicht zu verwundern, dass die Burgfrau einen unerklärlichen Reiz in der Gesellschaft ihres Gastes fand, sie, die keine andern Gefährtinnen hatte, als Vasallen ohne Geburt, deren Gespräche sich auf lange Erzählungen von Schlachten und Turnieren beschränkten, die sie unter dem alten Herren, ihrem Gemahle, der ein besserer Haudegen als liebenswürdiger Galanthomme war, erlebt hatten.

Mit Geschicklichkeit von seiner Überlegenheit Nutzen ziehend, stand Brudemer nicht an, in seine Reden etwas mehr Schmeichelhaftes und Zärtliches zu mischen, als selbst die ritterlichen Sitten der Zeit es erlaubten. Die Burgfrau, sonst so zurückhaltend und stolz, hörte, von einer ungekannten Macht besiegt, ohne Zorn, hernach bald mit einer immer wachsenderer Teilnahme die süßen Reden des Fremden.

Indem dieser sich dann ungezwungen so setzte, dass er die Herrin den Blicken ihrer Frauen entzog, bemächtigte er sich einer Hand, die ihm nicht entzogen ward, und führte sie zärtlich an seine Lippen, dann berührte sein Knie zärtlich das zitternde Knie der Dame.

Es würde schwer sein, die Gefühle der Burgfrau zu beschreiben. Ein verzehrendes höllisches Feuer ergoss sich durch ihre Adern; es zog ihre Stirn zusammen und beengte ihre Brust. Sie fühlte nichts von jenem süßen Schmachten, von jener unaussprechlichen Trunkenheit, den zarten und grausamen Symptomen der Liebeskrankheit: Es war vielmehr die Angst, der kalte Schweiß eines sterbenden Sünders; es war die schreckliche Betäubung eines Pilgers, der den tödlichen Blick eines Basilisken auf sich geheftet sieht.

In ihrer Verwirrung ließ die Frau von Clairmarais das Gewebe fallen, an welchem sie stickte. »Ach wenn man mir das Geschenk einer solchen Schärpe gewährte«, sagte Brudemer; »wenn die Dame, deren schöne Hände sie gefertigt, mich zu ihrem Ritter wählte, wie viel Lanzen wollte ich zu ihren Ehren brechen, im Turnier und in Schlachten.«

Sie hob die Schärpe mit einer zuckenden Bewegung auf und sagte zu ihm: »Hier ist sie.«

Brudemer führte die Schärpe zu seinen Lippen, um ein schreckliches Lächeln zu verbergen, das er nicht unterdrücken konnte … Aber er warf sie plötzlich schaudernd von sich, wie wenn sie von Feuer gewesen wäre, denn der Burgherr hatte sie ja am selben Abende nach der Vesper mit vom Weihwasser noch feuchten Händen besichtigt.

Nachdem der Fremde sich jedoch bald von seiner Bestürzung wieder erholt hatte, näherte er sich der Burgfrau noch mehr und sprach mit leiser Stimme:

»Ich bin bis zu Euerem Schlosse von einem Greise geführt worden, welcher große Eile hatte, dem Herrn von Clairmarais zu begegnen. Er erwartet ihn an der Hintertür, um ihm ein Geheimnis zu offenbaren, welches Euch betrifft.«

Die Burgfrau erblasste bei diesen Worten.

»Ich habe mich«, fuhr Brudemer fort, »von den Beweggründen unterrichtet, welche ihn treiben, Euren Gemahl mit so großer Eile zu suchen. ›Ich will ihm‹, wiederholte er mir, ›ein Geheimnis offenbaren; ein Geheimnis, das eine große Veränderung in dem Schlosse Clairmarais herbeiführen wird. Die Herrin hat mich schimpflich vom Schlosse gejagt und mir mit dem tiefsten Kerker gedroht, wenn ich dahin zurückkehrte. Die Undankbare, ich will sie ihrer Titel und Reichtümer, worauf sie so stolz ist, bald entkleiden.‹

Da ich seinen Drohungen keinen Glauben beimessen wollte, erzählte er mir, dass seine Frau Amme der Tochter des Grafen von Erin gewesen sei; dass der Säugling gestorben wäre, ohne dass irgendjemand, er ausgenommen, es gewusst hätte; dass er Euch, Euch seine eigene Tochter in die Wiege der jungen toten Gräfin gelegt habe und dass Ihr erzogen und verheiratet worden wäret, wie die Tochter des Grafen von Erin. Er hat mir viele und unwiderlegliche Beweise seines Betruges gegeben.

Ist dieses Geheimnis einmal enthüllt, wird der Herr von Clairmarais nicht zögern, eine Vasallin, die Tochter eines unedlen Sklaven, der ihn betrogen, zu verstoßen.«

Die Burgfrau rang in Verzweiflung die Hände.

»Höret«, sprach Brudemer mit noch leiserer Stimme, doch so, dass die Frau von Clairmarais nicht ein einziges seiner Worte verlor, »höret: Der Greis schläft, in seinen Mantel gehüllt, an der Schwelle des Schlupftores; dieser Dolch … Kommt.«

»Mein Vater …!«

»Nein, Ihr habt recht«, erwiderte Brudemer mit höhnischer Kälte. »Wer weiß, man wird vielleicht aus Mitleid Euch unter die Gesellschaftsdamen der neuen Herrin von Clairmarais aufnehmen. Im schlimmsten Falle wird man Euch das schöne Haar rauben, in ein Kloster sperren ...«

Die Burgfrau erhob sich hastig, verbot mit einer Handbewegung ihren Frauen, ihr zu folgen, und gab Brudemer den Arm. Beide nahmen den Weg nach dem Schlupftor.

Nachdem der Herr von Clairmarais den ganzen Tag gejagt hatte, sehnte er sich zurück nach dem häuslichen Herd, nach der schönen Burgfrau, seiner Gemahlin.

Er hatte so viel Eile, recht bald dahin zu kommen, dass er seinen Jägern um einige Schritte vorausritt. Plötzlich will sein Pferd nicht weiter, bäumt sich und gibt alle Zeichen eines großen Schreckens. Der alte Herr ist gezwungen abzusteigen. Ach, welche grässliche Überraschung; der Pflegevater seiner Gemahlin liegt hier ausgestreckt, bewegungslos, eine klaffende Wunde in der Brust.

Man drängt sich um ihn, und die tätige, rasche Hilfeleistung ist nicht vergeblich. Er öffnet halb die Augen, erhebt sich mit Mühe, neigt sich zu dem Ohr des Herrn von Clairmarais, und murmelt mit sterbender Stimme einige Worte, die den Burgherrn mit Schauder übergießen; dann fällt er zurück und stirbt.

Der alte Herr geht, ohne ein einziges Wort zu sprechen, geradewegs nach dem Betzimmer seiner Gemahlin. Die Stirn mit einem tödlichen Schweiß bedeckt, sitzt diese vor einem kleinen Tisch, und stellt sich als spiele sie Schach mit Brudemer, um ihre schreckliche Verwirrung zu verbergen.

Brudemer brach bei dem Anblick des Herrn von Clairmarais in ein schreckliches Gelächter aus und die Burgfrau teilte diese höllische Heiterkeit. Ihr Leiden musste groß sein, um so zu lachen.

Jetzt zweifelte Herr von Clairmarais nicht mehr an seinem Unglück; denn noch hatte er nicht an die Verbrechen glauben mögen, deren der sterbende Greis die Burgfrau beschuldigt hatte.

»Satan!«, schrie er im Übermaß seines Zornes und seiner Verzweiflung. »Satan, ich überlasse dir die Vatermörderin, die ehebrecherische Gattin und das Schloss, das sie mit ihrer Gegenwart besudelt hat.«

»Ich akzeptiere«, ruft Brudemer; sogleich flackerte eine feurige Krone um seinen Kopf; und er streckte zwei schreckliche, plötzlich mit höllischen Klauen bewaffnete Hände nach den weißen Schultern des verbrecherischen Weibes.

Es war länger als zweihundert Jahre, dass der Herr von Clairmarais in der Abtei St. Bertin gestorben war im Geruche der Heiligkeit, als eines Abends ein Mönch vom Benediktinerorden bei einem Bürger von St. Omer fragte, was das für eine Burg wäre, deren Türme man mitten aus einem Walde hervorragen sähe, der mit unermesslichen Sümpfen umgeben war.

»Unsere liebe Frau und alle Heiligen mögen Euch helfen!«, entgegnete der Bürger, sich fromm bekreuzend. »Das ist das Schloss Clairmarais, ein verwünschter, vom Teufel besuchter Ort. Jede Nacht wird es von einem plötzlichen Scheine erhellt, jede Nacht begeben sich der Teufel und wer weiß wie viele Gespenster in ihren feurigen Wagen dahin. Wenn man den Alten glauben darf, heißt der Teufel, der dieses Schloss bewohnt, Brudemer, und zwingt die Unsinnigen, welche in seine Wohnung dringen, Schach zu spielen und ihre Seele einzusetzen gegen den Besitz der Domäne und aller Schätze, die sie in sich fasst. Ihr könnt wohl denken, dass bis jetzt keiner hat dem Teufel etwas abgewinnen können und dass folglich keiner von dort wiedergekehrt ist.«

Der Mönch hörte den Bürger schweigend an, dann ging er, nachdem er einige Augenblicke gesonnen, mit festem Schritte auf die Teufelsburg los.

Dort trat er ungehindert ein und machte sich wohnlich in einem reichmöblierten Betzimmer, in dessen Mitte ein kleiner Tisch sich befand, worauf ein Schachbrett mit allen Figuren stand.

Während der Mönch diese Gegenstände prüfte, welche die einbrechende Dunkelheit nicht mehr deutlich erkennen ließ, verbreitete sich plötzlich ein blendendes Licht im Betzimmer und im selben Augenblick war der Mönch von einer Menge altmodisch gekleideter Diener, Pagen und Kammerfrauen umringt. Alle erfüllten stillschweigend die Pflichten ihres Dienstes, ohne dass man das Geräusch ihrer Tritte hörte, und wunderbar, ohne dass ihre Körper Schatten warfen, wenn sie vor dem Lichte vorübergingen.

Kurz darauf trat ein reichgekleideter Herr ein, welcher auf seinem Wams nach Art eines Wappens einen abgeschilderten Taler trug, mit zwei Gabeln im schwarzen Felde, und der Devise »Brudemer«. Auf seinen Arm stützte sich eine Frau, noch jung zwar, deren schöne Züge aber mit einer Leichenblässe überzogen waren; dann folgten acht Pagen, gebeugt unter der Last vier schwerer mit Gold gefüllter Koffer.

Brudemer setzte sich zum Schachbrett und winkte dem Mönche, seinen Platz gegenüber zu nehmen. Der Mönch gehorchte und beide begannen zu spielen, ohne ein einziges Wort hervorzubringen.

Durch einen klug durchdachten Plan glaubte der Mönch seinen Gegner matt gemacht zu haben; als die bleiche Dame, welche hinter Brudemer stehen geblieben war und sich auf den Rücken seines großen Lehnstuhles stützte, sich ihm zuneigte und mit dem Finger auf einen Bauern wies. Jetzt änderte sich das ganze Spiel und nun war es der Mönch, der sich in Gefahr befand, matt zu werden.

Als dieser Zug getan war, erhoben Brudemer und die Dame ein schallendes Gelächter und alle, welche im Zimmer waren, gruppierten sich um die Spieler, und nahmen Teil an dem schrecklichen Ausbruch infernalischer Freude, welche menschliche Sprache nicht zu schildern vermag.

Der Mönch fing an, seine Verwegenheit zu bereuen. Eiskalter Schweiß rieselte von seiner Stirn und er hätte alles in der Welt darum gegeben, wenn er sich zur Stunde in seinem Kloster befunden hätte. Doch verzweifelte er noch nicht an der göttlichen Güte und legte in Gedanken eine Fürbitte bei seinem heiligen Patron ein, denn nur ein Wunder konnte ihn aus dieser gefährlichen Lage retten. Plötzlich gewahrte er durch eine himmlische Eingebung, dass ein neuer Plan ihn noch die Partie gewinnen lassen könnte, und eben wollte er einen Bauer, der sie ihm sicher machte, schieben, als das Gelächter, welches um ihn her erschallte, sich in ein schreckliches Heulen verwandelte.

Dann hörte und sah er nichts mehr.

Nachdem der Mönch die Nacht betend zugebracht hatte, sah er endlich den Tag mit einer Freude anbrechen, die man sich leicht denken kann.

Er fand an der Stelle, wo die so bleiche Dame in der vergangenen Nacht gestanden, ein Skelett, das bedeckt war mit Lumpen von reichen Frauenkleidern.

Nunmehriger Besitzer des Schlosses und der Schätze, die es barg, machte der Mönch aus diesem verrufenen Orte ein Kloster, zu dessen Abt er ernannt ward.

Heutzutage sieht man nur noch geringe Spuren dieses Klosters, das in der Revolutionszeit zerstört wurde.

Das nun ist die Legende von der Schachpartie mit dem Teufel.

# Der Teufelsvertrag

## 1554

»Könnte ich sie nur einen Tag, eine Stunde, ach nur einen Augenblick in meine Arme drücken, gern wollte ich dann sterben.«

Alles verkündete ein nahes, furchtbares Gewitter; schwere, schwarze Wolken bedeckten den Himmel; man atmete nur eine warme Luft und die einzigen Gegenstände, die man in einer tiefen Dunkelheit erkennen konnte, waren Lichter, die in den Fenstern des Schlosses Amet glänzten.

Ein junger bleicher Mann, dessen Blicke etwas Verwirrtes hatten, schritt eilig im Felde, indem er dem linken Ufer der Eure folgte. Er machte vor einer Hütte halt, die nahe an diesem Flusse erbaut war, und klopfte zweimal ungeduldig an ihre Tür. Nichtsdestoweniger antwortete erst beim dritten Schlage die schwache, mürrische Stimme eines Greises.

»Öffne, Matthias, öffne!«, rief der junge Mann.

»Sag mir, wer du bist.«

»Henriot Maurepain, der Flammländer.«

»Henriot Maurepain! … Was willst du so spät an der Tür des armen Mathias? Willst du ihm, wie vor drei Monaten sagen, Hund von einem

Zauberer, ich will dich dem Oberhofrichter anzeigen, denn du verdienst gehängt und verbrannt zu werden?«

»Verflucht! Öffne mir diese Tür, oder ich schlage sie ein und zerschelle dir den Kopf.«

Bei diesen Worten rüttelte Henriot die Tür und schickte sich an, seine Drohung auszuführen.

Der Greis gab endlich nach und ließ den jungen Mann in seine Hütte treten. Während dieser letztere in dem engen Raume heftig auf und nieder ging, begann der Alte ihn stillschweigend zu beobachten. Um es bequemer zu tun, hielt er eine Hand hinter die Lampe, welche er hatte: Der Schein dieser Lampe, der sich rot und flackernd auf der gefurchten Stirn und den kleinen Augen Mathias abspiegelte, gab seiner übrigens wenig einnehmenden Physiognomie einen wahrhaft gehässigen Ausdruck.

»Und warum kommst du so spät und störst die Ruhe eines armen Mannes? Geschieht es, um vor ihm herumzulaufen wie ein Narr und wie du es eben tust?«

»Höre, Mathias«, unterbrach der junge Mann, indem er ihn beim Arm ergriff und mit unsicherer Stimme sprach: »Höre … du weißt, wie man einen Vertrag mit dem Teufel machen kann. Sag' es mir und diese Börse, das einzige Gut, das ich besitze in der Welt, diese Börse ist dein!«

Der Alte wollte zurückweichen; aber hierzu fesselte ihn der Arm des jungen Mannes mit zu viel Kraft. Es entsprang aus diesem Versuche nur eine einfache Bewegung auf der Stelle, welche Henriot nicht einmal zu bemerken schien.

»Lass mich … Ich bin sicher, du kommst nur, um mir irgendein unbedachtsames Wort sagen zu lassen, und mich dann dem Großprevot zu überliefern, der mich verbrennen wird, wie einen Ketzer und Zauberer. Es sind Leute hinter der Tür verborgen … Aber des Teufels will ich sein, wenn du noch ein Wort aus meinem Munde bringst! Junger Mann, du treibst da ein elendes Metier.«

Henriot stampfte ungeduldig mit dem Fuße:

»Fürchte nichts«, sagte er. »Sieh, ich bin allein. Du sollst übrigens wissen, dass ich für alles in der Welt nicht tun möchte, was du fürchtest.

Marie … Du weißt, dass ich sie liebe, seitdem ich mein Vaterland Flandern verlassen habe, um hier zu wohnen; du weißt, dass seit einem

Jahre jeder im Dorfe von unserer Liebe spricht. Dann – ihr Vater verweigert mir sie, weil mein Vetter Gregor Bonneau allein die Güter meines Onkels geerbt hat! Ich sollte von dieser Erbschaft die Hälfte haben; aber der verdammte Kantor hat unserm alten Vetter so gut zu schmeicheln verstanden, dass er alles sich allein hat vermachen lassen. Man spricht schon davon, die Hand Mariens, einem, ich weiß nicht welchem reichen Müller des benachbarten Dorfes, zu geben ... Sie wird vergehen! Und ich! ... Ich muss ihr gehören, wäre es auch nur für ein Jahr, für einen Tag, ja für eine Stunde.

Ich will meine Seele dem Teufel verkaufen. Er gebe mir tausend Sonnentaler und in einem Jahre gehöre ich ihm mit Leib und Seele. Gib mir die Mittel, diesen Vertrag zu schließen und nimm diese Börse da.«

Der Alte begann zu lachen, raffte das Geld auf und nachdem er es sorgfältig in sein Wams versteckt hatte, sagte er:

»Du glaubst, mein schöner junger Mann, dass Satan tausend Sonnentaler für deine Seele geben wird? Ich fürchte sehr, dass er den Preis äußerst hoch findet, denn man gehört schon mehr als zu drei Vierteln dem bösen Geist, wenn man blutrote Augen, irrenden Gang hat, wenn den Körper Fieberschauer schütteln und die Stirn mit kaltem Schweiß bedeckt ist. Meiner Treue, selbst wenn ich die Mittel wüsste, dir einen solchen Kauf schließen zu lassen, würde ich es für unnötig erachten, sie dir zu sagen.«

Henriot zog seinen Dolch und setzte ihn auf die Brust des Alten.

»Sprich, sprich! Oder du bist des Todes.«

»Wohlan, ich sehe, dass du entschlossen bist, wie es nötig ist. Alles das geschah, um dich zu prüfen. So höre denn:

Stiehl zuerst eine schwarze Henne. Es sind sehr schöne bei meinem Nachbarn Bartholomä Giron. Nach diesem Diebstahl ... Gut, da zittert er schon bei dem Gedanken eines elenden Diebstahles! Schöne Delikatesse, meiner Treu, bei einem Manne, der sich dem Teufel verkaufen will!

Nach diesem Diebstahl wirst du dich auf den Kreuzweg des Waldes begeben; hier ziehst du einen Kreis mit dieser Gerte da. Sie ist vom Haselstrauch; ich habe sie an dem ersten Mittwoch des Neumondes geschnitten und hatte dazu ein neues Messer nötig. Alsdann verbarg ich meine Gerte verstohlen auf einem Altar, wo ein Priester Messe hielt; in das starke Ende habe ich das geheimnisvolle Wort ›Agia‹ in die Mitte, und an das dünnste Ende ›Tetagrammaton‹ gegraben; ein Kreuz steht über jedem Worte.

Ist dein Kreis einmal gezogen, wirst du dir das linke Bein entblößen, und es nackt in den Kreis stellen. Wenn du dann der Henne den Hals abschneidest, musst du rufen: ›Geld für das Blut meines schwarzen Tieres; ich verkaufe es um tausend Sonnentaler.‹ Wenn der Teufel dich will, wird er dir alsdann erscheinen.

Aber, Henriot, beeile dich; denn Mitternacht nahet, und nach dieser Stunde wird der Teufel unsichtbar.«

Nach diesen Worten machte er sich hastig von den umklammernden Händen Henriots los, und indem er ihn hinausstieß, verschloss er die Tür hinter ihm.

Der junge Mann blieb einige Augenblicke nachdenklich stehen. Dann setzte er sich plötzlich in Lauf, wie ein Mensch, der einen verzweifelten Entschluss fasst, von dem er wieder zurückzukommen fürchtet, ging bis zu der Meierei, von der Mathias ihm gesagt hatte, erkletterte eine kleine Mauer, nahm eine schwarze Henne und vertiefte sich in den Wald.

Indessen war das Gewitter losgebrochen. Große Regentropfen fielen auf die Blätter der Bäume und ein heftiger Sturm verfing sich in den Bäumen mit einem entsetzlichen Brausen. Blitze zuckten jeden Augenblick und das Rollen des Donners folgte rasch aufeinander.

Henriot lief im Wahnsinn der Verzweiflung mehr, als dass er ging, bis zum Kreuzweg. Hier erfüllte er die geheimnisvollen Förmlichkeiten, welche ihm Mathias anbepfohlen: »Geld für meine schwarze Henne!«, rief er. »Ich will dafür tausend Sonnentaler.«

Ein erschrecklicher Donnerschlag ertönte in diesem Augenblicke, ein weißes Gespenst und dann eine kleine schwarze Gestalt erschienen zwischen den Bäumen.

Henriot fiel zu Boden.

Der Tag fing an zu grauen, als er wieder zu sich kam.

Als er seine Blicke stumpfsinnig um sich warf, musste er sich einige Minuten sammeln, ehe er sich deutlich an seine Verzweiflung, seine verbrecherischen Absichten und die verhängnisvolle Erscheinung der vergangenen Nacht erinnern konnte. »Aber diese Erscheinung«, dachte er, »ist vielleicht die Wirkung meiner erhitzten Fantasie. Ach ja, ich muss dieses annehmen, denn denken, dass ich bin, auf immer

– für die Ewigkeit – das Eigentum des bösen Geistes, – das wäre zu schrecklich. Fort, es ist nichts damit.«

Er erhob sich nicht ohne Mühe und zog sich langsam bis zum Fußweg des Dorfes.

Noch einige Schritte hatte er zu tun, und er befand sich außerhalb des Waldes, als er an einen Leichnam stieß, der mitten im Wege lag. Barmherzigkeit – es war sein Vetter Gregor Bonneau.

Henriot stieß einen Schrei der Verzweiflung aus. »Es ist also geschehen, ich gehöre dem Teufel mit Leib und Seele; er hat meinen Vetter erschlagen, so bezahlt er mir die tausend Sonnentaler.«

Er sprach noch, als Soldaten ihn ergriffen und ihm die Arme banden. – »Bei Sankt Hubert«, sagte ihr Chef, »das ist eine gute Prise, die uns große Belohnung bringen wird. Ihr habt es gehört … Ein, zwei, vier, sechs, zehn Zeugen: Er hat sich dem Teufel unter der Bedingung verkauft, dass er diesen armen Kantor töten solle. Gott sei gelobt! Wir kamen hierher, einen Wilddieb zu fangen und führen einen Zauberer zurück. Den Leichnam müssen wir hier lassen; es gehört dem Amtmann, ihn aufheben zu lassen, wir niedrigen Forstdiener haben kein Recht dazu. Allons! Kameraden, wir führen diesen Menschen zu dem Oberhofrichter, der sich eben im Schlosse unter dem Gefolge des Königs befindet.«

Sie setzten sich in Bewegung, und die Menge, welche die Festnehmung Henriots versammelt hatte, wich eiligst zurück und öffnete einen breiten Weg, so sehr fürchtete man selbst die Kleidung eines Verbrechers zu berühren, der sich dem Teufel verkauft.

Einige Augenblicke später kam der Amtmann um den Leichnam aufzuheben – er fand nichts mehr. Er bekreuzigte sich zitternd, er, die Sbirren und die Bauern, welche ihn begleiteten. Denn konnte man zweifeln, dass der Teufel den Leichnam geholt habe, damit kein Beweis mehr gegen den Zauberer bliebe?

Eine Stunde später hielt der Großprevot Gericht über den jungen Menschen, einmal um einen Beweis seiner Tätigkeit und seines Eifers zu geben; dann weil es zu selten vorkam, Zauberer zu verbrennen, als dass man sich nicht beeilen sollte, es zu tun.

Die Personen welche nicht hatten in das Innere des Gerichtssaales dringen können, hatten sich vor der Türe zusammengedrängt und schwatzten unter sich über das Ereignis, dessen Ausgang sie mit Ungeduld erwarteten.

14

Ein kleiner dicker, roter Mann, in schwarzer Kleidung, näherte sich einer der Gruppen und erkundigte sich nach der Veranlassung eines solchen Zusammenlaufes.

»Ein Zauberer! – Ein Mann, der sich dem Teufel ergeben hat! Er wird gehängt, er wird verbrannt werden!«, rief man von allen Seiten.

Ein großer Bauer, der den kleinen Mann wenigstens um Kopfeslänge übertraf, fing an, die Sache weitläufig zu erzählen. Sein Zuhörer zeigte sich nicht sehr aufmerksam; er unterbrach ihn unaufhörlich, um ihm irgendeine ungereimte Frage zu stellen, lachte ihm auf die unhöflichste Weise von der Welt ins Gesicht, und dann warf er sich, indem er den Bauern ohne das Ende seiner langweiligen Erzählung abzuwarten, im Stiche ließ, mitten in die Menge und stieß rechts und links mit dem Ellenbogen um sich, in der Absicht, bis in den Gerichtssaal zu dringen.

Aber dieser Plan wäre beinahe verderblich geworden für den kleinen Mann. Seine unhöflichen Störungen und sein Lachen hatten viele Leute beleidigt: Die Unzufriedenheit wuchs noch, als man sah, wie er ohne Umstände einen jeden stieß; aber der Unwille stieg aufs Höchste, Schreien, Drohungen erhoben sich von allen Seiten, als er ein junges hübsches Mädchen beim Kinn nahm und sie fröhlich auf die Lippen küsste.

Er würde vielleicht nicht ohne tüchtige Prügel davongekommen sein, wenn ihn nicht zwei Pagen, die zufällig auf der Schwelle des Gerichtssaales standen, mitten in der Menge bemerkt hätten.

»Ei, was machen Sie da, bei Gott?«, fragten sie ihn. »Platz, ihr Bauern; weichet Kanaillen, oder das kostet einem von euch eine Rippe oder das Rückgrat. Tretet ein, Meister Franz Rabelais.«

In dem linken Flügel des Schlosses Amet befand sich ein Gemach, aus dessen Fenstern man eine köstliche Landschaft gewahrte. Die Tapeten und Möbel waren von äußerstem Reichtum und mit den Namenszügen der Diana von Poitiers und Heinrichs des Zweiten überladen. Überall hatte die Nadel gestickt, überallhin hatte der Pinsel den silbernen Mond Dianens und die Goldlilien des Monarchen gezaubert.

Hier lag halb sitzend auf Kissen von Samt ein ganz nacktes Weib. Ihr schlanker Wuchs, die bewundernswürdigen Umrisse eines üppigen Busens, die blendende Weiße ihrer Haut, die Regelmäßigkeit ihrer

Zähne, und besonders ihre langen schwarzen gelockten Haare konnten nur der schönen Herzogin von Valentinois gehören; in der Tat, es war Diana.

Es war jene berühmte Frau, deren übernatürliche Schönheit die Zeit zu verschonen schien und welche mit siebenundvierzig Jahren noch die Frische und die verführerischen Formen der Jugend bewahrte; es war die unvergleichliche Phœbé, bei deren Andenken Brantôme in seinen »Galanten Damen« in Entzücken gerät: »Sechs Monate vor ihrem Tode sah ich sie noch so schön, dass ich kein Felsenherz kenne, das sich nicht von solcher Schönheit ergriffen fühlte. Ihre Schönheit, ihre Anmut, ihr äußerer Reiz waren ganz so, wie sie immer gewesen waren.«

Der alte Bildner des Königs, Jean Goujon, gekleidet, wie man es zur Zeit Franz des Ersten war, bildete ruhig das schöne Wesen ab, das sich seinen Blicken ohne den geringsten Schleier zeigte. Er hätte nach einer Bronzestatue nicht mit mehr Ruhe und Leidenschaftslosigkeit den Meißel führen können, als er es hier tat.

Nicht so war es mit Heinrich dem Zweiten. Ausgestreckt in einem weiten Lehnstuhl stand er aller Augenblicke auf, um mit der Hand leise über die weißen Schultern Dianens zu gleiten oder ihr einige Zärtlichkeiten ins Ohr zu flüstern.

»Nun denn«, grollte der Bildner in einem mürrischen Tone, »wenn Ew. Majestät ihrem Entzücken kein Ziel setzt, werde ich gezwungen sein, mein Werk unvollendet zu lassen; denn die fortwährenden Bewegungen machen die Arbeit unmöglich.«

Der König, an die Launen des alten Künstlers gewöhnt, lächelte und sagte:

»Ich glaube, er beklagt sich! … Er, der bequemlich die wunderbarste Schönheit der Welt betrachten und einen unendlichen Ruhm erlangen kann, indem er solche Reize in Marmor wiedergibt. Übrigens, Meister Goujon, Euere Statue ist zu weit vorgerückt, als dass Ihr sie so lassen könntet: Ihr würdet dabei zu viel Lob und Arbeit verlieren.«

In der Tat, das schöne Werk des Bildners war bald beendigt. Indem Goujon Dianen alle Sinnbilder der Jagd gab, hatte er sie, um dem Könige zu gefallen, in diesem Naturzustande dargestellt, welchen man vorzugsweise der Venus zu erteilen pflegt. Übrigens war nichts Antikes und sehr wenig Ideales in dieser Statue: Die Züge, der Haarschmuck, die Verhältnisse boten ein möglichst genaues Bild der Herzogin von Valentinois dar.

Der Bildner, seine Unzufriedenheit vergessend, hatte den von sich geworfenen Meißel wieder ergriffen und der König hatte sich wieder in seinen Lehnstuhl gelegt, als die Tür sich hastig öffnete und Rabelais in den Saal stürzte. Diana stieß einen Schrei aus und hüllte sich eiligst wohl oder übel in den Mantel des Königs. Eine plötzliche Röte verbreitete sich über ihr Gesicht bis zu dem vom kurzen Mantel sehr unvollkommen verhüllten Busen.

Rabelais, ohne die Fassung zu verlieren, ergriff einen Zipfel des Mantels und Jean Goujon musste den Ungestümen, der bei jeder Bewegung einen Reiz Dianens entblößte, freiwillig loslassen.

Der König, an den die Herzogin sich drängte, konnte auf keine Weise dem Bildner beistehen, um den frechen Rabelais hinauszuwerfen.

»Sire, bei der göttlichen Flasche! Ich schwöre, diesen Mantel nicht loszulassen, bevor ich nicht die Begnadigung eines armen Teufels erlangt habe, der soeben vom Großprevot zum Feuertode verurteilt worden.«

Bei diesen Worten zog er wieder leise an dem Mantel.

»Gewährt sie ihm, Sire!«, bat die Herzogin, halb erzürnt, indem sie sich so gut wie möglich, aber immer noch sehr schlecht, den frechen Blicken Rabelais entzog.

»Es sei, wie Ihr es wünscht, schöne Freundin … Aber gehe doch, Schlingel!«

»Ich bedarf noch einer Begnadigung«, fuhr Meister François fort, der sich offenbar ein Vergnügen daraus machte, die reizende Diane in ihrer üppigen Nacktheit zu betrachten.

»Welche Gnade? Sprich …«

»Die meinige, Sire.«

»Du hast sie auch … Geh' nun!«

»Hier, unterzeichnet. Das ist alles, was nötig ist … Gut … Jetzt Euer Siegel …«

Rabelais entfernte sich endlich.

Ungefähr zwei Stunden darauf kam ein Page in seine Wohnung und meldete ihm, dass er vor dem Könige erscheinen solle. Rabelais gehorchte sogleich und der Page führte ihn in einen weiten Saal, wo der ganze Hof im Halbkreis versammelt war.

Im Mittelpunkt dieses Halbkreises neben Dianen saß der König, dessen Physiognomie eine bleiche, von einem sehr schwarzen Bart noch auffallender gemachte Gesichtsfarbe, einen Ausdruck der Melancholie und Härte gab.

Als die Herzogin den Kühnen, der sie eben erst in einer so sonderbaren Lage überrascht hatte, erblickte, senkte sie das schöne Haupt und verbarg das Gesicht hinter ihren Fächer von Federn.

»Eure Damen haben sich viel Mühe gegeben, um die Natur zu verderben«, sagte Rabelais leise, indem er sich verneigte; »Ihr waret diesen Morgen weit anders geschmückt.« Die Herzogin antwortete nicht; aber durch den Federfächer glaubte das durchdringende Auge Rabelais ein Lächeln und einen Blick zu bemerken, die nicht allzu viel Zorn ausdrückten.

Der König befahl Rabelais zu erzählen, aus welchen Beweggründen er ein so lebhaftes Interesse an dem Unglücklichen nähme, dessen Begnadigung er diesen Morgen erbeten hätte.

Der Pfarrer von Meudon fing sogleich und ohne sich bitten zu lassen an:

»Das Fieber des Durstes – des Durstes nach Wein, meine ich – fing an, mir die Kehle zu verbrennen, gestern um die Vesperstunde. Schnell und bald ein Mittel für mich, rief ich; das einzige: Gläser zu füllen und Flaschen zu leeren! Nun, als mich diese Krankheit überfiel, war Gregor Bonneau mit mir, Kantor der königlichen Kapelle. Hernach schöpfte ich Verdacht, dass ich, Franz Rabelais, wohl von ihm angesteckt sein konnte, denn das Durstfieber quält Tag und Nacht den armen Mann.

Ob das ansteckende Fieber von ihm komme, oder von mir, kümmert mich wenig; es sei dem, wie da wolle; ich weiß nur noch recht gut, dass wir alle beide anfingen zu schaudern. Für dringendes Übel ist schnelle Hilfe nötig! Wir schrien beide um die Wette: ›Kellner, schenk' ein, schenk' ein, schenk' ein! Schenk' ein ohne Wasser, ungemischt und vom Guten; voll und gestrichen, überlaufend, ohne zu verschütten, denn es ist eine zu kostbare Flüssigkeit, als dass man ein einziges Tröpfchen davon verlieren dürfte …‹ Ach falsches Fieber, willst du nicht vergehen? … Da, noch ein Glas; dann noch ein andres, und noch dieses … Meiner Treu! Gevatterin, Ihr seid verdutzt, verwirrt, närrisch sogar! So lange wurde eingeschenkt, getrunken und wieder getrunken, bis das Fieber verging und Vernunft, Gleichgewicht und Mäßigung Arm in Arm mit sich führte. Gregor ging, ich weiß wohl zu wem; und ich ging in den Wald spazieren, wo mich eine gewisse ...«

Ein alter Herr, Freund Rabelais, zog ihn leise am Mantel, als stummes Zeichen, die Zügellosigkeit seiner Zunge zu mäßigen; denn Heinrich II. war von Natur von einem ernsten und gemessenen Charakter. Seine romantische Leidenschaft für Dianen, und die Treue, welche er seiner Herrin bewahrte, vermehrten noch die Abneigung, die er gegen die Ausschweifung und die Zoten hatte.

Die kluge Herzogin von Valentinois schmeichelte dieser Sittenprahlerei, um die Herrschaft, die sie über den Monarchen hatte, noch zu vermehren. Sie gab allem, was um sie war, den Charakter der Zurückhaltung, welcher sonderbar kontrastierte mit dem dissoluten Hofleben der Königin Marie von Medicis. Hier gab es nur freie Reden, verliebte und öffentliche Intrigen. So fand man durch eine sonderbare Laune bei der Konkubine eine würdevolle Dezenz, und bei der gesetzmäßigen Gemahlin eine freche Schamlosigkeit.

Alles dieses trat schnell vor den Geist Rabelais und ließ ihn erkennen, wie gut die geheime Erinnerung des alten Herrn gewesen. Der König hatte den mutwilligen Streich von diesen Morgen verzeihen können; niemand hatte ihn gesehen; er würde sich aber unfehlbar über zotige Reden erzürnt haben, die in Gegenwart seines ganzen Hofes geführt wurden. Rabelais unterbrach sich also ein wenig und ergänzte das, was er verschwieg, durch eine zweideutige Gebärde und ein listiges Lächeln. Darauf fuhr er fort:

»Die Glocken des Schlosses schlugen schon zwölf, als wir noch im Walde verirrt waren. Aber endlich erinnerte der Regen, uns fortzumachen, und dank der Patronin der Sünder und ... Sünderinnen, wir gelangten ohne Unfall in das Dorf, ohne jemand gesehen zu haben, außer einem einzigen Menschen, von dem Euch später gesagt werden wird. Das Geheimnis unserer nächtlichen Promenade ergötzte ungemein meinen Gefährten ... oder meine Gefährtin; ich habe nicht gesagt, welches von beiden, ob er, oder sie es war.

Als heute um die dritte Nachmittagsstunde die Trunkenheit und der Schwindel aus meinem Kopfe wichen, kehrte die Vernunft dahin zurück. Nie schien sie mir so gewichtig und so schwer: Sie machte sich so breit in meinem Gehirne, dass dasselbe davon schmerzlich aufschwoll. Freie Luft war mir nötig.

Indem ich an dem Amthause vorüberging, war vor der Tür ein Haufe mitleidiger Menschen, die sich an einer schönen Neuigkeit ergötzten. Man hielt nämlich über einen Zauberer Gericht, der ohne Zweifel gehängt und verbrannt würde … Die Gerechtigkeit ist zuweilen eine drollige, Lachen erregende Sache! … Ich setzte mich auf den Ehrenplatz hinter dem Großprevot Trinquamelle.

Messirs Trinquamelle hatte soeben eine Menge Zeugen abgehört. Alsdann schnäuzte er sich mit dem Geräusch eines Ordensgeistlichen und fragte den Zauberer: ›Was ist daran, Bösewicht?‹

Der Zauberer, schreiend wie ein Hirsch in den letzten Zügen, begann zu antworten:

›Ja, es ist wahr, ich habe mich mit Leib und Seele dem Teufel verkauft um tausend Sonnentaler: Er hat mir sie auf treulose Art mit der Erbschaft meines, diese Nacht getöteten Vetters bezahlt. Ich habe den Tod eines meiner Verwandten verursacht, ja; aber der Himmel ist mein Zeuge, dass ich es nicht auf diese Art meinte? Ich wollte nur tausend Sonnentaler haben, um Marien zu heiraten, Marien, die ich so sehr liebe.‹

In diesem Augenblick erhob ich mich, um die Gestalt des armen Jungen bequemer zu sehen. Bei meinem Anblick fiel er in Ohnmacht: ›Das ist‹, sagte er, ›das ist der Teufel, der meine Seele gekauft hat; er verbirgt sich hinter den Richter. Ich habe ihn in dem Walde gesehen; er folgte einem weißen Gespenste. Gnade, Gnade, er will mich in die Hölle holen.‹

Alle sahen mich lachend an; denn Gott sei Dank, François Rabelais ist bekannt als ein guter, vielleicht störriger Teufel, aber nicht als ein Seelenkäufer. Wie der artige Page, der da hinter Ew. Majestät steht und auch im Tribunal war, zu sagen beliebte, dass wenn meine Tasche dick wäre von tausend Sonnentalern, ich sie nicht ablegen würde in einem Walde, um Seelen zu kaufen, sondern der Weinhändler würde sie ganz und ungeteilt bekommen.

Messtre Trinquamelle zuckte die Achseln, lud mich zum heutigen Abendessen, was ich ausschlug. Hernach, als er hörte, dass man zur Tafel ging, beeilte er sich, das Urteil zu sprechen, damit die Mahlzeit nicht kalt wäre, wenn er käme.

Henriot Maurepain wurde verurteilt, selbigen Tages gehängt zu werden um die Vesperstunde, worauf sein Körper verbrannt und die Asche in den Wind geworfen werden sollte.

Ich entfernte mich, das Schicksal des sogenannten Zauberers bemitleidend, den man im schlimmsten Falle für einen Verrückten halten musste. Aber wie hatte er mich für den Teufel ansehen können? Das setzte mich in Verlegenheit … Plötzlich erinnerte ich mich … Es war der Mann, dem wir gestern Abend in dem Walde begegnet waren, ich und Mathurine … Verdammt sei meine Zunge, mein Geheimnis ist verraten.

Unschuldige Ursache des Unglücks des armen Schelmes, musste ich ihm redlicher Weise helfen. Ihr wisst, Sire, wie mir seine Begnadigung gütigst gewährt wurde von Ew. Majestät auf Vermittlung der Frau Herzogin, ich für mein gutes Werk belohnt wurde, wenn man eine glühende Erinnerung Belohnung nennen kann, die mir drei Nächte Schlaf rauben wird; eine Erinnerung, die mich, um sie zu löschen, mehr als dreißig Flaschen Lacryma Christi kosten wird … wenn es derjenigen, die das Übel verursacht hat, gefiele, Arznei dafür zu geben, würde sie sehr willkommen sein! Amen.«

»Mein Kellermeister wird sie zu Euch bringen lassen, Meister Rabelais«, unterbrach ihn die schöne Diane, deren Wangen sich noch diesmal mit einer schamhaften Röte bedeckten.

»Hört, hört, jetzt kommt das Merkwürdigste. Als ich aus dem Schlosse ging, begegne ich meinem Freunde, dem Kantor Bonneau, welcher bleich und abgezehrt war, als wenn er seit zwei langen Wochen nur gutes reines Wasser getrunken hätte. Er war bei Anbruch des Tages mitten im Walde erwacht, in welchem er seit gestern geschlafen hatte, an der Stelle eben, wo er todtrunken hingefallen war.

Ich fing an in dieser Geschichte klar zu werden. ›Komm mit mir‹, sagte ich zu ihm; ›lass uns ein Werk der Barmherzigkeit üben und einen armen Narren aus den Klauen der Gerechtigkeit ziehen …‹ – ›Topp!‹, sagte er. ›Und wie nennt sich der Gefangene?‹ – ›Du sollst es bald wissen.‹

Wir traten in den Kerker … Bei unserm Anblick stieß Henriot ein lautes Geschrei aus: ›O Erbarmen mit mir! Der Teufel, der Teufel, die Seele meines gemordeten Vetters!‹

Alles ward erklärt: Der arme Schelm hatte mich und … das weiße Gespenst in dem Walde gesehen, in dem Augenblicke, wo er den Teufel rief. Am Morgen hatte er an seinen Vetter gestoßen, der tief im Schlafe lag, von Wein und Liebe trunken, welches zwei berühmte Schlafmittel sind, wenn es deren gibt. Ich, Mediziner, empfehle sie als solche, diesen edlen Herren, so wie Euch, meine Damen. Wenn das Herz Euch davon sagt, werdet Ihr immer das letzte dieser Mittel in meiner Offizin finden, vorausgesetzt jedoch, dass Ihr weder hässlich noch sauertöpfisch seid, denn alsdann würde es ohne Wirkung sein.«

Es ist wohl nicht nötig, hinzuzufügen, dass Henriot Maurepain in Freiheit gesetzt wurde und dass er Marien heiratete, die von der Herzogin von Valentinois ausgestattet ward. Die edle Dame vergaß auch nicht den Abend noch die versprochenen dreißig Flaschen Lacryma Christi an Rabelais zu senden.

Aber doch gab es Leute, und der Oberhofrichter Trinquamelle gehörte zu diesen, welche behaupteten, dass der Teufel bedeutend sein Spiel dabei gehabt habe: »Satan kann wohl«, sagte er, »Gregoire wieder aufgeweckt haben, so wie er ihn getötet hatte. Die Dazwischenkunft Rabelais, der gewiss nicht für sehr orthodox gilt, gibt meinem Verdachte viel Gewicht. Nach diesem wäre es, selbst wenn das Urteil in Irrtum gefällt worden wäre, noch nicht nötig gewesen, davon abzustehen; man könne nie zu viel Achtung hegen vor einer Sache, über die Gerichtspersonen und zumal der Großprevot gerichtet haben.«

Glücklicherweise gab es in einigen Tagen eine schöne Exekution von Ketzern und Zauberern, unter denen sich der alte Sünder Mathias befand. Das befriedigte den Eifer der Unzufriedenen und man ließ den jungen Gatten und Rabelais in Ruhe.

## Die Dame mit den kalten Küssen

In meiner Wonne sank sie sterbend hin,
Ihr kurzes Glück war nur ein langer Seufzer.

Das Scheldetal ist eine der malerischsten Gegenden Flanderns. Da ist kein Reisender, der nicht staunt und fragt: »Was ist das für ein Gebäude, dessen dreifache Massen mit seinen bunten Fenstern sich unter Teichen, Wiesen und Wäldern erheben?«

Jetzt ist es eine Fabrik, ehedem war es die Abtei Baucelles. Ehedem breiteten sich die Wälder, welche das unermessliche Tal umgeben, viel weiter aus, als jetzt. Ehedem ließen zahlreiche mit äußerster Kunst angelegte Baumgänge den Mönchen keinen einzigen der Aussichtspunkte verlieren, worüber man auf allen Seiten erstaunt.

Herden, Eigentum der Abtei, bedeckten diese grünen Ebenen, durch welche die Schelde sich schlängelt, die ganz in der Nähe von Vaucelles entspringt. Die jungfräulichen Wasser des Flusses, der hier nur noch Bach ist, nährten die Teiche, die ihr sehet. In jedem Augenblicke wiegten sich auf ihrer ruhigen Oberfläche bedeckte Kähne, auf deren Kissen die Mönche bequem ausgestreckt, das Vergnügen und die Annehmlichkeit der Frische und Kühle genossen.

Die Abtei Vaucelles gewährte in der Wirklichkeit die ruhige Einsamkeit, welche die Fantasie eines Epikureers träumt; eine Einsamkeit, wie man sie genießen möchte, um fern von den Unruhen und Mühen der Welt ein sorgloses Leben des Wohlseins und der Muße zu führen.

Die Kleidung der Mönche war von feinem weißen, seidenen Stoffe und immer von einer ausnehmenden Sauberkeit. Ihre Haare am Hinterhaupte leicht gelockt, fielen auf ein schwarzes Skapulier und die Eleganz ihrer Fußbekleidung war zum Sprichwort geworden.

Unter dem Episkopat Maxmilians von Berghos um das Jahr 1569 irrte ein Mann, sorgfältig in die Falten eines großen Mantels gehüllt, in nächtlicher Stunde um die Abtei Vaucelles und ging vorsichtig an der Mauer so hin, dass er nicht gesehen werden konnte. So umschlich er das Gebäude und als er unter dem Schlafsaal angekommen war, hustete er leise. Plötzlich fiel eine Strickleiter aus dem Fenster, die am obern Ende angebunden blieb. Der Unbekannte stieg rasch hinauf und wurde von zwei halb nackten Mönchen empfangen.

Der junge Mann, der halb wie ein Ordensgeistlicher, halb wie ein Weltgeistlicher gekleidet war, fing an, ihnen ein ich weiß nicht welches Abenteuer zu erzählen, in welchem oft ein Frauenname genannt wurde, dann trennten sie sich und gingen ein jeder in seine Zelle schlafen.

Der junge Mönch, denn es war einer von Vaucelles, zog sich wie die andern zurück und warf sich tiefatmend auf sein Lager. Aber aufgeregt von Erinnerungen, die er nicht bannen konnte, suchte er vergeblich den Schlaf; umsonst stand er auf, die Stirn mit frischem Wasser zu kühlen; umsonst öffnete er das Fenster seiner Zelle, um eine weniger drückende Luft zu atmen, nichts konnte ihn mit dem Schlafe versöhnen.

Dann brannte er eine Lampe an, die er an sein Lager setzte und nahm ein dickes Manuskript, dessen Pergamentblätter überladen waren mit Verzierungen von Gold und den lebhaftesten Farben. Er las auf

Geratewohl, wo sich das Buch öffnete und fiel auf die Seiten, welche die Gründung von Vaucelles erzählten.

Christliche Leser, Ihr müsst aufmerksam und mit Überlegung diese wahrhafte Erzählung lesen, wenn Ihr wissen wollt, wann und wie Herr Hugo Crevecœur und Graf von Cambrai getroffen ward plötzlich von Zerknirschung und Entsetzen über seine Verbrechen, nachdem er, wie seine Vorfahren, gehadert hatte mit seinem Bischof, nachdem er nur sein Interesse bedacht, nachdem er Recht und Unrecht nach dem Nutzen gemessen und das Gewissen seinen Absichten lästig gehalten hatte. Dann werdet Ihr sehen, wie er den Ruhm und das Wachstum des Hauses Gottes bei allen seinen Handlungen zuerst bedacht, und eine so zarte Sorge für alle Hospitäler und Kirchen von Crambresis und der Umgegend trug, dass er überall als Wohltäter oder Gründer verehrt wird.

Aber Ihr müsst wissen, dass Herr Hugo von Oisy an der Stelle, wo sich jetzt die Abtei erhebt, ein festes Schloss hatte mit vier Türmen mit Zinnen und bewaffneter Mannschaft, die ebenso gottlos und hart waren, wie in dieser Zeit ihr Herr.

Der schlechteste unter diesen allen aber war ohne Widerrede ein alter Schildknapp, den man nicht ohne Schrecken sehen konnte. Es war in seinen kleinen blitzenden Augen ein boshafter und geiler Blick, und wenn man die verbrannte Farbe seiner Haut gesehen, hätte man geglaubt, er sei ein dem Feuer der Hölle entlaufener Dämon oder auch wohl ein Missetäter, den der Henker vom Scheiterhaufen hatte fliehen lassen. Dieser scheußliche Mensch behauptete, im Heiligen Lande gekämpft und seine verbrannte Hautfarbe unter dem glühenden Himmel erhalten zu haben, wo unser Herr Jesus Christus zum Heile der Menschen gestorben.

Wenn aber sein Körper die Waffen getragen hatte für eine heilige Sache, hatte es doch seiner Seele nicht gefrommt, denn der alte Pecquigny (so nannte man ihn) misshandelte scheußlich mit Flüchen und Schmähungen alle Heiligen des Paradieses, ohne selbst – der Herr möge mir verzeihen, dass ich es wiederhole – ohne selbst die Heiligste Jungfrau Maria zu verschonen, die Mutter des Heilandes der Welt, die reine, unbefleckte Quelle alles Guten und Tugendhaften.

Pecquigny hatte, ungeachtet so vieler schlechten Gewohnheiten, unter welche noch zu rechnen sind Völlerei, zügellose Raubsucht,

Zorn und Scheltsucht, – doch Mittel gefunden, die hohe Gunst seines jungen Herrn, Hugo von Oisy, zu erlangen. Es ist wahr, er wandte die Erfahrung seines Alters, die List seines erfinderischen Geistes an, um den wilden Leidenschaften seines Herren zu dienen, und dann wusste er auch vortrefflich ein Schlachtross zu zähmen; es reichte bei ihm hin, einige Worte zu murmeln oder nur einen Blick zu werfen, um das unbändigste Schlachtross sanft wie ein schüchternes Lämmchen zu machen.

Denn Herr Hugo von Oisy kannte keine größere Lust als auf einem schönen Zelter zu paradieren oder eine hübsche Jungfrau zu zwingen, und mit Pecquignys hinterlistigen und treulosen Ratschlägen fanden sich für Hugo nicht mehr spröde Mädchen, noch stätische Rosse.

Es geschah nun, dass eines Tages Hugo einem jungen Mädchen begegnete, welche von Espienne kam, um in einem Kloster von Cambrai den frommen Vorsatz zu erfüllen, welchen der Himmel ihr eingegeben hatte, in ein Kloster zu treten und ihr Leben auf dem Wege des Heiles in fortwährendem Gebete zuzubringen. Vertrauend auf ihren geweihten Entschluss, ging sie allein ihren Rosenkranz in der Hand und mit dem Schleier und der Kleidung einer Beghine.

Hugo entblößte seinen Kopf bei der Begegnung des frommen Mädchens mehr aus Gewohnheit, denn aus Ehrfurcht. Pecquigny, der es sah, schlug ein lautes Gelächter auf, so stark, dass er bald vom Pferde fiel. »Bei dem Teufel der Hölle«, rief er; »bei seiner Gabel und seinem Schwanze! Ich glaube, dass Ihr, mein junger Herr, Euch bald bekleiden werdet mit einer Kutte und Kapuze, und dass Ihr, statt auf Eurem Panzer die Schneide eines Schwertes zu fühlen, Eure nackten Schultern mit den Stricken einer Geißel peitschen werdet. Zur Genüge für mich. Um das Mädchen vorüberzulassen, nahmt Ihr den Hut vom Kopf, wie wenn sie ein Hostiengefäß wäre! Ich will ihr ein andres Kompliment machen.«

Er setzte sich in Trab, ritt dem jungen Mädchen nach und führte sie vor seinen Herrn. Sie erzählte naiv, aus welchen Gründen sie sich nach Cambrai begebe und Hugo ward es sonderbar zumute, als er eine so sanfte Stimme so einfache Reden hörte und große schwarze Augen so voller Lust und Schmachten sah.

Er seufzte, und aus Furcht vor schlechten Gedanken, mahnte er das Mädchen eindringlich ihren Weg fortzusetzen.

Sie gehorchte schon, als sie sich von Pecquigny zurückrufen hörte.

»Holla, he!«, rief er. »Wagt Euch nicht zu viel in dieser Stunde; der Weg ist gefährlich und die Diebe und Mädchenjäger könnten Euch Übles zufügen. Ihr sehet, wir sind fromme Leute, die sich«, fügte er mit einem spöttischen Blick auf Hugo hinzu, »vor einem Nonnenschleier das Haupt entblößen. Kommt mit in das Schloss, das Ihr hier in der Nähe sehet; Ihr werdet daselbst die Nacht bequem und ohne Gefahr verbringen, und morgen, wenn's Euch noch gefällt, könnt Ihr Eure Reise fortsetzen.«

Das junge Mädchen folgte dem treulosen Rate. Herr, Gott der Barmherzigkeit, Heilige Jungfrau, Muster der Keuschheit! Was geschah im Schlosse während der Nacht? Weiberklagetöne, Seufzer, Hilferufe wurden gehört bis gegen Mitternacht; und den folgenden Morgen begrub man einen Sarg, ohne dass der Priester nach der Totenmesse, wie es Brauch ist, den Namen des Geschiedenen nannte, für den man Gebete lesen sollte.

Ein Jahr nach diesem traurigen Ereignis heiratete Hugo von Oisy in gesetzmäßiger Ehe Heldiarden von Beaudur. Die Hochzeit war im Schlosse Vaucelles; und der Augenblick, wo die Gatten nach der Einsegnung des Brautbettes allein blieben, kam endlich, obgleich sehr langsam für die Sehnsucht Hugos.

Allein geblieben mit seiner Gattin, eilte er hastig nach dem Lager, wo die schöne Heldiarde ruhete; aber kaum war er da, als eisige Arme ihn umstrickten; ein eiskalter Busen an seiner Brust ruhete und eisige Lippen den seinigen einen Kuss aufdrückten; und dann erhellte sich das Zimmer schwach mit einem ungewissen Scheine, und er sah einen bleichen toten Frauenleib, der Zärtlichkeiten an ihn verschwendete und mit einer Hand Heldiarden zurückhielt, die vor Entsetzen bald starb, – und seine Küsse nur unterbrach um zu wiederholen: »Hugo, du bist *mein* Gemahl; ich habe für dich meine Keuschheit verloren, ich habe um dich meinen himmlischen Bräutigam Jesum Christum, ich habe um dich das Wohl meiner Seele verloren: Du gehörst mir, ich bin deine Gattin.«

Die Todesbraut verschwand erst mit Anbruch des Tages.

Und sie kam wieder den folgenden Tag, und kam wieder den nächstfolgenden Tag und kam wieder jede Nacht mit ihren kalten Zudringlichkeiten, ihren starren Umarmungen und ihren schrecklichen Liebesworten.

Es war umsonst, dass Hugo mit seiner Gemahlin sich auf sein Schloss Crevecœur begab. Das Weib mit seinen kalten Küssen folgte ihm überallhin und sooft er einen Blick auf seine Gattin warf, sooft er ihr die Hand reichte, trat das Gespenst zwischen beide, und wiederholte: »Nur mein Gemahl bist du: Mir allein gehörst du, Hugo.«

Hugo und Heldiarde wären beide darüber gestorben, wenn der hochselige Abt von Clairvauv, der heilige Bernhard, nicht nach Cambresis gekommen wäre.

Er hörte von dem schrecklichen Wunder sprechen, das soeben erzählt worden, und erkannte ohne Mühe, dass einer so großen Strafe ein noch größeres Verbrechen vorausgegangen sein müsse.

Da er den Frieden in das Schloss zurückbringen und auf immer den Dämon von den Orten bannen wollte, welche er beunruhigte, besuchte er Herrn Hugo von Oisy und fand ihn in einem bedauernswürdigen Zustande.

»Es gibt ein Mittel«, sagte der Mann Gottes, »es gibt ein Mittel die Verfolgungen des bösen Geistes zu verscheuchen: Weihet Euch dem heiligen Klosterleben, verachtet die Eitelkeiten der Welt und bekleidet Euch mit dem Gewande des Einsiedlers. Das Kloster und seine frommen Büßungen heilen die Seele von ihren verbrecherischen Gewohnheiten, reinigen das Gewissen von seiner Unruhe, erheben einen Wall zwischen dem Gläubigen und dem Versucher, trösten für die tiefsten Schmerzen und öffnen den Weg zum ewigen Leben.

Ahmet Jesum Christum, unsern Heiland nach«, fuhr er mit verdoppeltem Eifer fort. »Er hat vierzig Jahre auf der Erde in der Keuschheit und Enthaltsamkeit verlebt. Sein Glück war die Einsamkeit, die Betrachtung und das Gebet. Wählet das Klosterleben, beklagenswerte, mit Ungerechtigkeit bedeckte Sünder und verehret den Höchsten, der in seinem Erbarmen euch unwürdigen und schwachen Sündern gestattet hat, einen Gott nachzuahmen, einen unendlichen, allmächtigen Gott, der für Euer Heil gestorben.

Ich sage und wiederhole es Euch, außer dem Kloster gibt es kein Paradies. Steht es nicht geschrieben, dass ein Kamel eher durch ein Nadelöhr gehe, als dass ein Reicher in das Himmelreich komme? Weihet Euch denn dem Klosterleben; tuet Buße und das Himmelreich wird Euch werden; die Macht des Bösen wird besiegt und der Kopf der Schlange zertreten werden.«

Heldiarde stieß einen tiefen Seufzer aus, denn sie mochte der Liebe Hugos nicht entsagen. Bei diesem Seufzer fühlte ihr Gemahl einen nagenden Schmerz im Innern und blieb unbeweglich und ohne Antwort.

Der alte Pecquigny, dessen freche Blicke sich nicht vom heiligen Bernhard abgewendet hatten, nahm jetzt das Wort.

»Bei meiner alten blinden Eselin«, sagte er, die Fäuste in die Hüften gestemmt, mit Hohngelächter, »Ihr erzählt Geschichten zum Totlachen. Güte des Teufels, wenn man Euch hört, muss man die Nesteln hart und feste knüpfen, ein elender Impotenter werden, wie es bei den Ungläubigen geschieht, welche man in fernen Landen bekämpft, und die Welt untergehen lassen, wenn man nicht Hurkinder zeugen will, wie viele Mönche, die das Gelübde bereuen, das sie geschworen haben. Bei meinem guten Degen, ich lese und erkläre Euch die Schrift, die Ihr ›heilige‹ nennt, und es steht darin ganz deutlich: ›Wachset und mehret euch.‹ Was sagt Ihr dazu, Gevatter Kahlkopf?«

Ein heiliger Unwille färbte die Wangen des Frommen.

»Vade retro!«, rief er mit ehrfurchtgebietender, zorniger Stimme, denn er vermutete, dass nur der Teufel in Person solche Reden führen könne.

Pecquigny zitterte und verlor seine Frechheit.

»Vade retro in nomine patris et filii et spiritus sancti.«

Der heilige Bernhard hatte kaum den Namen des Erlösers der Menschheit ausgesprochen, als plötzlich ein donnerähnliches Gekrach ertönte, und nichts mehr an der Stelle, wo der Schildknappe gestanden, gefunden ward, als ein Häufchen Asche, das einen erstickenden Schwefelgeruch von sich hauchte.

Der Graf von Oisy musste wohl mit seiner Gemahlin sich diesem letzten Wunder fügen und gehorchte in allem den Befehlen des heiligen Bernhard.

Der Leser wird im Verlauf dieser erbaulichen Geschichte sehen, wie Herr Hugo von Oisy sein Schloss Baucelles verschenkte, um daselbst eine mit großen Gütern dotierte Abtei zu bauen, und wie der heilige Bernhard zwölf Mönche von einem musterhaften Lebenswandel dahin brachte, welche im Rufe der Heiligkeit standen. Man wird erstaunen bei der Erzählung der Wunder, welche von dem hochseligen Abte getan wurden: Eine Quelle sprudelte hervor, die Arbeiter zu tränken; ein eiserner Wagen erschien, welcher Steine, Bäume und andere Gegenstände herbeischaffte, ohne von Pferden oder sichtbaren Wesen gezogen zu werden. Als die Abtei erbauet war, kehrte der Eisenwagen in den Wald zurück, wo er seit dieser Zeit nie wieder gesehen worden ist, trotz der eifrigsten Nachforschungen, die man deshalb gemacht hat.

Die Dame mit den kalten Küssen verschwand seit jenem Tage, wo der Abt Raoul, ein Engländer von Nation, das Kloster mit seinen Mönchen bezog.

Hugo von Oisy und seine Gemahlin, Frau Heldiarde, beschlossen, sich in ein Kloster zurückzuziehen, um den Ermahnungen des heiligen Bernhard Folge zu leisten; aber der genannte Heilige sah im Traume unsern Herrn Jesum Christum, der ihm befahl, die beiden Gatten nicht zu trennen, welche nach diesem in der Furcht des Herrn und der erbaulichsten Gottergebenheit lange zusammenlebten.

Seit dieser Zeit erscheint die Dame mit den kalten Küssen noch und umstrickt mit ihren kalten Armen Sünder, die sie mit Schrecken erfüllt, und zwar, wenn die Mönche der Abtei das Keuschheitsgelübte brechen, das sie geschworen ...

In diesem Augenblicke warf der Stoß eines unsichtbaren Wesens die Lampe des jungen Mönches um, übergoss sein Gesicht und seine Brust mit einer eisigen Flüssigkeit und ließ ihn in einer tiefen Finsternis. Er glaubte, dass es das Gespenst mit den kalten Küssen sei, und stieß Schreckenstöne aus.

Mönche eilten herbei und fanden ihn bleich und ohnmächtig und ganz bedeckt mit dem Öl seiner Lampe und dann kam eine Fledermaus und schwirrte um die Lichter, die sie hielten.

Der junge Mönch lächelte, erzählte, dass er einen schweren Traum gehabt, in dem er die Lampe umgeworfen hätte.

Hierauf verfiel er in einen tiefen Schlaf.

# Simon der Verfluchte

Die Tochter Guidos, Herrn von Villers, wäre beinahe ein Raub des Todes geworden in einer Krankheit, die sie vom Sonntage Lätare in Fieberhitze liegen ließ bis zu Pfingsten.

Die freundliche Alice war nur durch viele Gebete gerettet worden und durch das Gelübde, das ihr edler Vater schwur, das Kreuz zu nehmen und in Verbindung mit dem Könige von Frankreich, Ludwig dem Siebenten, in das Heilige Land zu gehen und die Ungläubigen zu bekriegen.

Der König von Frankreich hatte diesen Kreuzzug unternommen, um eine Entweihung der heiligen Orte zu sühnen, deren er sich schuldig gemacht dadurch, dass er hatte dreizehnhundert Menschen in einer Kirche verbrennen lassen.

Der gute Gott war dem väterlichen Schmerze des Herrn von Villers barmherzig und gab seinen glühenden Gebeten die sanfte Alice wieder.

Als das Fieber der Jungfrau gewichen war und man auf ihren Wangen an Stelle der kranken Blässe die Rosen der Gesundheit zurückkehren sah, dachte der Herr von Villers daran, seinen Vorsatz als frommer Christ zu erfüllen.

Er verkaufte dem Herrn von Gonnelieu eine seinem Schlosse benachbarte große, schöne Waldung um eine beträchtliche Summe und behielt nur einen kleinen Teil derselben, um der Abtei von Vaucelles ein Geschenk damit zu machen.

Mit dieser bedeutenden Summe, die gleichsam die Hälfte seines Besitztums ausmachte, bewaffnete Herr Guido acht Knappen von Kopf bis zu Fuß und vertraute seine Tochter dem alten Kaplan Peter Beaumetz, einem Manne von heiligem Rufe und treu auf jede Probe. Hierauf zog er fort, um mit dem Könige von Frankreich zusammen zu stoßen, und nicht ohne seine Augen, voll von Tränen, mehr als einmal nach den Türmen seines Schlosses zu kehren, nicht ohne mit schwerer Bangigkeit zu sich selbst zu sagen: »Lebe wohl auf ewig! Ach, wie werde ich meine kleine sanfte Alice wiedersehen! Wie den Ort, wo die Asche meiner Väter in Frieden ruht!«

Schon waren vier Jahre verflossen, seit der Herr von Villers das Kreuz genommen hatte, und noch wusste keiner etwas von dem Schicksale des frommen Greises.

Indessen ging es nicht vom Besten in seiner Herrschaft. Die Herren der Umgegend beraubten um die Wette, ohne Scheu und wie ein jeder konnte, die Domänen eines Abwesenden und die Erbschaft eines Kindes, das schon einer Waise gleich zu achten war.

Der Kaplan beschwerte sich auf das Lauteste bei dem Herrn von Alard; der gute Prälat schwur die Feigen zu züchtigen, wie sie es verdienten, aber das Alter hat gut kluge Pläne fassen, die Kraft mangelt ihm, sie in Ausführung zu bringen; und ohne sich um die Strafpredigten des Bischofs zu kümmern, fuhren die räuberischen Ritter nichtsdestoweniger fort auf dem Gebiete Alicens zu nehmen, was ihnen gefiel; und es gefiel ihnen fast alles.

Der Kaplan, der verzweifelte, seinem Herrn das wenige, was ihm von seiner Herrschaft blieb, zu erhalten, beschloss Alicen unter den Schutz des freundlichen und mächtigen Wilhelm, Herrn von Cagnicourt zu stellen, eines alten Freundes und Waffenbruders des Herrn von Villers.

Nachdem Wilhelm von Cagnicourt lange Zeit gekriegt hatte unter seinem Herrn, dem Kaiser Friedrich I., war er nach Cambresis zurückgekehrt seit höchstens einem Monate. Sonst würde der Kaplan nicht so lange gewartet haben, seine Zuflucht zu einem solchen Beschützer zu nehmen.

Peter Beaumetz kam also eines Morgens in das Schloss Cagnicourt und beschwor Herrn Wilhelm, der Tochter seines alten Waffenbruders zu Hilfe zu kommen. Bei den ersten Worten des Priesters trug ihm der brave Herr, vom Mitleid bewegt, auf, die junge, verlassene Waise unverzüglich in das Schloss Cagnicourt zu führen.

»Bei meiner Seligkeit«, schwur er, »ich werde wohl zu hindern wissen, dass man so die Güter eines Kreuzfahrers beraubt; ich will die Spitze meines Schwertes so fest auf die Kehle dieser Räuber stützen, dass sie im Ganzen von sich geben, was sie im Einzelnen verschlungen haben.«

»Gehet, holet Eure Gebieterin, guter, ehrwürdiger Herr. Unsere tugendhafte und weise Gattin Isabelle von Bethencourt wird sie erziehen, wie es einer Tochter von hohem Range ziemt, deren Vater im Heiligen Lande kämpft. Feig und treulos soll man mich schelten, wenn ich sie nicht wie meine eigene Tochter halte.«

Freudig, wie sich denken lässt, entfernte sich der Kaplan, um diese gute Nachricht schnell seiner jungen Herrin zu bringen, die sich sofort auf den Weg machte, so sehr sehnte sie sich in Ruhe und Sicherheit zu sein.

Sie ritt mit Grazie auf einem weißen Zelter und hatte ihren Schleier zurückgeschlagen, sowohl wegen der Wärme, als auch um die weisen Reden und klugen Lehren des Kaplans besser zu vernehmen, die er ihr erteilte, bezugs der Art und Weise, wie sie sich im Schlosse Cagnicourt zu verhalten habe. – Plötzlich erschienen am Ende der Straße zwei Männer zu Pferde.

Als wohlgezogenes Mädchen schlug Alice ihren Schleier nieder und verhüllte sich damit das Gesicht.

Die beiden Unbekannten machten schnell halt, um die Dame bequemer vorbeireiten zu sehen. Der eine, noch jung, schien von hohem Stande, wenn man nach seinen silbernen Sporen, und seinem freien Benehmen, – und wenn man nach seinem von Trunkenheit geröteten Gesichte urteilte. Der andere trug die Livree eines Jägers.

Nicht zufrieden mit diesem frechen Anschauen, fingen sie an, unmanierliche Reden zu führen, wie sie der Wein einzugeben pflegt.

Der Kaplan tadelte sie darum, wie es einem Greise und Priester zukam.

Ungeachtet Peter Beaumetz dieses in sanftem Tone getan hatte, ohne sie beleidigen zu wollen, färbte sich doch das Antlitz des jungen Herrn purpurrot vor Zorn und der Jäger fragte, seit wenn die Pfaffen es sich zum Geschäfte machten, den Herren von edlem Range auf den Landstraßen zu predigen.

Der Kaplan hielt für gut, so schnell als möglich die gefährliche Unterhaltung abzubrechen und gab seinem Pferde die Sporen, um seinen Weg fortzusetzen. »Beim Teufel«, rief drauf der Jäger, »wenn ich ein vornehmer Herr wäre, käme dieses Fräulein nicht davon ohne das Lösegeld eines Kusses bezahlt zu haben.«

Es bedurfte dessen gar nicht so viel, um seinen rohen Herrn anzureizen. Den Zügel des Saumrosses ergreifen, – schwören, dass weder Priester, noch Fräulein einen Schritt weiter dürften, ohne sich um den Preis, den er verlangte, loszukaufen, war das Werk eines Augenblicks; und schon schickte er sich an, das unziemende Lösegeld mit Gewalt zu nehmen.

Alice stieß einen Schrei des Entsetzens aus.

Der Kaplan wollte ihr zu Hilfe kommen und vom Pferde springen; aber er verwickelte sich in den Steigbügel, sein Angreifer gab dem erschrockenen Pferde einen Peitschenhieb, dass es querfeldein galoppierte.

Man hörte einige Augenblicke noch die Klagen des Kaplanes; dann aber nur noch den Galopp des Pferdes und das dumpfe Schallen des Leichnams, der alle Augenblicke an einen Stein oder Baum stieß.

Alice war ohnmächtig in die Arme des jungen Herren gefallen. Er betrachtete sie mit leuchtenden Augen und trug sie dann mit Hilfe seines Jägers, der eine verruchte Freude zeigte, weit vom Wege ab.

Die Vasallen Fräulein Alicens, die ihre Abreise erfahren, hatten die gute und sanfte Herrin, die ihnen so oft in ihrem Elende beigestanden, noch einmal sehen wollen. Sie versammelten sich, um sie zu begleiten, wie es einer adeligen Dame zukam, und beeilten sich, um ihr noch vor ihrer Ankunft im Schlosse Cagnicourt zu begegnen.

Man denke sich das Entsetzen dieser Leute, als sie den Kaplan, in Stücken und Fetzen mitten im Wege liegen sahen!

Während sie in dem Schweigen des Entsetzens und der Verzweiflung, dieses grauenhafte Schauspiel betrachteten, hörten sie schwaches, erstickendes Schreien. Es war Alicens Stimme.

Sie laufen nach der Seite, woher die Schmerzenstöne kamen; bei ihrem Anblick besteigen zwei Männer ihre Rosse, ergreifen die Flucht und ließen da – entehrt, gemordet, die arme Alice von Villers.

Einige eilen den Schuldigen nach; andere drängen sich um die Gemordete; man verschwendet Sorgen und Mühen; sie öffnet die Augen, nennt den Namen der Heiligen Jungfrau, stößt einen tiefen, schweren Seufzer aus – und stirbt.

»Rache! Rache! … Tötet sie! Strafet die Mörder, die Verruchten!«, so schreien hundert Stimmen; die einen holen Waffen, die andern verbünden sich mit denen, welche die Mörder schon verfolgten. Sie begegneten auf dem Wege einem der ihrigen: »Ich kenne diese Schurken, die unsere Herrin und den Kaplan schändlich gemordet haben«, schrie er ihnen aus weitester Ferne zu.

»Sagt, sagt, wer sind sie, – sie sollen sterben«, rief man von allen Seiten.

»Es ist der junge Simon von Cagnicourt, und sein verruchter Stallmeister Almarich.«

»Sie müssen sterben – sterben; – zum Schlosse Cagnicourt!«

Dieses Rachegeschrei drang zu den Ohren der Schuldigen, welche bleich und halbtot vor Schrecken der kleinen Zahl Bauern, die sie erreicht hatten und sie mit Steinen und Kot warfen, nur die Flucht entgegensetzten.

Sie entgingen ihnen endlich bei einbrechender Nacht und gelangten in die Burg Cagnicourt, deren Zugbrücke und Fallgitter sie schnell schlossen.

Erschreckt durch das Geschrei, das er um seine Burg hörte, stieg Ritter Wilhelm auf den Wall und forschte nach der Ursache des Aufruhrs.

Er erfuhr sie nur zu balde bei dem Anblick der Leichname, die auf einer Bahre von Leuten getragen wurden, welche Fackeln hielten, gleichsam um mehr zur Rache zu reizen, wenn sie die beiden Opfer Simons zeigten.

Ritter Wilhelm, von tödlichem Schmerze durchdrungen, ließ die Zugbrücke senken und trat mit entblößtem Haupte, ohne Waffen, und bleich wie der Tod, mitten unter die Leute von Villers. Jeder wich bei seinem Anblick zurück, um ihm Bahn zu machen, und beobachtete ein tiefes Stillschweigen.

Der unglückliche Vater sprach mit Mühe, mehr als einmal von bittern Seufzern unterbrochen, diese Worte:

»Es ist ein großes Verbrechen begangen worden; ich will es strafen, bei meiner Ritterehre! Ja, Gerechtigkeit will ich üben, exemplarische und genügende. Gehet, brave Leute und lasset mich handeln.«

Alsdann kehrte Ritter Wilhelm in sein Schloss zurück; und die Leute von Villers entfernten sich und trugen die beiden Leichname in Prozession mit sich, Gebete für die Ruhe ihrer Seelen singend. Keiner zweifelte, dass der wackere Ritter Wilhelm sein Versprechen gewissenhaft halten und seinen Sohn, wie er es verdient, strafen werde. Denn Ritter Wilhelm hatte in seinem Leben noch keine Lüge gesagt, und man kannte ihn übrigens als ebenso strengen Richter für wirkliche Verbrechen, wie mitleidigen Mann bei verzeihlichen Fehlern.

Ritter Wilhelm, der in das Schloss durch die Schlupftür zurückgekehrt war, begab sich in die Kapelle und ließ seinen Sohn kommen. Simon hatte, um sich Fassung zu geben und sich über die soeben verübten Verbrechen zu betäuben, nach dem Rate seines Jägers, soeben ein großes Maß Wein getrunken.

Almarich folgte ihm und verbarg sich hinter einem dicken Pfeiler.

Ritter Wilhelm beobachtete einen Augenblick tiefes Stillschweigen; dann sprach er, die Arme hebend mit tiefer, feierlicher Stimme:

»Mörder und Treuloser, Feiger, der du nur Mut hast, Priester zu töten und Jungfrauen Gewalt anzutun, der du fliehest wie ein wahrer Schurke vor einem Haufen Bauern, tue deine Rittersporen ab, lass dir den Kopf scheren und begib dich in ein Kloster strenger Regel, um dort den Rest deiner Tage in Buße zu verleben. Ich werde der Abtei Vaucelles mit allen meinen Gütern ein Geschenk machen, damit man da Tag und Nacht Gebete lese für Fräulein Alice und ihren Kaplan. Geh', ich gebe dir meinen Fluch in dieser und jener Welt.«

Frech gemacht durch die Trunkenheit, ging Simon auf seinen Vater los und sagte kühn: »Nichts von alle diesem werdet Ihr tun.«

Der Greis, erzürnt über solche Frechheit, schlug hastig mit seinem Handschuh in das Gesicht Simons.

Außer sich, zog der junge Mann seinen Dolch und führte einen unsichern Stoß. Ritter Wilhelm fiel, obgleich nicht gefährlich verwundet.

Aber noch hatte er den Boden nicht erreicht, als der Jäger Almarich mit einem Sprung hervorstürzte und ihm den Kopf mit einem Beilhieb zerschmetterte.

Dann stützte er sich auf die blutige Waffe und fragte: »Was werden wir nun tun, Herr von Cagnicourt?«

Simon meinte in einem schrecklichen Traume zu schweben.

»Die Nacht ist schwarz«, fuhr der Jäger fort. »Niemand, eine Schildwache, die ich auf mich nehme, ausgenommen, hat euern Vater zurückkommen sehen; schnell, werfen wie diesen Leichnam in den äußern Graben und morgen wird man sagen, dass die Leute von Villers ihn getötet haben.«

»Tun wir das; ja, tun wir das«, erwiderte Simon mit einer stupiden Stimme.

Almarich lud den Leichnam auf die Schultern und Simon folgte ihm.

Sie schritten über die erste Brücke, wovon Almarich die Schildwache zu entfernen schon vorher Sorge getragen hatte; und als sie an den Graben gekommen waren, der sich unter der zweiten Zugbrücke befand, stürzten sie den Leichnam ins Wasser.

Anstatt aber unterzutauchen, blieb der Körper Ritter Wilhelms aufrecht, die Hände ausgestreckt, wie wenn er seinen Sohn noch einmal verflucht hätte.

Simon wollte fliehen und stürzte sich auf die Brücke; aber kaum hatte er sie überschritten, als er ohne zu wissen, wie das geschah, sich wieder an dem Rande des Graben sah und vor der schrecklichen Leiche.

Und so geschah es bei jedem seiner zahlreichen Versuche.

Als es Tag ward, fand man ihn bleich, mit gesträubten Haaren, die wilden Blicke auf den Leichnam seines Vaters gerichtet, der ihn verfluchte.

Jedermann floh aus dem Schlosse bei dem Anblick dieses grausigen Wunders und man bewohnte es nicht in mehr als zweihundert Jahren.

Lange Zeit nach diesen eben erzählten Begebenheiten, als man sich deren kaum noch erinnerte, fiel die Herrschaft Cagnicourt durch Nachfolge an Herrn Jacob Balduin von Villers, erblichen Kaplan von Cambrests. Neugierig, zu wissen, was an der Sage von dem verlassenen Schlosse wäre, ging er dahin in Gesellschaft des Beichtigers der Abtei Vaucelles.

Sie sahen sehr deutlich mitten in einem fast zum Moraste gewordenen Teiche das Skelett eines Mannes mit ausgestreckten Armen.

Von der Höhe des Walles schien ein anderes Skelett jenes in einer Haltung der Zerknirschtheit zu betrachten.

Der Beichtiger las Gebete für die Ruhe der Seele Ritter Wilhelms von Cagnicourt, dann besprengte er beide Gerippe mit Weihwasser.

Sofort zerfielen sie in Staub und Asche.

# Ritter und Nonne

### oder Liebe und Verbrechen im Kloster

Liebe aus Sinnlichkeit kennt die Bessere nicht, wohl aber Sinnlichkeit aus Liebe.

*Jean Paul*

Ritter Bruno war in das gelobte Land gezogen, eine schwere Sünde zu sühnen im Kampfe für seine dort leidenden Mitchristen.

Was die Schuld gewesen, die sein Gewissen belastete, war unbekannt geblieben; aber seine schöne Gemahlin war plötzlich verstorben, ohne dass selbst seine Burgbewohner, seine treuesten Diener und Knappen sie krank gewusst, oder die geliebte Herrin im Tode gesehen hatten. Es waltete ein Geheimnis über ihrem Tode, welches ihre stille Beerdigung, des Ritters schnelle Abreise mit seinen Mannen nicht zu enthüllen vermochte.

Eine achtjährige Tochter, Mathilde, hatte Ritter Bruno zurückgelassen und sie der Obhut eines alten Burgkaplans anbefohlen, der wohl das folgsame, holde Fräulein treulich hütete, nicht aber seines Herren Herrschaft, die weiten schönen Waldungen, die da wimmelten von hohem und niederem Wilde, auch nicht die fetten Äcker, Wiesen und Triften, die fischreichen Teiche, kurz nichts von dem, was außer der Burg war, zu schützen vermochte gegen die räuberischen Eingriffe der wüsten, jagdlustigen Nachbarn und Ritter, welche nicht Achtung hegten vor dem Eigentum eines Kämpfers auf heiliger Erde, und einer mutterlosen Waise, welche das Schwert eines Sarazenen auch bald und leicht des Vaters berauben konnte. Der aber kämpfte indessen nach deutscher Ritterweise gar mutig und tapfer um das Grab des Erlösers, dessen gebenedeite Mutter, die keusche Jungfrau Maria, der sündige Ritter Bruno täglich und stündlich um Erlösung von seiner schweren Schuld inbrünstiglich bat.

Eines Tages lag er um die Mittagszeit sicher und ruhig im Schatten eines Baumes und ruhete sich aus von den gehabten Mühen des Morgens. Da zog ein frommer Pilger vorüber, das Gesicht nach heimatlicher Erde gewendet. Dem erwies er ehrerbietigen Gruß in deutscher Sprache und jener segnete ihn dafür in derselben Zunge.

»Ihr zieht nach Deutschland, frommer Mann?«, fragte der Ritter; und als der Pilger es bejahete, sprach jener weiter: »So setzt Euch einen Augenblick zu mir in den kühlen Schatten dieses Baumes und stärkt Euch durch einen Trunk aus meiner Feldflasche zur Weiterreise.«

Der Pilger folgte der Einladung, tat dem zutrinkenden Ritter tapfer Bescheid und ward danach zutraulich und gesprächig, aber fortwährend ließ er forschende Seitenblicke auf dem Ritter ruhen, wie wenn er in ihm einen alten Bekannten zu erkennen trachtete.

»Habt Ihr Grüße in die Heimat zu bestellen, tapferer Ritter?«, fragte der Pilger.

»Wenn Ihr durch das Meißner Land reisetet, könntet Ihr wohl Grüße mitnehmen an meine herzliche Tochter und deren Beschützer, meinen alten Burgkaplan«, entgegnete der Ritter.

»Nennt mir nur den Namen eurer Burgherrschaft. Führt mein Weg auch nicht vorbei, so will ich sie doch suchen und Euere Grüße bestellen«, sprach der Pilger.

Der Ritter nannte seinen Namen und seine Herrschaft. Bei Nennung dieses Namens durchbebte den Pilger höhnische Freude, und unbeachtet vom Ritter sagte er halblaut und beiseite: »So hab' ich dich endlich, du Blutschänder; an dir will ich nun meine Rache, welche Jahre nicht haben löschen können, sicherlich stillen.«

»Aber«, fuhr er dann zum Ritter gewendet fort, »habt Ihr nicht auch eine Gemahlin zu grüßen?«

Der Ritter erschrak sichtlich bei dieser Frage und erwiderte mit unsicherer Stimme, welches jeder andere als der Mönch für Rührung gehalten hätte:

»Nein, frommer Mann, die habe ich nicht mehr zu grüßen; sie ruhet seit einem Jahre schon in der Gruft meiner Väter.«

»Requiescat in pace«, sprach der Mönch und schien trotz seines heimlichen Hohnes doch für den Augenblick ergriffen zu sein.

Der Ritter war in tiefes Nachdenken versunken und der Mönch gewährte ihm Ruhe und sich Zeit, den Ritter scharf zu beobachten. Endlich aber hob er an: »Herr Ritter, Euere Brust scheint tiefe Trauer zu füllen oder schwere Schuld zu belasten.«

»Wohl mehr das Letztere«, entgegnete der Ritter und sein Haupt sank tiefer auf die Brust herab.

»Nun, so erleichtert Euer Gewissen und beichtet mir. Ich ziehe gegen Rom und erwirke Euch Absolution, wenn Euere Sünde so groß ist, dass ich selbst Euch nicht absolvieren kann. Die Gnade und Barmherzigkeit unseres Heilandes im Himmel ist groß, und da Ihr kämpfet auf heiliger Erde, wird der Stellvertreter Christi, der Heilige Vater in Rom, Euch Euere Schuld um deswillen ergeben.« So sprach mit erheuchelter Teilnahme und Frömmigkeit der Pilger, den lauernden Blick voll Hohn auf den noch immer sinnenden Ritter gerichtet, der endlich sich emporrichtete und sprach:

»Ja, ich will Euch beichten, Mann Gottes, will Euch eine Sünde bekennen, die auf Erden nur ich und meine Gattin wussten.«

»Und ich, Herr Ritter ...«, flüsterte leise beiseite der Mönch.

»Höret, frommer Mann, als meine greisen Eltern starben und mich durch ihren Tod zum Herren ihrer Güter machten, hatte ich noch eine Schwester. O sie war eine schöne, holde, liebe Jungfrau und ich sündiger, neunzehnjähriger Jüngling fühlte mehr als brüderliche Liebe zur sechzehnjährigen Schwester. Wenn ich meinen Arm um sie schlang und ihre junge Brust an der meinigen ruhete, durchbebte eine unheimliche Glut meine Adern und meine Lippen brannten auf den ihrigen nicht im keuschen Bruderkuss. Auch das unschuldige Kind mochte von dem unlauteren Feuer meiner Liebe entzündet werden und zog sich oft tief verschämt aus meinen Armen, von meiner klopfenden Brust zurück.

Da traf es einst, dass ich spätabends von einem ritterlichen Gelage aus der Nachbarschaft, nicht trunken, aber aufgeregt und sinnlich gereizt vom edlen Weine, nach Hause zurückkehrte.

Meine Schwester war schon schlafen gegangen und hatte besorglich der alten Dienerin gesagt: ›Wenn mein Bruder kommt, bittet ihn, dass er mir Gute Nacht bringe, damit ich weiß, ob er wohl und gut zurückgekehrt sei.‹ Ich trat in das Gemach meiner Schwester. Sie lag halb entkleidet auf dem seidenen Ruhebett und reichte mir lächelnd die Hand: ›So spät, mein Bruder?‹

Ich ergriff die dargebotene Hand und zog sie zum Kuss an meine Lippen.

›Du bist ja recht zierlich geworden, Bruno‹, sagte lächelnd die Schwester, ›du küssest mir die Hand wie ein steifer Hofjunker einer fürstlichen Kammerdame.‹ Und damit zog sie mich näher. Ach und ihre unschuldige Natürlichkeit gab mir mehr Reize bloß, als ich, ohne mich zu vergessen, sehen durfte. Ihre süßen Lippen öffneten sich den Bruderkuss zu empfangen und sie empfing ihn glühender, brennender als je. Sie schlang ihren Arm um meinen Hals und gab mir den schwesterlichen Gegenkuss; aber so keusch und züchtig er auch gegeben sein mochte, der Hauch ihres Mundes fachte die verderbliche Glut meiner Sinne noch mehr an. Ich sank auf das jungfräuliche Lager und hielt die bebende Schwester in heißer Umarmung umfasst. Meine Küsse bedeckten ihren Mund. Sie begann zu widerstehen. Ach hätte sie nicht widerstanden. Ihre Bemühungen, sich von mir loszuwinden, reizten mich noch mehr und eine Stunde später weckte uns ein plötzliches Geräusch an der Tür aus unserm verbrecherischen Sinnentaumel.

Ich sprang auf und öffnete die Tür, den Grund des Geräusches zu erforschen. Da sah ich beim Schein einer düster brennenden Lampe am Ende des Korridors eine Mönchskutte verschwinden. Ich folgte, verlor aber in den weiten Hallen der Burg jede Spur.

Alle Dienstleute waren zur Ruhe. Nur die Wachen standen getreulich auf ihren Posten. Ich rief eine derselben an und fragte, ob jemand Fremdes diesen Abend im Schlosse geblieben sei.

›Ja, gestrenger Herr Ritter‹, antwortete die Torwache, welche meine Frage vernommen hatte, ›Euer und des gnädigen Fräulein Beichtiger, der fromme Pater Klaudin, hatte sich verspätet und ist auf die Einladung Eurer Schwester im Schlosse geblieben.‹

Das fiel mir zentnerschwer auf die Brust. Dieser Mönch gefiel mir seit langer Zeit nicht mehr. Seine Augen ruheten länger als mir lieb war auf meiner Schwester, und wenn er den Friedens- und Segenskuss auf die Stirn meiner Schwester drückte, war mir's doch immer, als wenn ich ein Feuermal sähe, wo seine Lippen geruhet hatten. Auch waren seine Reden ein Gemisch von Frömmigkeit und laxer Sitte. Denn während er einer unkeuschen Liebe fluchte, deckte er einen weiten christlichen Mantel über die Vergehungen der Mönche und Nonnen, die auf einem Grund und Boden zwei Klöster in verführerischer Nähe hatten und selbst durch einen unterirdischen Gang miteinander in traulicher Verbindung stehen sollten.

Ich kehrte zu meiner Schwester zurück. Da lag sie noch auf ihrem Ruhebett, zwar nicht mehr in dem Glanze himmlischer Unschuld, wohl aber noch in dem Reiz eines gefallenen Engels. Ach wie brach mir das Herz, als sie weinte und sich anklagte, als das sündhafteste Weib, das keine Gnade finden werde vor der keuschen Jungfrau Maria, der Mutter aller Gnaden. Schwer gelang es mir, das Opfer meiner unreinen Liebe zu trösten und zu beruhigen; denn sie lud alle Schuld auf sich allein, weil, wie sie mir jetzt endlich mit deutlichen Worten gestand, auch sie mehr als schwesterliche Liebe für mich gefühlt hatte und sich sündiger Gedanken seit Langem bewusst gewesen; auch ihrem Beichtiger, und das erschreckte mich, den Zustand ihrer Seele offenbart hatte, um eine Waffe zu finden gegen die Anfechtungen der unkeuschen Bruderliebe.

›Und was riet dir Pater Klaudin?‹, fragte ich gespannt.

›Noch diesen Abend sprach er so lange und so viel über diesen Punkt mit mir, dass er sich verspätete und hier bleiben musste. Er drängt mich, den Schleier zu nehmen und in das benachbarte Nonnenkloster zu treten; und als ich ihm meine Zweifel über die strenge

Sittlichkeit der Nonnen jenes Klosters schüchtern eröffnete, da sagte der fromme Mann zu meinem Entsetzen, denn seine schwarzen Augen ruheten funkelnd auf mir: ›Weib, es ist besser, dem himmlischen Bräutigam untreu zu sein, als in sündhafter Liebe für den Bruder zu brennen.‹

Als ich nun wenig mehr auf seine Reden hörte, zog er sich zurück. Als er aber mir den Friedenskuss auf die Stirne drücken wollte, bog ich mich unwillkürlich nach hinten und der Schal entfiel meinen Schultern. Hastig, gierig fuhren seine Lippen nach meiner Stirn, sie brannten wie glühende Eisen und, o der lüsterne Mann, seine Hand fuhr dabei über meine nackten Schultern. Ich raffte den entfallenen Schal auf und flüchtete in das Nebenzimmer. Das, mein Bruno, wollte ich dir erzählen, deshalb hieß ich dich kommen; ach nun aber ist es erst schlimm geworden, wie tief sind wir gefallen. Das keusche Licht der Königin des Tages muss sich verhüllen vor unserm Antlitz, auf dem die Blutschande geschrieben steht.

›Nein, Schwester‹, rief ich entschlossen, denn ein Licht zeigte sich mir plötzlich in dem Labyrinth der Sünde, ›wir werden dem Mönche, der unsere Tat, wenn auch nicht gesehen, doch ahnen kann, entfliehen, wir werden Absolution finden im geldgierigen Rom und wäre es um die Hälfte meiner Güter, dann trennen wir uns und unsere Liebe wird durch die Zeit und Entfernung sich läutern, dass wir einst in Freundschaft und keuscher Geschwisterliebe den Rest unserer Tage verleben. Ja, ja, morgen, morgen schon ziehen wir gen Rom; der Gram, der hier die glänzende Stirn meiner Adeline verdüstern würde, wird verfliegen unter dem ewig heitern Himmel Italiens; die beklommene Brust wird sich erheben unter dem Duft der Orangen – o Schwester, wir werden gerettet sein.‹

Und meine Begeisterung, mein freudiger Mut begann sich der Schwester schnell mitzuteilen. Sie richtete sich auf, sie reichte mir die Hand, ich ergriff sie – und, diese Berührung durchbebte elektrisch von Neuem alle meine Fibern, – ich umfasste die Schwester, ich küsste sie; die Sinnenglut fachte sich an, teilte sich ihr mit, und in der Freude einen Weg gefunden zu haben, der Sünde und ihren Folgen zu entgehen, begingen wir sie noch einmal. Die Sonne des folgenden Tages beschien ein blutschänderisches Paar auf entweihetem jungfräulichem Lager. Die Abendsonne aber fand uns auf dem Wege nach Rom.«

Hier schwieg der Ritter eine Zeit lang und sein Zuhörer, der lauschende Pilger, der ohne die Ruhe eines Beichtigers mehrmals merkliche Zeichen eines inneren Grimmes geäußert hatte, erwartete mit sichtlicher Ungeduld die Fortsetzung der Erzählung des Ritters.

Endlich hob dieser wiederum an:

»Die Reise nach Rom vollendete, was wir an jenem Abend begonnen hatten. Die einsamen, unbelauschten Nachtquartiere, in denen wir stets für ein flüchtiges Liebespaar galten, waren nicht geeignet, unserer verbrecherischen Liebesglut einen Damm zu setzen. Am Tage zerstreute uns die Reise und wenn mit Einbruch der Nacht das Gewissen uns zu beängstigen drohete, suchte das eine an des andern lebender Brust Trost und Erquickung und immer fand der neue Tag uns tiefer versunken in dem Genuss verbrecherischer Liebe.

Wir durchzogen die Schweiz; fanden auf den Alpen Erhebung und in den Herzen Reue, und knieten mit Zerknirschung nieder vor dem Allbarmherzigen, dem man sich näher glaubt auf diesen erhabenen Bergen – aber des Abends vergaßen wir in den lauschigen Sennenhütten, was wir am Tage dem Urquell des Lichts und der Gnade angelobet hatten. Wir erreichten endlich Rom und versäumten vor dem Heiligen Stuhle Petri Absolution zu suchen, denn Adeline sollte bald Mutter werden. Und sie ward es. Sie gebar ein Mädchen, einen holden freundlichen Engel – und doch das Pfand einer blutschänderischen Geschwisterehe. Wenn das Kind an dem blühenden Busen der Mutter ruhete und ich zu deren Füßen kniete, da schlang sich das Band, womit die Sünde uns verknüpft, immer enger um uns, wir sahen uns nicht mehr wie Geschwister an; wir waren ja Vater und Mutter und träumten uns in dem Anschauen unseres Kindes als junge Gatten in rechtlicher Ehe.

So verging ein Jahr. Das Gewissen mahnte seltener und wir wagten selbst den Gedanken zu fassen, nach Deutschland und in die Heimat als Gatten zurückzukehren. Entdeckung hatten wir nicht zu fürchten. Ohne Diener waren wir gereist; und Adelinen, die zarte schmachtende Jungfrau, hatte die Liebe, der Genuss, die Mutterfreude, die glühende Sonne Italiens zum hohen, ausgebildeten schönen Weibe gemacht; dem Antlitz, Nacken und Busen hatte das südliche Klima ein dunkleres Kolorit gegeben. Wer hätte gezweifelt, dass sie die Tochter eines römischen Patriziers, meine Gattin sei? – Aber ein Umstand hielt uns noch ein ganzes Jahr in Rom zurück. Unser Beichtiger würde Adelinen erkannt haben und wenn wir nach zwanzig Jahren zurückgekehrt wären; denn das Auge des unbelohnten eifersüchtigen Rivalen sieht schärfer denn ein Falkenauge. Ihn mussten wir fürchten. Da bot sich das Glück, das der Sünde öfter die Hand bietet als der Tugend, und wir durften unsere Blicke nach der Heimat richten. Wir waren von Rom nach Neapel gereist und ergingen uns eines Abends am dortigen Hafen. Die Seeluft fächelte uns Kühlung; wir sprachen vom Vaterland, von dem Glücke, das wir am häuslichen Herde genießen würden – da umschlich uns plötzlich ein Mönch; wir beobachteten ihn und ich erkannte zuerst in ihm den Pater Klaudin. Adeline erschrak, als ich ihr diese Entdeckung mitteilte, aber mein Entschluss, mich dieses lauernden und darum desto gefährlicheren Feindes möglichst bald und auf jede Weise zu entledigen, stand schon lange fest. Im Hafen lag ein türkisches Schiff, bereit des morgenden Tages abzusegeln. Der Kapitän desselben erging sich, wie wir, am Ufer und schmauchte seine Pfeife. Als die Spaziergänger sich alle verlaufen hatten, nur der Mönch nicht, und auch der türkische Kapitän im Begriffe stand, sich auf sein Schiff zu begeben, trat ich zu ihm und sprach:

›Verzeihet, Herr Kapitän, eine Frage: Seid Ihr ein Freund von Gold?‹ Ich zeigte ihm dabei eine reichgefüllte Goldbörse.

›Was soll mir diese Frage? Wenn ich sie auch bejahte, Ihr gebt mir die Börse doch nicht.‹

›Ich gebe sie Euch, auf meine Ritterehre‹, entgegnete ich; ›aber nehmt diesen Mönch da mit Euch.‹ Ich zeigte auf Pater Klaudin.

Der Türke bejahete und winkte zweien seiner Leute. Kaum hatte er ihnen einige Worte zugeflüstert, als diese auf verschiedenen Wegen den Pater umgingen, ihn plötzlich packten und mit Windesschnelle dem Fahrzeug zutrugen, welches den Kapitän auf das Schiff bringen sollte.

›Werdet Ihr ihn aber auch nicht wieder laufen lassen?‹, fragte ich den Kapitän und ließ die Börse in seine Hand gleiten.

›Trag’ keine Sorge, Christ, wo ich ihn hinbringe, wird er mir noch einmal bezahlt.‹

So froh ich war, mich meines Feindes entledigt zu haben, schauderte ich doch bei diesen Worten des Türken, denn ich hatte einen Christen der türkischen Sklaverei verkauft. Aber Türke, Mönch und Fahrzeug verschwand aus unsern Augen, wir kehrten in unsere Wohnung zurück, und hier beschäftigten uns nur die Gedanken an die Heimat und unsere Liebe.«

Bei diesem letzten Teil der Erzählung des Ritters hatte der Pilger seiner inneren Aufregung kaum Herr werden können. Er ballte die Fäuste hinter seinem Rücken, kniff die Lippen zusammen und als er sprach, bebte seine Stimme.

»Kehrtet Ihr denn in Euere Heimat zurück?«, fragte er gespannt.

»Ja, wir kehrten dahin zurück und Adeline ward, ohne erkannt zu werden, von jedermann als meine Gattin geehrt, als ein schönes Weib bewundert. Wir lebten sechs glückliche Jahre; die Gnade des Himmels währte lange, aber endlich traf mich der Fluch der bösen Tat. Einst gab ich den Bitten Adelinens Gehör und wohnte mit ihr einem glänzenden Turniere bei, das ein benachbarter Reichsfürst veranstaltet hatte. Adelinens blendende Schönheit zog aller Augen auf sich und der Fürst wich nicht von unserer Seite. Adeline nahm die dargebotenen Huldigungen mit bescheidener Grazie an und entzückte durch ihr Benehmen die ganze Umgebung. Ich hatte nicht Ursache, eifersüchtig zu werden, so sehr ich auch davor bebte. Aber als wir wieder im traulichen Wohngemach unserer Burg saßen, da gewahrete ich Adelinen stiller und sinnender denn je, und als unser holdes achtjähriges Töchterlein sie Mutter rief, da traten Tränen in die Augen, welche sie stets von mir abgewendet hielt.

›Adeline‹, fragte ich, ›was hast du?‹

›Nichts, Bruno‹, entgegnete sie, und Tränen entstürzten von Neuem ihren Augen. Ich sendete unser Kind hinweg und trat zu der Weinenden.

›Was sinnest und weinest du?‹, fragte ich etwas gereizt, denn die Eifersucht ward in mir rege. Adeline war zum ersten Male in so großer Öffentlichkeit aufgetreten.

›Ich denke daran‹, antwortete sie schluchzend, ›wie man mich aufgenommen haben würde, wenn man gewusst hätte, welche geheime Schande auf mir lastet, wenn man gewusst hätte, dass wir in blutschänderischer Ehe leben.‹

›Ja‹, erwiderte ich bitter, ›dann würde der Fürst dir die Huldigungen entzogen haben, in denen du dir so sehr gefielst.‹

In demselben Augenblicke fiel mir eine galante Äußerung ein, welche der Fürst getan, meinend, ich würde sie nicht hören. ›Schöne Dame‹, flüsterte er, ›Ihr würdet den kaiserlichen Palast oder wenigstens die Hofburg eines Fürsten besser zieren als die ärmliche Burg eines Ritters.‹ Diese Worte kamen meinem Gedächtnisse wieder mit dem Gedanken, dass der Fürst unbeweibt sei.

›So werde die Mätresse des Fürsten!‹, rief ich und verließ das Zimmer, verließ die Burg auf meinem besten Rosse und irrte, Eifersucht und Gewissensbisse im qualvollen Innern, drei Tage in den Wäldern umher. Am vierten kehrte ich zurück. Es war höchste Zeit. Adeline ließ mich rufen. Ich fand sie leidend, krank, entstellt. Ich vergaß das Geschehene und stürzte zu den Füßen ihres Bettes.

›Adeline, vergib mir!‹, rief ich.

›Es ist zu spät, mein Bruder. Als du mich Mätresse nanntest, mich, die ich nur dich geliebt und um dieser Liebe willen das Heil meiner Seele verloren habe, als du dich kalt von mir wandtest, sieh', da öffnete ich jenen Schrank und nahm das Gift, vor dessen Berührung du mich so oft gewarnt hast. Es hat mich gereuet diese rasche Tat, ich wollte Hilfe, Rettung bei dir suchen, denn der Sünder hängt mehr am Leben als der Fromme; ich ließ nach dir forschen, aber du bliebst fern. Seit drei Tagen brennt das Gift in meinem Innern, ich nahe meiner Auflösung. Küsse mich nicht, rühre mich auch nicht an, es wäre dein Tod. Aber du musst leben für unsere Tochter, musst leben, um unsere Sünde zu sühnen im Kampfe für die leidende Christenheit im gelobten Lande. Ziehe dahin und ich werde ruhig sterben.‹ Als sie so gesprochen, trat der Schaum des Todes vor ihren Mund, ihre Glieder dehnten sich und zuckten konvulsivisch zusammen; nach wenigen Sekunden hatte sie ausgelitten.«

Hier überwältigte den Ritter die Rührung, seine Stimme bebte, er vermochte nicht weiterzusprechen. Auch den Pilger schien trotz seines Hohnes Rührung ergriffen zu haben; er versank in tiefes Nachdenken gleich dem Ritter; aber dieser weihete dem Andenken seiner unglücklichen Schwester eine stille Träne, während er, der Pilger, neues Unglück brütete. »Ja, ich hab's«, sagte er endlich und wandte sich dann zum Ritter mit den Worten:

»Nun, Herr Ritter, Ihr gehorchtet eurer sterbenden Schwester?«

»Wie Ihr seht, frommer Mann; ich begrub sie still, gab meine Tochter unter den Schutz eines alten treuen Burgkaplans und zog hierher nach Palästina.«

»Und wie lange gedenkt Ihr hier zu bleiben?«

»Wollte ich der Sehnsucht folgen, die mich verzehrt, mein Kind wiederzusehen, an dem Grabe Adelinens zu weinen, würde ich heute schon mit Euch ziehen. Aber ich fühle, dass es manches Jahres noch bedarf, um meine Sünde zu sühnen.«

»Jawohl, um Vergebung Eurer schweren Sünde zu finden, um Eure und Eurer Schwester Seele aus dem Fegefeuer zu retten, um Absolution zu erhalten vom Heiligen Stuhle in Rom und nach Europa zurückkehren zu dürfen, ohne in den Kirchenbann getan zu werden, dürft Ihr die Jahre nicht zählen, die Ihr hier kämpfet. Euer Schwert darf nicht eher in der Scheide ruhen, bis das Grab des Erlösers, bis die Heilige Stadt den Händen der Ungläubigen entrissen und im ungestörten Besitz der christlichen Kirche ist. Dann wird der Weltheiland und seine Mutter, die keusche Jungfrau Maria selbst für Euch bitten vor dem Throne des Weltenrichters, erst dann wird der Papst auch absolvieren und werdet Ihr zurückkehren in Eure Heimat.«

Der Ritter erschrak ob dieser harten Prüfung; sein Vaterherz blutete; aber er ermannte sich und sprach:

»Es geschehe, wie Ihr wollt, frommer Mann; aber gewähret mir eine Bitte. Wirket mir um diesen Preis Absolution aus vom Heiligen Vater, damit ich wenigstens ungeächtet zurückkehren kann in meine Heimat, wenn die schwere Prüfungszeit vorüber ist; lasset Messen lesen für das Seelenheil meiner Schwester und sorget für das zeitige und ewige Wohl meines Kindes.«

»Diese Bitte sei Euch gewährt; ich will es zur Aufgabe meines Lebens machen, Euch zu versöhnen mit dem Himmel, Euer Kind, auf dem der grässliche Fluch der Blutschande ruht, vom Verderben zu retten, und die Qualen des seelenläuternden Fegefeuers für Euere Schwester zu mildern.«

Jedes dieser scheinbar wohlgemeinten, aber strengen Worte des Pilgers, der wie ein zürnender Cherub vor dem reuigen Sünder stand, fiel schwer in dessen fühlendes Herz.

»Nun, so kämpfet mit Gott für die heilige Sache und erringet die ewige Ruhe für Euerer Schwester Seele.« So sprach noch der Pilger, nahm seinen Stab und zog, stumm gegrüßt vom Ritter, seine Straße dahin. Lange sah ihm der Ritter nach, und eine geheime Regung seiner Seele ließ ihn wünschen, diesem Manne nicht gebeichtet zu haben.

»Ja, in sechs Jahren wird sie reif sein; reif die Lust des Mannes zu befriedigen, reif meine seit zehn Jahren verhaltene Brunst zu stillen. Sechs Jahre will ich ihr noch geben, dann ist sie Jungfrau. Höhnend will ich dann ihren Leib, den Leib seiner Tochter besudeln, wie er den Leib seiner Schwester mit unkeuscher, verbrecherischer Liebe besudelt hat!«

So rief der fromme Pilger, als er sich dem Ritter entfernt genug glaubte, um nicht von demselben gehört zu werden.

»O ich will dir alles doppelt und dreifach vergelten, was du mir getan. Du hast mich den Türken verkauft, und ich, ich will dich in Palästina halten, bis von deinen Gütern kein Stück mehr übrig, bis deine Tochter eine Metze geworden ist. Ihr werdet Jerusalem nicht so bald nehmen, ich werde bequemlich die Tochter genießen, wie er die Schwester genoss, die ich liebte. Ich werde nicht nach Rom gehen, und das kostbare Geheimnis in meine Brust verschließen, um das Schicksal dieses blutschänderischen Ritters nach meinen Rachedurst lenken, um ihn mit aller Macht in Verzweiflung und Wahnsinn stürzen zu können. Das will ich; das soll die Aufgabe meines Lebens sein, und nicht die Erlösung ihrer ewig verdammten Seelen, denen ich lieber noch eine hinzufügen will, die Seele ihrer Tochter, wenn ich sie geschändet.«

Solche Gedanken füllten die schwarze Seele des rachsüchtigen, lüsternen Mönches während seiner ganzen Reise in das Heimatland.

Eines Abends klopfte an dem Tore des Mönchsklosters, das der Burg des Ritters Bruno benachbart war, ein Pilgrim an. Der Pförtner öffnete und mit einem lauten Schrei der Überraschung rief er: »Seid Ihr's denn wirklich, Pater Klaudin?«

»Ich bin's, mein frommer Bruder«, antwortete der Pilger; »aber macht keinen Lärmen, führt mich zum Prior.« Der Pförtner gehorsamte und wenige Minuten später stand Pater Klaudin vor dem Prior, der gleichfalls in einen Ruf des Erstaunens ausbrach, als er den längst tot geglaubten Pater lebend und kräftig wieder vor sich sah.

»Ei, ei, Herr Pater«, fragte der Prior »wo habt Ihr Euch denn so lange herumgetrieben? Ihr wolltet nach Rom pilgern, um ein Gelübde zu vollbringen und habt vielleicht ein anderes Gelübde darüber gebrochen. Ich meine das Gelübde der Keuschheit, denn die Italienerinnen haben Euch sicherlich so lange in ihren Garnen gehalten.«

»Oder die ungläubigen Hunde, die Türken«, entgegnete Pater Klaudin.

»Was? Wie seid Ihr in türkische Sklaverei geraten?«, fragte erstaunt der Prior, hieß den Pater sich setzen und reichte ihm einen hohen silbernen Pokal duftenden Weines.

»Meine Geschichte ist kurz, aber nicht, wie das Sprichwort sagt, erbaulich. Als ich in Rom war und nachdem ich so glücklich gewesen, den Heiligen Vater zu sehen, hätte ich zurückkehren können; doch tat es mir leid, Neapel nicht besucht zu haben; ich beschloss daher hinzugehen, um das schöne Land Italien noch länger zu genießen. Dort angelangt erging ich mich gleich am ersten Abend im Hafen, und während ich alte Bekannte zu finden glaubte, ward ich plötzlich von zwei türkischen Schiffsknechten angepackt und auf ein Schiff gebracht, wo ich als Christensklave behandelt und nach Konstantinopel gebracht ward. Hier ward ich auf dem Sklavenmarkt verkauft und Eigentum eines Kaufmannes, der mich mit auf Reisen nahm. So kam ich in das gelobte Land und habe am Heiligen Grabe für unsers Klosters Gedeihen, für unserer Brüder und Schwestern Seelenheil gebetet.«

»Das habt Ihr recht gemacht, Vater Klaudin, dass Ihr die Schwestern nicht vergessen habt, denn was wäre unser Klosterleben, hätten wir in der Nachbarschaft nicht so hübsche Schwestern, mit denen wir schon hienieden des Himmelreiches teilhaftig werden mögen. Aber fahret fort, Klaudin.«

»Mein Herr starb in Palästina und Euer Klaudin fand für gut, das Erbe seiner Kinder um einen Sklaven zu vermindern, indem er gleich nach seines Herren Tode entlief. Ich kaufte mir diese Pilgerkutte und gelangte ohne Aufenthalt hierher.«

»Noch eine Frage, Klaudin«, schloss der Prior, »fandet Ihr die ungläubigen Damen hübscher als unsere christlichen?«

»Herr Prior, die ich gesehen waren schön, aber unsere Nonnen –«

»Ja, unsere Nonnen sind doch die besten«, lachte der Prior und erzählte dem Pater Klaudin, wie auch Ritter Bruno aus Italien zurückgekehrt sei und eine bildschöne Gemahlin mitgebracht habe; wie diese nach mehreren Jahren schnell verstorben und der Ritter nach Palästina gezogen sei.

»Habt Ihr ihn denn nicht gesehen?«, fragte er den Heimgekehrten.

»Nicht nur gesehen, auch gesprochen habe ich ihn«, entgegnete der Gefragte. »Er hat ein Gelübde getan, nicht eher wiederzukehren, als bis Jerusalem und das Heilige Grab wieder in den Händen der Christenheit sei.«

»Dann werden wir ihn wohl für tot erklären können und Besitz von seinen noch übrigen Gütern nehmen; denn die Herren Nachbarn haben schon lustig gewirtschaftet und nicht auf die Drohungen und Verwünschungen des alten Burgkaplan gehört; wäre das Fräulein Mathilde nur einige Jahre älter, würde die Burg voll Freier sitzen wie das Haus des Ulysses.«

»Die Herrschaft des Ritters muss dem Kloster werden«, sprach mit Bestimmtheit der Mönch.

»Ja wenn das Fräulein nicht wäre!«, antwortete der Prior.

»Hm«, setzte der Mönch dagegen, »das lässt sich machen.«

Einige Tage nach dieser Unterredung, die am Ende in ein leises Flüstern übergegangen war, erschien Pater Klaudin in der Burg und verlangte das Burgfräulein zu sehen. Der Kaplan, der ihn als den frühern Beichtiger des Ritters und seiner Schwester wiedererkannte, nahm keinen Anstand, ihn zu ihr zu führen. Das junge Fräulein empfing den Mönch mit frommer Ehrerbietung und hörte aufmerksam auf seine gleißnerischen Reden. Ihre kindliche Unschuld sah nicht das lüsterne Flimmern seines Auges, das mit schändlicher Lust auf den jungen Reizen des zehnjährigen Mädchens ruhte.

»Bald, bald wird sie mein sein«, dachte der niedrige Heuchler und setzte seine Besuche mehrere Tage lang fort. Nach Verlauf einer Woche erklärte er dem Kaplan, es sei der Wille des Fräuleins, bis zur Rückkehr ihres Vaters im nahen Nonnenkloster zu weilen, um mit der größten Andacht täglich und stündlich für das Leben und die glückliche Rückkehr ihres Vaters bitten zu können am Altare der gebenedeieten Mutter Gottes.

Der alte Kaplan schüttelte den Kopf, wagte aber dem frommen Vorsatz seiner Gebieterin nichts entgegenzusetzen, zumal Pater Klaudin denselben gleichzeitig als seinen eigenen Willen ausdrückte.

Einige Tage darauf verließ Mathilde die väterliche Burg und betrat ein Kloster, deren Bewohnerinnen ihren unzüchtigen Lebenswandel nicht sattsam verbergen konnten zuzeiten mit dem Nonnenschleier und ihren weiten faltigen Gewändern!

Nun aber waren die Besitzungen des Ritter Bruno vollends preisgegeben der Raub- und Jagdlust der Nachbarn. Den alten Burgkaplan, der heftig dagegen eiferte, fanden die Bauern eines Tages von unzähligen Stichen durchbohrt im Walde. Die beiden Kloster fanden auch für gut, von der Herrschaft des Ritters zu nehmen, was ihnen gefiel. Die Burg stand leer und verödet. An die Rückkehr des Ritters dachte kein Mensch.

So vergingen drei Jahre. Mathilde erwuchs zur teuflischen Freude des Pater Klaudin zu einer blühenden, rosigen Jungfrau. Ihre Reize entfalteten sich unter seinen Augen, denn er war ihr Beichtiger, und die Beichtiger waren sehr oft im Kloster der Nonnen, deren sündige Bekenntnisse zu hören, die sie schon wussten, und zu deren baldiger Erneuerung sie selbst in der Beichte den Anlass gaben.

Man suchte zwar diesen gottlosen Lebenswandel vor ihr geheim zu halten, allein Mathilde sah mit Erstaunen, wie die Mönche vertraut mit den Nonnen sprachen, wie sie in deren Zellen gingen, wie selbst der Prior sich stundenlang bei der Äbtissin verweilte – und hörte mit Entsetzen, wie der Pater Klaudin diesen Wandel einen Gott wohlgefälligen nannte, die Eintracht der Mönche und Nonnen prieß und ermahnte, doch ja mit Eifer den Worten eines frommen Bruders Gehör zu geben, wenn er sie durch nähere, innige treue Freundschaft den Weg zum Himmel leiten wolle.

»O nein«, entgegnete einst die Jungfrau, »ich will lieber die Rückkehr meines Vaters in der verödeten Burg erwarten, als hier den Verführungen preisgegeben sein, die unter dem Schein der Frömmigkeit doppelt gefährlich sind.«

»Ihr wollt die Rückkehr Eueres Vaters erwarten?«, fragte der Mönch, der über die Rede des dreizehnjährigen Mädchen nicht wenig erschrocken war und einen schnellen Entschluss fasste. »Dann müsst Ihr umso mehr an das Jenseits denken, denn Euer Vater ruhet schon seit Monden im Grabe; Ihr werdet also das einstige Wiedersehen erwarten müssen, und das sollte ich meinen, erwarte sich am besten unter dem Nonnenschleier.«

Diese schändliche Lüge versetzte das arme Kind in einen trostlosen Zustand; aber unter den bittersten Tränen versicherte sie mit Festigkeit, dass, wenn sie den Schleier auch nehme, sie doch in ein anderes Kloster treten werde; jetzt aber verlange sie in die väterliche Burg gelassen zu werden, sie hasse den verpesteten Aufenthalt in diesem Kloster.

»Ja«, sagte der Mönch mit vor Zorn bebender Stimme, »Ihr sollt die Burg Eurer Väter bewohnen, so lange Ihr wollt.«

Er entfernte sich rasch und ließ Mathilden mit ihrem Schmerze allein.

Wenige Tage darauf öffneten Klosterknechte die Totengruft in der Burgkapelle; man bereitete sie zur Aufnahme eines neuen Ankömmlings; und am Abend sahen die Bauern beim Schein der Fackeln einen Sarg hinauftragen auf die Burg; Mönche und Nonnen folgten ihm, stille Gebete murmelnd; er ward beigesetzt, und als die Messe verlesen wurde, hieß es, Fräulein Mathilde, Tochter des Ritter Bruno, sei plötzlich am Fieber verstorben.

Jahre vergingen, und man hatte den Ritter Bruno und seine Tochter, die nun ruhete an der Seite der unglücklichen Mutter, gänzlich vergessen. Die Burg stand leer und verödet. In die Besitzungen hatten sich die Klöster und benachbarten Ritter geteilt. Die Mönche und Nonnen führten ein lustiges Leben, und oft geschah es, dass Frauen oder Mädchen in halb weltlichen, halb klösterlichen Gewändern nachts an die Türen der Bauern klopften, für Pilgerinnen sich ausgaben, aber erst nach acht oder vierzehn Tagen die ärmliche Hütte wieder verließen und der Obhut und Pflege der Bäuerin einen Schreihals übergaben, dessen Gesichtszüge sich gewiss als die Kopie eines im Mönchskloster befindlichen Originales erwiesen hätten, wenn jemand da gewesen wäre, dieses zu erforschen. Pater Klaudin musste auch etwas Liebes im Nonnengewande haben, denn immer noch hörte er fleißig die Beichte bei den frommen Sünderinnen und kehrte des Abends oft spät genug in seine einsame Zelle zurück. Es herrschte eine sybaritische Ruhe über dem Tal und den beiden Klöstern, die hierin eine Bestätigung zu finden meinten, dass ihr Wandel ein Gott wohlgefälliger sei.

Da erscholl plötzlich die Nachricht durch Europa, und drang auch in dieses verborgene Tal, dass Jerusalem genommen und das Grab des Erlösers in den Händen der Christenheit sei. So groß auch der allgemeine fromme Jubel war, so hatten doch die Bewohner des Tales einen wichtigen Grund, ihren Jubel zu mäßigen. Am meisten aber erschrak Pater Klaudin, denn nun musste er die Rückkehr Ritter Brunos fürchten, den er hintergangen. Er hatte weder Absolution für ihn erwirkt, noch für das Wohl seiner Tochter gesorgt, wie er versprochen. Auch dem frommen Herrn Prior war es nicht angenehm, dass so schönes Land, welches sie bereits für ihr unbestreitbares Eigentum angesehen hatten, den Klöstern wieder verloren gehen sollte. Warum hatte man denn die Tochter des Ritters mit erheuchelter Trauer begraben, wenn man nun seine eigene Rückkehr fürchten musste?

Es ward Rat gepflogen zwischen dem Prior und dem Pater Klaudin, und das Resultat dieser Beratung war, dass man einen Boten sendete an den Bischof, und dieser einen Boten sendete nach Rom und dass dann plötzlich kund wurde im Lande, dass Ritter Bruno in blutschänderischer Ehe gelebt mit seiner leiblichen Schwester, dass er sie auf seiner Burg verführt habe, und dann nach Rom gegangen sei, um sie zu ehelichen. Er habe die Kirche schändlich betrogen und nach seiner Rückkehr noch volle sechs Jahre mit ihr in verbrecherischem Umgange gelebt und endlich die Verführte nach einem Zwiste durch Gift gemordet. Auch habe er in Italien einen frommen Pilger um schnödes Gold an die Türken verkauft und so einen Christen in langjährige, heidnische Sklaverei gebracht.

Das Entsetzen über diese Nachricht war groß im Lande. Der Ritter ward geächtet, die Burg verflucht, die Herrschaft den Klöstern zugesprochen und die Frommen bekreuzigten sich schon von fern beim Anblick der Zinnen der Burg. Der Prior hieß den Pater Klaudin die Stütze seines Klosters und versprach ihm beizustehen in Erfüllung seiner fernern Rache gegen den Ritter, wenn dieser sich unterfangen sollte, trotz Kirchenbann in die verödeten, verfluchten Mauern der Burg zurückzukehren. Pater Klaudin war aber durch dieses alles noch nicht zufriedengestellt. Eine geheime Unruhe, eine gewisse Ungeduld peinigte ihn und ließ ihn im Kloster wenig Ruhe. Er irrte im Tale, in den nahen romantischen Bergen umher und schaute oft nach der Burg, öfter nach dem Kloster der Nonnen. Es war keine Unruhe des Gewissens, die ihn peinigte, es war vielmehr die Ungeduld, ein vorgestecktes Ziel nicht erreichen zu können, die ihn weder ruhen noch rasten ließ. Pater Klaudin war ein außerordentlicher Mensch. Ein Bösewicht, unfehlbar! Aber mit energischer Kraft. Kein Wollüstling, wie die übrigen Mönche seines Klosters; er wusste seine Begierden zu zähmen, die Befriedigung der erwachenden Sinnenlust jahrelang hinauszuschieben, auf einen einzigen fernen, vielleicht unerreichbaren Gegenstand zu richten. Er hatte die Schwester und Gattin des Ritter Bruno wahrhaft und mit jener brennenden Leidenschaft geliebt, die nicht wie flüchtiges Verliebtsein verraucht, die nur mit dem Tode erstirbt. Aber je brennender seine Liebe gewesen, desto unversöhnlicher sein Hass, desto glühender sein Rachedurst, seit er an jenem Abend durch das Schlüsselloch gesehen und gehört, wie der Gegenstand seines jahrelangen Sehnens den Zärtlichkeiten des Bruders unterlag. Seit jenem Augenblick füllte nur noch Rache sein Inneres, und diese Rache sollte dem grässlichen Gefühl gleichstehen, was ihm in jener Nacht die Brust zerrissen hatte. Denn furchtbar ist es, das Weib, nach dem sich unser ganzes geistiges und körperliches Sein kehrt und wendet, girrend in den Armen eines anderen zu sehen und zu wissen.

Pater Klaudin, den seine lange Pilgerschaft nicht hatte von seinem verzehrenden Fieber heilen können, fand die Nonnen widerlich, weil sie so leicht ihm das boten, was langes Streben ihm noch nicht in dem Maße geboten, als er es begehrte; er wollte nicht Liebe aus Sinnlichkeit, er suchte Sinnlichkeit aus Liebe, so wie sein gehasster Nebenbuhler selbst in den Armen der Schwester Sinnlichkeit aus Liebe gefunden. Seine Klosterbrüder musste es daher wundernehmen, dass er demungeachtet häufiger die Beichte hörte bei den Nonnen als jeder andere.

Auf Pater Klaudins einsamen Wanderungen kam ihm eines Tages der wunderliche Gedanke, die Burgkapelle und die Familiengruft des Ritters, wo Adeline ruhete, zu besuchen, auch das Gemach zu sehen, wo Adeline als reine Jungfrau gewohnt. Dieser Gedanke hing wohl mit dem geheimen Streben zusammen, das alle, welche einen Verlust erlitten, fühlen, das Andenken der verlorenen Lieben durch Anschauen von Gegenständen lebhaft zu vergegenwärtigen, welche denselben im Leben gehörten. Darum halten wir so wert, was den Verstorbenen eigen war, und besuchen so gern die Gräber der Geschiedenen. Der flüchtige Gedanke Pater Klaudins festigte sich zum Entschlusse, und was dieser Mann einmal beschlossen, führte er aus. Furcht kannte er nicht, und mit dem Nötigen versehen, betrat er eines Abends den Weg zur Burg in dicker Finsternis, aber mit festem Mute jedwedes Abenteuer zu bestehen.

Die Burg war verschlossen; die Zugbrücke aufgezogen, das Gitter herabgelassen, und doch hatte ihm noch vor einigen Tagen ein Bauer versichert, es stehe Tür und Angel auf, so wie man beim Begräbnis des gnädigen Fräulein alles offen gelassen habe. Verwundert schlug der Mönch den Weg nach einem ihm bekannten Hinterpförtchen ein und fand dasselbe unverschlossen. Er trat in den Burghof; seine Tritte hallten und es ward dem festen Manne fast unheimlich zumute, als er sich der Kapelle näherte und in derselben das Geräusch seiner Tritte sich noch mehrte.

»Wenn die da unten nicht so fest schliefen, könnten sie wohl erwachen ob des Lärmens, den ich in diesen öden Hallen mache«, sagte Pater Klaudin und trat an die Gruft. Auch diese stand offen, Moderduft wehete ihm entgegen, sein Licht flackerte unstet. Selbst die Leiter stand noch angelehnt und der Mönch, in die offene Gruft hinabschauend, geriet fast auf den Gedanken, dass ein frecher Leichenraub hier begangen worden sei. »Gott und die Heilige Jungfrau stehe mir bei, dann ist auch unser Betrug entdeckt«, murmelte Pater Klaudin, nahm vom Altare noch zwei Kerzen und stieg, nachdem er sie angezündet hatte, in die Gruft hinab. Da bemächtigte sich aber seiner namenloses Entsetzen. Er setzte seine Kerzen auf den Sarg Mathildens nieder. Er tönte hohl und der Sarg der Gattin und Schwester des Ritters stand offen. Schauerlich blickte ihn der Kopf des Leichnams an, den Fäulnis und Gift zeitig zum Skelette abgezehrt hatten. Das prächtige Gewand lag lose um das Gerippe, aber an den starren Knochenfingern hingen und glänzten noch die goldenen Ringe, zu Haupten lagen noch die Zierraten des einst so schönen Haares, eine prächtige Perlenkette hing noch am verzehrtem Halse und selbst der wertvolle Rosenkranz lag noch im Schoße der Toten. Es war kein Raub an dieser Leiche begangen worden, und das verwirrte den Mönch noch mehr.

Er sah den einst so blühenden Körper, zernagt von Gift und Tod. O grässlich, zermalmend ist solcher Anblick der Verwesung, wenn das Andenken an das schöne, freundliche Leben noch lebhaft, noch liebend ist. Der Mönch fluchte dem Manne, der dieses Weib in seiner Lust wie in seinem Zorne dem Tode und der Hölle geopfert hatte.

»Ich fluche dir in Ewigkeit, blutschänderischer Verführer und Mörder dieses Weibes«, rief er laut, das Totengewölbe gab hohl seinen donnernden Fluch zurück, dass er selbst davor erschrak. Er blickte auf nach dem Sarge Mathildens und wäre zusammengesunken vor Entsetzen, wäre er nicht ein Mann von seltener Kraft und Kühnheit gewesen, – denn vor ihm stand der soeben von ihm Verfluchte, der Ritter Bruno, auf sein Schwert gestützt, stand ruhig und war nicht erschüttert vom Fluche des Mönches. Lange starrten sie sich an, beide hielten ihre Blicke fest gegeneinander, als wollten sie sich auffordern und fragen: Wer von uns wird unterliegen. Da hob endlich der Ritter an und sprach:

»Fluche, Heuchler, schändlicher Betrüger; dein Fluch treffe dich selbst, wenn du mir nicht sagst, wo meine Tochter ist, wo sie schlummert den ewigen Schlaf, oder wo sie lebt, von Euch geraubt, Ihr lüsternen Mönche; denn hier ist sie nicht.«

Er hob bei diesen Worten das Schwert und ließ es schwer auf den Sarg Mathildens niederfallen, dass der Deckel zersplittert herunterflog, und der Sarg leer erschien, von wenigen Steinen beschwert.

Der Mönch erblasste und konnte nicht Worte finden, dem Ritter zu entgegnen, aber dann fasste er sich und sprach:

»Der Fluch eines Geächteten hat keine Kraft; ich lache seiner; aber dennoch will ich Euch Rechenschaft geben wegen des Begräbnisses euerer Tochter. Sie verstarb als eine schuldlose, reine Jungfrau in einem heiligen, Gott gefälligen Wandel und sollte nach des Klosters Beschluss in geweiheter Erde ruhen, nicht in einer Burg, welche Ihr in so schändlichen Ruf gebracht. Wir haben das holde Kind gebettet in die Gruft des Klosters, wo sie in frommen Gebeten für das Seelenheil ihrer Eltern ihre Jahre verlebte und an einem hitzigen Fieber verstarb. Dass wir ihren leeren Sarg hier beisetzten, geschah um der Bauern willen. Ihr aber, Herr Ritter, verhaltet Euch ruhig in diesen Mauern, wenn Ihr Euern Kopf lieb habt, damit Euch die heilige Vehme nicht wittere und strengeres Gericht über Euch halten würde, als Euerem Leben dienlich sein dürfte.«

Nach diesen Worten raffte der Mönch sich auf und entstieg dem schauerlichen Aufenthalte der Toten, zog die Leiter nach sich und warf mit Donnern die schwere Falltür zu, welche die Gruft verschloss.

»Gehabt Euch wohl, Herr Ritter, und bleibt bei Euerem Liebchen«, sagte er höhnisch lachend und verließ mit raschen Schritten Kapelle und Burg; aber in seiner Eile hatte er die Laterne vergessen, die allein noch brennen blieb, nachdem der Ritter bei Zertrümmerung des Sarges auch die Kerzen ausgelöscht hatte. Der Mönch war im Dunkeln davon geeilt, dem Ritter die brennende Laterne verblieben; aber desto deutlicher erkannte auch letzterer das höllische Werk des Mönches. Das Gewölbe der Gruft war hoch, der Ritter sah keine Möglichkeit die Falltüre zu erreichen, noch weniger sie zu öffnen. Ein einziger Versuch blieb ihm übrig; er musste die Särge zusammenschichten, um auf ihnen die Falltüre zu erlangen; aber auch dieses wäre vergeblich gewesen, selbst wenn die morschen Särge nicht gleich beim ersten Angreifen und Rücken zusammengebrochen und dem schauernden

Ritter aus ihnen die Schädel und Gebeine seiner Vorfahren entgegengerollt wären.

»Soll ich«, sprach der Gefangene schaudernd, »die vielleicht haltbarern Särge meiner Eltern, und hier das Totenbett meiner Adeline zusammenrücken, um auf ihnen den Ausgang zu finden?« Lange stand er in Zweifel, von dem ihn endlich ein abermaliger Blick nach der Falltüre befreite, denn er sah, dass, wenn er selbst auf diesen drei Särgen stehe, er sie doch noch nicht mit ausgestreckten Händen erreichen könnte. »So bin ich also der Bosheit dieses Mönches erlegen und soll hier eines elenden Todes sterben?«, rief der Ritter und ließ hoffnungslos sein Auge in der Gruft umherschweifen. Da gewahrte er plötzlich an einer Stelle der hintern Wand, die früher Särge bedeckt hatten, die Umrisse einer kleinen runden Tür, die von schweren verrosteten Riegeln verschlossen war. Nach kurzer Anstrengung gelang es dem Ritter, die Riegel zurückzuschieben. Die Tür drehte sich knarrend in den Angeln und den Ritter gähnte ein dunkler, unterirdischer Gang an.

»Es mag der Weg zur Rettung sein – ich will ihn versuchen«, sagte, sich ermutigend, Ritter Bruno zu sich selbst, hing die Laterne an seinen Arm und nahm die wieder angezündeten geweihten Kerzen in seine Linke, während er in seiner Rechten das Schwert führte zum Schutz und Trutz gegen all die möglichen Gefahren, die ihm drohen konnten in Verfolgung seines gewagten Unternehmens. Der Gang war ihm nie bekannt gewesen; auch die ehemaligen Bewohner der Burg, selbst sein Vater nicht, konnten ihn gekannt haben, denn von seiner frühesten Kindheit auf war nie die Rede davon gewesen.

Ritter Bruno mochte schon über hundert Schritte in den dunklen Kellergang eingedrungen sein, als die Luft plötzlich so dicke wurde, dass nicht nur die Kerzen verlöschten, sondern auch dem Abenteurer das Atmen immer schwerer ward, und er am Ende das Weiterschreiten für rein unmöglich hielt. Dunkelheit begann ihn zu umhüllen, die Laterne drohte zu verlöschen und der Ritter hielt schon für rätlicher umzukehren, als er mit aller Sehkraft seines Auges in die Finsternis des noch vor ihm liegenden Ganges schauend, in einiger Entfernung einen Lichtstrahl von oben zu gewahren glaubte. Er zündete die Kerzen an und schritt ihren flüchtigen Schein benutzend rasch vorwärts. Plötzlich atmete er reinere Luft, seine Lichter brannten lustiger und über sich blickend, gewahrte er, dass hier die Hand der Menschen den Gang an einem Felsen hin gegraben hatte, durch dessen Spalten das freundliche Licht des Mondes blickte. Dieser Umstand ermutigte den Ritter immer weiter vorzudringen und er mochte wohl schon eine halbe Stunde gewandert sein, als er noch kein Ende seiner Wallfahrt ersah. Aber das Aussehen des Ganges fing an sich zu ändern und zwar nicht menschenfreundlicher, aber das Wirken der Menschen bezeichnender zu werden. Denn an den Seitenwänden gewahrete Ritter Bruno eiserne Ringe, an denen Skelette in Ketten hingen, frisches Mauerwerk in der Höhe und Breite eines Menschen, und als der Gang sich zu einem breitern Gewölbe weitete, befand er sich wiederum in einer Totengruft. Hochaufgetürmt standen die Särge; Schädel auf einem Sims hingereihet starrten ihn an und er stieß an dieser Ruhestätte Geschiedener unwillkürlich eine Verwünschung aus, dass er sich abermals gefangen sah. Demungeachtet fesselte ein noch ganz neuer Sarg seine Aufmerksamkeit, noch ziemlich frische Blumengewinde schmückten ihn und Ritter Bruno trat heran, seinen Inhaber kennenzulernen, denn, dachte er, der wird mir vielleicht sagen können, in welches Totenreich mich mein Unstern wiederum geführt. Er öffnete den leicht verschlossenen Sarg und sah in das bleiche Antlitz eines weiblichen Leichnams. Gott! Es waren die Züge seiner Schwestergattin und seine eigenen, – es war, er durfte nicht mehr zweifeln, sein geliebtes Kind, seine zur Jungfrau erblühete Tochter, in den Gewändern des Todes, in dem engen Hause der Verwesung. Dem starken Manne, dem ritterlichen Helden, den das Unglück gestählet, entfielen bei diesem Anblick die brennenden Kerzen und er sank in stummer Verzweiflung nieder um den Sarg des verklärten, jungfräulichen Engels und bat Gott um Erlösung von den einbrechenden Strafen für seine fleischlichen Vergehungen.

Lange mochte er in einem Zustande gänzlicher Apathie gelegen haben, als ein frommer Chorgesang zu seinen Ohren drang und ihn wieder zu sich selbst brachte. Er blickte um sich. Nacht umhüllte ihn; die Kerzen, die Laterne waren verlöscht. Aber ein Lichtstrahl kam von oben durch die Spalte einer Falltür; der Gesang währete fort und der Ritter nahm nun deutlich wahr, dass er sich unter der Kirche des Nonnenklosters befände, denn Nonnen waren es, die jetzt die Hora sangen.

Als der Gesang verstummte und der Ritter die Tritte verhallen hörte, verschwand dennoch der Lichtstrahl nicht und ließ selbst dem

sich nähernden Ritter eine Leiter erkennen, welche aufwärts zur Falltüre führte. Behutsam betrat er dieselbe, stieg empor und suchte so
leise als möglich, die eine Hälfte der Tür zu öffnen. Es gelang ihm
glücklich und er blickte in das Innere der Kirche, die nur noch
schwach erleuchtet war von der immer brennenden Altarlampe. Am
Altare selbst aber erschauete sein spähendes Auge ein weibliches
Wesen, betend in heißer Andacht versunken. Er entstieg leise der
halb geöffneten Tür und trat hinter einen Pfeiler, von wo er das
Profil der frommen Beterin erkannte. Sie war schön und glich auffal-
lend der verklärten Tochter, die er soeben beweint hatte, nur dass
das blühende Leben ihrer Schönheit höhern Ausdruck verlieh. Sie
betete lang und still, dann aber sprach sie laut und mit Inbrunst die
Worte:

»Und du, Mutter aller Gnaden, himmlische, keusche Jungfrau Maria,
erhöre mein tägliches und stündliches Gebet; gib mir die Erinnerung
an die Vergangenheit, das Andenken an meine Kindheitstage, an
meine Jugend, gib mir das zurück, was ich in schwerer Krankheit,
aus der du mich errettet, verloren habe. Ich weiß nicht mehr, wer ich
bin, und bebe vor dem, was ich werden soll.«

In ihrem Tone, ihrer Stimme lag etwas Träumerisches, Überspann-
tes. Ihre schönen Augen irrten schüchtern und unstet in der Kirche
umher. Da fielen sie plötzlich auf den Ritter, der, ihre Worte zu hören,
aus dem Verstecke näher getreten war. Er fürchtete, sie zu erschrecken;
aber, o Wunder, freundlich und kühn trat sie auf ihn los und rief,
die Hand ihm entgegen haltend:

»Willkommen, Herr Ritter! Ich habe Euch längst erwartet; meine
Träume haben mir Euch angekündigt und im Fieber, ja in jenem
tödlichen Fieber, wo ich die Erinnerung verloren, sah ich Euch zum
ersten Male. Ihr beugtet Euch über mein Lager und batet die Heilige
Jungfrau um meine Genesung. Ich bin genesen, wohl körperlich, aber
man sagt mir, ich sei noch nicht geistig genesen, und ich fühle es,
weil mir die Erinnerung mangelt. Ach, ich bitte, ich beschwöre Euch,
edler Ritter, sagt mir, wer ich bin und wer ich gewesen; denn Ihr
müsst es doch wohl wissen.«

»Armes, schönes Kind; ich weiß es nicht und kenne dich nicht«,
entgegnete der Ritter, dem des Mädchens Zustand das Herz brach
und zu Tränen rührte. »Aber deine Schwestern werden es wissen.«

»O«, fiel die Jungfrau ihm ins Wort, »die mögen es wohl wissen, aber wollen es mir nicht sagen, und preisen Gottes Gnade, dass er mir die Erinnerung genommen, weil diese mir Schrecklicheres bieten würden, als ich ertragen könnte. Aber ist denn die Erinnerung an Eltern, selbst wenn sie tot wären, so schrecklich? Und ich denke mir, ich habe einen Vater gehabt, männlich und schön, wie Ihr, Herr Ritter und eine Mutter, unglücklich wie ich; denn ich bin unglücklich, ich habe die Erinnerung verloren, und soll Nonne werden und wäre es schon, wenn man mich nicht wahnwitzig glaubte und mich mitleidig lächelnd die närrische Blanka nennte.«

Sie hatte sich bei diesen Worten auf die Stufen des Altars gesetzt und weinte. Der Ritter saß an ihrer Seite und tröstete sie.

»Auch ich hatte eine Tochter, schön wie du und dir ähnlich, dass ich glauben würde, ich hätte sie wiedergefunden in dir, wenn sie nicht ruhete, da unten in der Totengruft.«

»So ist deine Tochter tot? Armer, edler Ritter, wenn deine Tochter tot ist und mir ähnlich sah, dann will ich deine Tochter sein, vielleicht finde ich Ersatz für meinen Verlust und du Ersatz für den deinigen. Aber nein! Du wirst keine wahnsinnige Tochter haben wollen. Nicht wahr?«

»Sei meine Tochter!«, sagte der Ritter und öffnete die Arme, und mit einem Jubellaute flog die Jungfrau an seine Brust und blickte ihn an mit ihren schwimmenden Gazellenangen so traulich und freundlich, als wäre sie seine wirkliche Tochter. Ihre wogende Brust klopfte an der seinigen, ihre zarten Glieder, ihr schlanker, feiner Körper lag innig an ihn geschmiegt; ach sie fühlte das innige Entzücken einer Tochter, die den Vater, einer Verlassenen, die einen Beschützer findet. Der Ritter aber empfand ein seltenes Gemisch widerstreitender Gefühle. Väterliches Wohlwollen füllte seine Brust, während die natürliche, unverhohlene Zärtlichkeit, die ungemessenen Liebkosungen der schönen Jungfrau eine unheimliche Glut durch seine Adern gossen. Indem er Herr dieser Regung zu werden suchte, schallten Tritte von einem nahen Korridor herüber und näherten sich der Kirche.

»Entfernt Euch, Herr Ritter«, rief die Jungfrau aufschreckend, »man kommt mich zu rufen. Werd' ich Euch wiedersehen, morgen um diese Stunde?«

»Ja, schöne Blanka!«, entgegnete der Ritter und trat rasch hinter einen Pfeiler. Kaum war er geborgen, als eine schrillernde Stimme in der Kirche ertönte und die Worte vernehmen ließ:

»Schwester Blanka, Ihr habt nun genug gebetet; der himmlische Bräutigam wird Euch verzeihen, wenn Ihr nun der irdischen Ruhe genießet. Begebt Euch in Eure Zelle.«

Blanka folgte der Mahnung und verließ die Kirche, nicht aber ohne dem Ritter noch einen innigen, seelenvollen Blick zugeworfen zu haben.

Ritter Bruno stand lange sinnend auf der Altarstufe, wo die Jungfrau an seiner Brust gelegen hatte und suchte die Gefühle zu ordnen, die wie ein Chaos in seinem Innern wogten. War es die Achtung vor dem Novizenkleide, welche die Glut, die noch durch seine Adern brannte, laut tadelte, ohne sie mäßigen zu können? Oder waren es wirkliche väterliche Gefühle für ein Mädchen, schön wie ein Engel, keusch wie das Gewand, das sie trug, die ihm vertrauete, wie einem Vater, und die teuren Züge seines Kindes trug?

Er schüttelte sich endlich aus seinem Sinnen, das ihn immer mehr verwirrte, und stieg mit brennenden Kerzen wieder hinab in die Gruft, wo der Sarg seiner Tochter noch offen stand. Der Anblick des kalten Todes verscheuchte plötzlich die frevelhaften Gedanken, welche das warme Leben in ihm erweckt hatte, und er schloss den Sarg mit zitternder Hand, denn er meinte sich an dem Andenken seiner keuschen Tochter versündigt zu haben. Mit der Leiter, die ihn hinauf in die Kirche geführt hatte, kehrte er durch den langen düstern Gang zurück in die Gruft seiner Väter, wo er nun auch den Sarg seiner Schwestergattin mit tränenfeuchten Augen schloss. Dann erst stieg er hinauf in die öde Burg, die er seit wenigen Tagen ohne jemandes Wissen mit einem einzigen getreuen Knappen wieder bezogen hatte. Denn zu groß war die Sehnsucht gewesen nach seinem Kinde und nach der Burg, wo er mit Adelinen erst so glücklich war, als dass er den Kirchenbann gefürchtet hätte. Wie unsäglich war aber sein Schmerz, als er hörte, dass sein Burgkaplan getötet worden, und sein letzter Trost auf Erden, seine Tochter Mathilde im Kloster verstorben sei, in der Gruft seiner Väter aber begraben liege. Die unerklärbare Laune des Schicksals und des Zufalls hatte ihm an demselben Tage den Wunsch eingeflößt, seine Lieben noch einmal im Tode zu sehen, an welchem Pater Klaudin einen gleichen Entschluss gefasst hatte und ausführte.

Über den grässlichen Anblick seiner teuern Adeline entsetzt, von dem Leerfinden des Sarges Mathildens betroffen und verwirrt, war Ritter Bruno in ein dumpfes Hinbrüten versunken, währenddessen sein Licht niedergebrannt war, so dass Pater Klaudin ihn in der Dunkelheit der Gruft nicht sogleich bemerken konnte.

Pater Klaudin war in das Kloster zurückgekehrt und verbrachte eine schlaflose Nacht; denn das Erscheinen des Ritters hatte ihn mit Entsetzen erfüllt, und er fürchtete ihn noch, wenn er ihn auch hinterlistig und grausam in die Gruft gesperrt hatte, aus welcher sich zu retten dem Ritter ohne die Gunst des Zufalls unmöglich geworden wäre. Des andern Morgens hinterbrachte er dem Prior die Schreckensmähr, um zu hören, was dieser für gut finden würde; dieser aber, der des Abends vorher die Beichte der Äbtissin gehört, und ihr ungemein huldvolle Absolution erteilt hatte, vielleicht weil er in ihrem Sündenregister mit inbegriffen gewesen, oder ihre Reue und Tugend durch eine neue Versuchung prüfte, kurz der fromme Herr stellte dem Pater Klaudin alles anheim, indem er hinzufügte, dass es ja seine, des Paters Sache, jetzt allein, und nicht mehr des Klosters Interesse beträfe, den Ritter unschädlich zu machen; denn an eine Rückgabe der Domänen sei nicht mehr zu denken und der Pater habe nur dafür zu sorgen, dass der Ritter ihm selbst nicht ins Gehege komme.

»Einen bessern Trost hätte ich allerdings von dem Herrn Prior nicht erwarten sollen«, sagte Pater Klaudin zu sich selbst, als er wieder in seiner Zelle war, und mannigfache Pläne und Entschlüsse in seinem Kopfe hin und her wälzte. »Ich bin also auf mich allein beschränkt und will sehen vor allen Dingen, ob ich den Tod des Herrn Ritters auf dem Gewissen haben werde. Ist er der Wolfsgrube entronnen, so wird er der Strafe des Vehmgerichtes sicher nicht entgehen. Dafür bürge ich mir selbst.«

Während Pater Klaudin mit solchen Gedanken umging und mehrere Tage weder das Kloster noch auch seine Zelle verließ, nicht aber vergaß, da und dort hinhorchen zu lassen, ob man etwas von der Anwesenheit des Ritters vernehme, saß letzterer ruhig auf seiner Burg, die keiner der Bewohner des Tales zu betreten wagte aus Furcht vor dem wandelnden Gespenst der Burgfrau, deren Seele ob ihrer Vergehungen im Leben nicht Ruhe finden konnte und verdammt sein sollte zu rastlosem, nächtlichen Umherirren, bis der Fluch der Kirche von der Burg genommen sein würde, nachdem den Ritter gerechte

Strafe ereilet. Dem Ritter aber war sie noch nicht erschienen, weder in freundlicher noch schreckender Weise, und doch hätte er es gewünscht, sie einmal zu sehen, selbst wenn ihr Geist ihm gezürnet hätte. Am Abend des auf das nächtliche Abenteuer folgenden Tages begab sich des Ritters Getreuer auf die Jagd in die nahen Waldungen, um Vorrat für die Küche zu erbeuten, den Ritter aber sehen wir in die Gruft steigen und den unterirdischen Gang betreten.

Als er in die Gruft unter der Kirche der Nonnen gelangte, war eben die Hora vorüber und die Nonnen entfernten sich langsam, ihre Rosenkränze abmurmelnd. Ritter Bruno stieg, nachdem er vorsichtig gelauschet, auf der Leiter empor, öffnete die Falltüre und sah mit unbeschreiblichem Entzücken die schöne Jungfrau betend auf den Stufen des Altars knien. Ihr Gebet war aber heute vielleicht weniger inbrünstig als am vorhergehenden Abend, denn kaum hatte der Ritter einige leise Schritte in die Kirche getan, als sie ihr Gebet mit einem lauten Amen endigte, und sich rasch nach dem Ritter umwendend, mit freudestrahlendem Antlitz auf ihn zueilte und ihre Arme um seinen Nacken schlang. Er küsste sie auf die Stirn und diese Berührung goss wiederum ein unheimliches Feuer durch seine Adern, so dass er unwillkürlich den süßen Leib der kindlich ergebenen Jungfrau näher an sich zog und seine Lippen auf ihre sich schließenden Augen drückte.

Dann aber wand sie sich aus seinen umstrickenden Armen und rief: »Herr Ritter, Ihr habt eine Tochter gehabt und sie geliebt; könnt Ihr die Gefühle Eures Herzens von der Tochter, die nun tot ist und Eure Liebe nicht erwidern kann, nicht auf eine lebende übertragen, die Euch liebte, ehe sie Euch sah; die Euch vertrauet und Euch mit einem zärtlichern Namen nennen möchte, als Herr Ritter; darf ich Euch Vater rufen?«

»Nennt mich nicht Vater, holde Jungfrau; denn ich kann und darf Euch nicht Vater sein. Ich liebe Euch, ja fürwahr ich liebe Euch! Aber –«

»Nun, wenn Ihr mich nur liebet, wenn Ihr mich nur recht herzlich und innig liebet, dann werdet Ihr auch mein Beschützer sein, und mich nicht Nonne werden lassen, wovor mir grauet Tag und Nacht. Ich möchte wohl mit Euch fliehen aus diesem Kloster und Euch angehören mein ganzes Leben lang.«

»Ich will dich befreien aus diesem Klosterzwang, mein holdes Kind«, sagte der Ritter; »aber einige Tage werden hingehen, bevor ich die nötigen Anstalten zur Flucht getroffen.«

»Das wollt Ihr, Ritter? O dann soll ich bei Euch bleiben, soll Euch begleiten, wohin Ihr auch gehet? Aber wenn ich Eure Tochter nicht sein kann und Euch doch liebe, und Ihr saget, dass Ihr mich widerliebet; was werde ich Euch dann sein dürfen?«

»Es gibt noch ein Band, das die Liebe zweier Wesen heiligt –«, sagte der Ritter, mit unsicherer Stimme, denn er zitterte vor dem Gedanken, den er aussprechen wollte.

»Und wie heißt dies Band?«, fiel ihm die Jungfrau begierig ins Wort.

»Das Band der Ehe!«, stieß der Ritter heraus, denn es war ihm, als solle er mit diesen Worten die engelgleiche Jungfrau ins ewige Verderben ziehen.

»Das Band der Ehe?«, fragte die Jungfrau sinnend und fügte mit errötenden Wangen hinzu: »Dann würde ich Euere Gattin werden?«

Der Ritter antwortete nicht; die Glut, die durch seinen Körper fieberte, nahm seine Besonnenheit gefangen. – Als der schleppende Schritt der alten Klosterschwester im Gange hörbar wurde, trennten sich die glühenden Lippen des Ritters von dem bebenden Rosenmunde der Jungfrau.

Die Einsamkeit seines Gemaches, die Ruhe und Stille der Nacht erweckten in Ritter Bruno bei seiner Rückkehr ein reiferes Nachdenken, als man von ihm, nachdem er sich von seiner Sinnenglut so sehr hatte hinreißen lassen, hätte erwarten sollen. Die trüben Gedanken, welche heute sowohl als gestern Abend die Särge seiner Lieben in ihm aufgeregt hatten, suchte Ritter Bruno dadurch zu bannen, dass er sich überreden wollte, er werde jetzt an diesem unglücklichen Opfer offenbar trauriger Verhältnisse wiedergutmachen, was er an seiner Gattin verschuldet, an seiner Tochter vernachlässigt hatte, und wenn er auch fühlte, dass vor der strengen Moral sein Tun viel von dem Werte verliere, den er ihm beizulegen trachtete, so verfehlte doch die reizende Aussicht in eine schönere Zukunft nicht, ihn zu trösten und zu Anstalten zu ermutigen, welche ihn und die Jungfrau der Rache des Klosters entziehen sollten.

Während er noch in tiefes Sinnen versunken in die Gegend hinausstarrte und mit den Augen die Entfernung maß, in welcher das

Nonnenkloster von seiner Burg lag, erschallte plötzlich das Klopfen eines Hammers am Burgtor, und dann ein dreimaliger in kurzen Pausen wiederholter dröhnender Schlag mit dem eisernen Klöpfel des Tores.

Gleich darauf trat sein treuer Leibknappe ein und rief mit todblassem Gesichte:

»Habt Ihr's gehört, gestrenger Ritter? Ihr seid vor den Stuhl der Vehme geladen!«

»Geh' hinab, Siegbert«, entgegnete der Ritter, »und reiße die Ladung herab, wirf sie in den Graben und rüste dich zur geheimen Flucht. Wir werden ihrer drei sein und morgen Abend aufbrechen.«

»Wäre es nicht besser noch diesen Abend?«, ermahnte der Knappe. »Mir banget vor der Vehme.«

»Lass dir nicht bangen«, sagte der Ritter, »drei Tage und drei Nächte gibt sie Frist, dann erst rächt sie sich an dem Ungehorsamen. Unsere Begleiterin aber wird morgen eintreffen.«

»Begleiterin?«, wiederholte der Knappe, der unter jetzigen Verhältnissen wohl ein Wort mehr sagen durfte als sonst, wo auf seine Kühnheit vielleicht das Burgverließ gefolgt wäre.

»Ja, eine Begleiterin werden wir haben«, entgegnete der Ritter, »und zwar aus dem Kloster da unten.«

»Euere Tochter?«, fragte freudig erschreckt der alte Diener.

»Meine Tochter? Nein! Die schläft den ewigen Schlaf.«

»Gestrenger Herr, so wollt Ihr neuen Fluch auf Euch laden und eine Nonne entführen?«

»Geh' reiße die Ladung des Vehmgerichtes vom Tor und tue, was sonst vonnöten«, sprach jetzt der Ritter und wendete sich ab von dem redlichen Diener, durch dessen Schwätzerei er sich nicht wollte in einem Entschlusse wankend machen lassen, von dem er glaubte, dass er ihn um der Jungfrau willen gefasst habe, an dessen kühner Ausführung aber die Erwartung eines reizenden Glückes tätig half.

Siegbert tat wie ihm geheißen. Ritter Bruno widmete einige Stunden der Ruhe und der kommende Tag verging unter Zurüstungen zur Reise. Endlich erschien der Abend, vom Ritter heiß ersehnt, vom Diener bang gefürchtet.

Unter dem Vorwande, seiner Gattin Sarg noch einmal zu besuchen, begab sich der Ritter in die Totengruft. Hier schlug mächtiges Entsetzen durch seine Glieder; der Sarg Adelinens stand nicht mehr am gewohnten Orte; stand – welche geheime Kraft der Vorsehung mochte ihn bewegt haben! – quer vor der eisernen Tür, welche den unterirdischen Gang zum Kloster verschloss.

Der Ritter suchte eine Gebetsformel zu sprechen; aber die Worte verließen seinen Mund nicht, sie erstarben auf der Zunge.

»Die himmlischen Mächte lassen mein Gebet verstummen; so helfe mir eine andere Macht, der ich vielleicht schon jetzt mit Leib und Leben angehöre«, rief der Ritter in fürchterlicher Entschlossenheit.

Da erschütterte ein schwerer Schlag das Gewölbe, ein feuriger Schein erleuchtete es, die Särge seiner Vorfahren öffneten sich, ihre Gebeine richteten sich drohend empor und aus dem Sarge Adelinens rief eine geisterhafte Stimme: »Bruno!«

Dann verschwand der Schein, und beim matten Leuchten seiner Kerzen sah Ritter Bruno den Sarg seiner Adeline an der gewohnten Stelle, die Särge der Voreltern geschlossen und die Tür des Ganges weit geöffnet.

Das Haar des Ritters hatte sich gesträubt, die Stimme des Grabes ihn durchbebt, aber dennoch nahm er die verhängnisvolle Richtung nach der Tür; noch einmal rief die Stimme lauter und warnender seinen Namen, aber er stürzte sich in den Gang und erreichte schweißgebadet das Grabgewölbe des Klosters. Hier hatte er Zeit, sich zu erholen, denn die Hora war noch nicht zu Ende.

Endlich nahete der Augenblick, wo er die geliebte Jungfrau sehen und sprechen, wo er sie mit sich nehmen sollte, um sich nie wieder von ihr zu trennen. Er stieg hinauf zur Kirche und fand die freudig Wartende. Er schloss sie in seine Arme, ihre zarten Glieder bebten vor Wonne, als er ihr verkündete, dass sie in diesem Augenblicke mit ihm gehen solle. Er trug die süße Bürde die Leiter hinab, ließ der bangen Jungfrau nicht Zeit im Totengewölbe forschend zu weilen und eilte mit ihr durch den unterirdischen Gang. Hier aber konnte er es nicht verhindern, dass Blanka die schauerlichen Zeichen barbarischer Klosterstrafen sah und fragte, was wohl hinter dem frischen Mauerwerk verborgen sei.

»Unglückliche Opfer der Klosterstrenge«, erwiderte flüchtig der Ritter und schritt rasch vorüber.

»Ich verstehe Euch nicht«, sagte Blanka, »aber geträumt hat mir vorige Nacht von diesem Orte und ich befand mich hinter solcher

Mauer, wie in einem Sarge, und hörte die Grabgesänge meiner Schwestern.«

Dem Ritter schauerte bei diesen Worten, die absichtslos und ohne Furcht von den Lippen der Jungfrau flossen. Alles, selbst die Unbefangenheit dieses Mädchens, schien sich zu vereinigen, ihm seinen Mut zu rauben. Ihm bangte vor dem Totengewölbe seiner Burg, je mehr sie sich dem Ausgange näherten.

Was konnte sich noch ereignen!

Sie traten hinein. Der Sarg Adelinens stand offen. Blanka sah hin und rief: »Eine schöne, bleiche Dame, in diesem Gewande, erschien mir öfters im Fieber, und seit zwei Nächten im Traume.«

Der Ritter drängte die zögernde Jungfrau zur Leiter und hob schnell den Deckel auf den Sarg. Aber kaum hatte Blanka oben den Ausgang erreicht und der Ritter die Leiter betreten, um ihr zu folgen, als der Deckel vom Sarge wieder herabflog und der Leichnam der Burgfrau, in seiner ganzen Länge sich emporrichtend, mit der Rechten dem Ritter winkte.

»Bruno!«, schallte es hohl durch das Gewölbe.

»Bruno!«, rief es zum zweiten Male, als der Ritter bebend die letzte Sprosse erreicht hatte.

»Bruno!«, tönte es noch einmal kläglich, als dieser die Tür dröhnend hinter sich zuwarf.

Die Altarkerzen, die er vor seinem Hinabsteigen angezündet hatte, waren verlöscht und nur noch spärlich brannte eines der mitgenommenen Lichter. Er verließ mit seiner Schutzbefohlenen die Burgkapelle und stieg in das wohnliche Zimmer, das früher Adelinen gehörte, als sie noch nicht in den Armen des Bruders auf jenem Ruhebett, das heute wie damals einladend entgegenwinkte, eine Liebe kostete, die sie um die Seligkeit eines andern Lebens betrog.

»Blanka, in diesen Klostergewändern dürfen wir nicht fliehen; du musst sie ablegen und dich mit Gewändern schmücken, die dich auch weit besser zieren werden«, sagte der Ritter zu Blanka, die ihre Augen in dem wohlgehaltenen, schönen Zimmer umherstreifen und sich mit wenigen Worten überreden ließ, gleich jetzt zur Umkleidung zu schreiten. Der Ritter brachte aus seiner Gattin Kleiderkammer herbei, was Zeit und Motten verschont hatten und sich für Blanka zur Reise schickte.

Blanka, welche nur mit den einfachen, klösterlichen Gewändern umzugehen wusste, geriet beim Umkleiden in nicht geringe Verlegenheit. Der Ritter hatte sich aus Achtung vor der unbefangenen Unschuld der Jungfrau und der Schwäche seines sinnlichen Wesens misstrauend, auf so lange Zeit aus dem Gemache entfernt, als er zur Vollendung der Toilette hinreichend glaubte. Allein bei seiner Rückkehr fand er Blanka noch nicht zur Reise gerüstet, sie begehrte seine Hilfe. Aber auch der Ritter verstand besser einen Panzer umzuschnallen, als ein Korsett anzulegen. Ach, und leider war das Misstrauen, das er vorhin in sich selbst gesetzt hatte, nur zu gerecht gewesen.

Blanka, die reine, keusche Jungfrau meinte eine Pflicht der Dankbarkeit zu erfüllen, wenn sie sich den Liebkosungen des Mannes ergab, der sie zu retten und glücklich zu machen versprach. Sie ahnete nicht das Ziel, wohin die Glut der Zärtlichkeit führen musste, welche auch in ihr ein Feuer anfachte, das sie mit einem unbekannten Entzücken erfüllte und ihren Widerstand schwächte, als sie auf das seidene Ruhebett sank, welches dem Ritter schon einmal in verbrecherischem Taumel die höchste Wonne der sinnlichen Liebe gegeben.

Da erhellte plötzlich ein feuriger Glanz das Zimmer, eine Gestalt schwebte in ihm; die Trunkenen sahen nichts; es war Adelinens warnender Geist.

»Bruno!«, rief es leise und zärtlich im Gemach, der Ritter hörte nichts.

Das Schreckliche geschah.

Adelinens Geist verschwand mit den Zeichen höchsten Entsetzens; Grabesluft wehete durch das Gemach und löschte die Kerzen.

Da erscholl plötzlich das Klopfen wieder am Tore und weckte den Ritter aus seinem Taumel. Er sprang auf, und rief nach Siegbert, seinem Getreuen. Der erschien schnell und murmelte, die Lichter anzündend: »Habt Ihr die zweite Mahnung der Vehme gehört?«

»Ich hab' sie gehört, Siegbert; drum lass uns aufbrechen und fliehen.«

»Ihr nehmt Eure Braut auf den Knopf Eueres Sattels?«

»Ja.«

Siegbert schielte nach Blanka, die verschämt ihre Gewänder ordnete.

»Herr Ritter! Verzeihet!«, rief er plötzlich. »Dort, dort, Euere Braut?« Seine Stimme bebte.

»Ja, Siegbert! Was fehlt dir?«

»Euere Braut? Euere Braut? – O nein, nein! Ich täusche mich nicht, mich hat Satan nicht geblendet, – es ist Euere Tochter!«

»Siegbert!«, rief der Ritter, denn eine grässliche Ahnung überkam ihn. »Meine Tochter ruhet in der Gruft des Klosters, ich selbst habe sie gesehen.«

»Du hast ihr Bild in Wachs gesehen«, rief eine Stimme hinter ihnen, und Pater Klaudin zeigte sich zornglühend ihren Blicken.

»Es ist Euere Tochter Mathilde!«, rief Siegbert.

»Ja, Mathilde hieß ich ehedem«, sagte mit bebender Stimme die Jungfrau.

Da erscholl furchtbar drohend, wie Donner des Himmels, die Stimme des Mönches:

»Sie ist geschändet vom leiblichen Vater; die Gnade des Himmels möge ihr werden; ihn trifft ewige Verdammnis; auf ihn lastet der Fluch der Blutschande, der er zweimal schuldig geworden.«

Ein leiser Schrei tönte aus schwer beengter Brust; Mathilde, denn sie war es, des Ritters leibliche Tochter, knickte wie eine weiße Lilie zusammen. Siegbert fing sie auf.

»Siegbert«, sagte der Mönch, »helft die Unglückliche ins Kloster zurückbringen; hier darf sie nicht weilen.«

Die beiden Männer trugen die Ohnmächtige davon; der Ritter ließ es geschehen; er war vernichtet; das Gewicht seines Verbrechens, die Schwere seines Fluches drückte ihn zu Boden, er versank in eine tiefe Ohnmacht. –

Acht Tage nach diesem Ereignis trug man sich im Tale mit der schrecklichen Mähr, es sei eine junge, schöne Nonne im Kloster eingemauert worden, weil sie ihrem himmlischen Bräutigam untreu geworden und mit ihrem leiblichen Vater in verbrecherischem Umgang gelebt habe.

»Das Letzte ist wohl sehr große Sünde«, sagten die Bewohner des Tales, »doch um des Ersten willen müsste das ganze Kloster vermauert werden. Sie rächen aber diese Abtrünnigkeit einer Nonne nur dann, wenn sie mit einem andern als einem der lüsternen Mönche des benachbarten Klosters ein sündiges Einverständnis gehabt.«

So urteilte man im Tale und schimpfte auf die Unzucht der Nonnen und Mönche, während man sich bekreuzigte und segnete und das grässliche Ende der armen Sünderin bedauerte.

Siegbert kehrte nicht mehr zum Ritter zurück; er floh die Burg und das Tal; denn es war ein alter frommer Mann, der nicht teilhaben mochte an solchem blutschänderischen Fluche.

Ritter Bruno aber hatte die Vehme zum dritten und letzten Male geladen und er war nicht erschienen. Man erklärte ihn vogelfrei und setzte einen Preis auf seinen Kopf und sein Leben. Niemand aber wagte sich an dem unglücklichen Ritter zu vergreifen, der mit irrem Blick umherschweifte des Nachts in den dichten Waldungen und am Tage in den Hallen seiner Burg schallenden Trittes umherging.

In dem nahen Walde gab es eine wild-schöne, romantische Stelle; zwei hohe, steile Felsen bildeten eine Pforte, durch die sich ein rauschender Bergstrom ergoss, aber ihre Gipfel berührten sich nicht, und die Hand der Menschen hatte einen schmalen, schwankenden Steg darüber hinweg gelegt, einen Steg, den nur die verwegensten Wildschützen passierten, wenn sie, verfolgt, sich zu retten suchten um den Preis des Lebens. Hier war der Lieblingssitz des Ritters. In mondhellen Nächten sah man ihn diesen Steg betreten, wie eine Gemse sicher und ruhig; er setzte sich in dessen Mitte und starrte hinab in die Tiefe, wie um Trost und Beruhigung heraufzubeschwören für sein hart gequältes Herz. – Er saß auch auf diesem Stege, wenn gräuliches Wetter stürmte durch die Natur und der Orkan den Schauersitz erbeben ließ, wie das flüchtige, zitternde Laub des Baumes. Der Ritter glich dann einem Aar in den sausenden Gipfeln der Eichen, der sich schaukeln lässt von dem brausenden Sohne der Natur, dem Sturme.

Pater Klaudin war sein Gefährte; ihn litt es wenig in seiner dumpfigen Zelle; er musste hinaus in das Freie und Zerstreuung suchen in den wildromantischen Teilen des Tales und der Berge. Auch er wählte oft diesen schauerlichen Sitz und schaute hinab in die Tiefe, die ihn angähnte wie eine Pforte der Hölle. In seinem Busen wühlte das peinigende Gefühl unbefriedigter Rache, gleich dem ewig quälenden Durst, dem kein süßer Trank Linderung verheißt. Er hatte sich rächen wollen an dem keuschen Leibe der Tochter des Ritters; jahrelang hatte er das Feuer seiner Begierden gebändigt, hatte das Kind zur Jungfrau reifen lassen, sie geschützt gegen die Verführungen des Klosters, um sie sich rein und keusch zu erhalten, – und an jenem Abend hatte er sehen müssen, wie sein gehasster Feind die Frucht seiner Mühen im Taumel der Sinne pflückte, hatte sehen müssen und hören müssen, wie die Tochter in den Armen des teuflisch verblendeten Ritters girrte, wie einst Adeline an derselben Stelle, von seinem Arm umstrickt, gefallen war.

Der ganze Hass der Hölle kochte in seinem Busen; nur einen einzigen Tropfen Linderung für den brennenden Rachedurst begehrte er zu finden und fand ihn auf seinen Wanderungen. In einer stürmischen Nacht wählte er jenen Steg zum Sitz. Der Sturm brauste durch die Gipfel der Bäume; das Gewand des Mönches flatterte in der Luft, um sein entblößtes Haupt trieb sich das welke Laub und wirbelte dann hinab in die schauerliche Tiefe.

Da nahete der Ritter, seinen Ruhesitz zu suchen und fand ihn besetzt vom feindlichen Manne.

»Heuchlerische Brut des Klosters, wollt Ihr Euch da hinabstürzen, he! Dann sagt mir erst, wo Ihr meine Tochter habt?«, rief er dem Mönche zu, und trat mit einem Fuße auf den Steg. Der Steg wankte, aber der Mönch blieb ruhig sitzen und sagte:

»Komm her, du edler Ritter, edel und mutig die Schwester zu verführen und die Tochter zu schänden; komm her, du Sohn des Teufels, ich will dir sagen, wie deine Tochter dich verfluchte, und wie sich gebärdete, als man sie einmauerte, und wie ein von Verwesung und Gift zerfressener Kadaver in reichen Grabgewändern erschien und dem Maurer Hammer und Kelle entriss, als er den letzten Stein einsetzen wollte, und deine Tochter jämmerlich weinte und um Rettung flehte. Aber ein wenig Weihwasser entfernte den Schatten der Unterwelt und bald tönte hohl und hohler das Schluchzen, das Schreien und –«

»Halt ein, Scheusal!«, donnerte der Ritter und stürzte auf den Steg, der fürchterlich schwankte. »Mächte der Hölle, stehet mir bei, diesen Gesellen Euch zu senden, öffnet Euere grausige Pforte da unten.«

Er packte bei diesen Worten den Mönch; aber dieser fasste ihn wieder; die Verzweiflung lieh ihm Kraft. Sie rangen um Leben und Tod. Das morsche Brett bog sich tiefer und tiefer und bei einer zweiten Kraftanstrengung der verzweifelnden Kämpfer brach der Steg. – Ritter und Mönch verschwanden in der schauerlichen Tiefe.

Die Hand des Menschen hat keinen Steg wieder über den Abgrund gelegt; allnächtlich aber sitzt ein Gespenst auf luftiger Brücke; in einer Nacht gleicht es einem Ritter, in der andern einem Mönche. In dem unterirdischen Gange aber hört man allnächtlich ein trauriges Wimmern, ein klägliches Rufen – es sind die Geister Adelinens und Mathildens, die nach Erlösung schmachten.

# Die Geister der Gemordeten

### Requiescant in pace

Gilles Amalrich Delavigne, Schildknappe des Herrn Gerhard von St. Auber, kehrte in aller Eile nach dem Schlosse seines Herren zurück. »Gesegnet sei Herr Lietard«, dachte er; »gesegnet sei noch mehr der würdige Probst der Kirche, Herr Nicolaus von Chievers, auf dessen Verwendung der Bischof geruht hat, mir die Erlaubnis zu erteilen, heute am hohen Feste Allerheiligen mich auf den Weg zu machen! Ohne diese Erlaubnis hätte ich erst morgen meine hübsche, junge Frau wiedersehen können. Beim heiligen Ägidius! Meinem Patron, seit der gnädige Herr selbst mich mit Gertrude verehelicht und sie so reich ausgestattet hat, kommt mir ein Abend, fern von ihr, so lang vor, wie ein Weihnachtsabend, wenn man die Messe der Mitternacht erwartet.

Sie wird erstaunt sein, sie wird sehr erfreut sein, wenn sie mich so bald zurückkehren sieht! ... Als ich vom Schlosse abreiste, sagte sie mir mit freundlichem und doch traurigen Tone: ›Wie wird der armen Gertrude die Zeit lang werden, während dieser zwei langen Tage der Abwesenheit. Sie erwartet mich erst morgen und da bin ich schon auf dem Wege nach St. Aubert. In einer halben Stunde werde ich sie umarmen.‹«

Diese Gedanken machten, dass der Reisige seinem Rosse den Sporn gab, der sogleich dessen Schritte in scharfen Trott verwandelte. Übrigens hätte, ohne den Wunsch, seine Gattin wiederzusehen, jeder andere an Almarichs Stelle ein friedliches Obdach dem kotigen und gefahrvollen Weg vorgezogen, der nach St. Aubert führte. Der Wind blies aus Norden mit Heftigkeit, der Regen fiel in Strömen und es war die Stunde, wo die Seelen der Geschiedenen mit langen, weißen Leichentüchern bedeckt, mit knöchernem Finger an die Türen ihrer Verwandten und Freunde klopfen, um sich ihren Gebeten zu empfehlen.

Und dann weiß jeder, dass wer nur auf eine gewaltsame Weise gestorben, am Tage Allerheiligen nie still in seinem Sarge ruht, bevor er den gestraft hat, der ihn getötet. Man erzählt hiervon schreckliche und wunderbare Sachen.

Doch der wackere Schildknappe Gilles Amalrich hatte an diesem gefürchteten Tage mehr als einmal gekämpft, namentlich vergangenes Jahr, wo Herr Gerhardt so schrecklich gestraft wurde, dass er ein so hohes Fest entweiht hatte. Denn er wurde geschlagen und er und die Seinigen von den Franken gefangen genommen, gerade um die Stunde, wo er aus der Veste seines Schwiegervaters ging, um die Burg Cambrai zu überrumpeln, während man die Vesper hielt für die Geschiedenen.

Gott allein und die Heilige Jungfrau wissen, wie viel es Herrn Gerhard gekostet hat, sich loszukaufen. Das war das fünfte Mal, dass er, Gilles Amalrich, dem Bischof Lietard einen schweren Beutel mit hundert Mark Silber bringt, ohne alle die Domänen zu rechnen, die er, nachdem er sie mit der Lanze in der Hand gewonnen hatte, wieder zurückgeben musste. Hiernächst war aber das Schlimmste von allem, eine verd... Garnison von hundert Mann Reisigen, die übermütiger waren, als die Herren von hohem Stande, und sechs Monate lang im Schlosse hausten und fraßen. Gott sei Dank, sie sind seit ungefähr drei Monaten fort, die Lästigen.

Während diese Gedanken Zornröte in das Gesicht des tapfern Mannes trieben und er unwillkürlich den Schafft seiner Lanze fester drückte, gewahrte er weit in der Ferne ein Licht durch die Bäume, das seinen Gedanken schnell einen andern Lauf gab.

»Gott sei gelobt«, sagte er leichter atmend, »das ist das Schloss. Dieses Licht glänzt in dem Turm, der den linken Flügel der Wohnung deckt! Er ist ein wirklicher Leuchtturm der Liebe, denn er zeigt mir an, dass meine Gertrude wacht in diesem Turme, den wir beide bewohnen. Als gute Christin und treues Weib betet sie gewiss zu einem Heiligen für das Wohl des armen, reisenden Amalrich.«

Als er diesen Monolog im Geiste beendigt hatte, glitten die Füße seines guten Normanhengstes auf die breiten Sandsteine, worauf die Zugbrücke, die jetzt, wie alle Abende, aufgezogen war, zu ruhen kam. Indem er sein Ross einige Schritte zurückweichen ließ, stieß er ins Horn. Die Zugbrücke wurde herabgelassen und eine Schildwache fragte nach dem Ankommenden: »Tretet ein, Herr Stallmeister«, sagte sie alsdann.

Einige Schritte davon war ein Mann von ehrwürdiger Gestalt, bekleidet mit einem Rock von schwarzem Kamelot, und mit einer silbernen Kette am Halse. Es war Herr Wirembaul Delavigne, Hausintendant des Burgherrn und Amalrichs Bruder.

»Jesus mein Heiland«, sagte er sich bekreuzigend, »bist du es, mein Bruder? Heilige Jungfrau, du hast wider die Anordnungen der Kirche gewagt, an einem Festtage, wie dem heutigen, dich auf den Weg zu machen? Wenn dir für ein so großes Vergehen nicht ein Unfall zugestoßen ist, hast du mehr Glück als Verstand.«

»Beruhigt Euch, mein frommer Bruder; haltet ein mit Euren Vorwürfen. Ich habe vom Herren Bischof Erlaubnis heute zu reisen. Dank diesem geweiheten Pergament, ich habe keine schlechte Begegnung gehabt, weder von Kobolden, noch von Geistern. Doch muss ich sagen, ich, der nicht zurückweichen würde vor einer Steinbaliste, ich glaubte fortwährend das Knochengesichte eines Reisigen zu sehen, den ich vorm Jahre an derselben Stelle tötete ...«

»Hola, he!«, rief er sich selber unterbrechend, einem Stallknechte zu, der eben vorüberging. »Führe mein Pferd in den Stall und gib ihm gutes Futter, denn es kommt vom Schlosse Cambrai, wo die Pferde Streu haben bis an die Knie, und wo der Intendant nicht um eine Handvoll Hafer und ein Bund Stroh knickert und knausert, wie gewisse, die ich kenne.«

Bei diesen Worten war Almarich abgestiegen und hatte dem Knechte die Zügel zugeworfen. Er ging sogleich den langen Korridor hinab und trat in einen weiten, einsamen Saal.

Die Mauern waren mit glänzenden Waffen behängt, auf denen sich der Schein einer Lampe widerspiegelte, die von der Decke herabhing. Weiterhin sah man hier und da verschiedene Kriegsinstrumente, Balisten und dergleichen aufgehäuft.

Amalrich legte seine Lanze und seinen Helm in einiger Entfernung von den Waffen seines Herren ab. Dann entledigte er sich einer Art großer Stiefeln, die innerlich von dickem Leder, äußerlich aber mit biegsamen eisernen Schuppen überzogen waren. Hernach zog er ein Kamisol aus, in das kleine Stahlringel verwebt waren, und dessen Ärmelenden die Hand in einen Handschuh ohne Finger schloss; dieser Handschuh war in der Fläche gespalten, damit man den Degen leicht führen und die Zügel handhaben konnte. Auf den Achseln endigte sich das Panzerhemd in eine Kappe von derselben Arbeit wie das übrige, die im Gefecht herabgeschlagen werden konnte. Drei Schuppen, breiter wie die andern, ließen die Augen sehen und den Mund atmen. Diese Art Sack, der durch sein Inneres von Büffelleder in runder Form gehalten wurde, war der einzige Helm, dessen man sich damals bediente.

Befreit von einer so lästigen Kriegskleidung blieb Amalrich im hirschledernen Wams, eine Kleidung, die durch engen Anschluss seinen hageren, aber kräftigen Wuchs deutlich zeichnete. Er stieg sofort mit Behändigkeit die Wendeltreppe hinauf, die zu dem Zimmer führte, das er und seine Frau im Schlosse bewohnten. Auf dem Wege fasste er den Gedanken, seiner Gertrude einen freudigen Schreck zu verursachen, wenn er bis zu ihr mit Diebesschritten käme, wozu ihm seine Fußbekleidung von weichem, zarten Hirschleder vortrefflich diente. Er steigt also jede Stufe mit Vorsicht, und indem er das Lachen kaum unterdrücken kann, öffnet er leise die Tür. –

O Entsetzen, – Wut! Gertrude liegt in den Armen Gerhards! ... Er sucht seinen Dolch ... er ist ohne Waffen ... Sie haben ihn nicht gesehen, nein ... Ha! Seine Rache wird nur aufgeschoben werden ... Und in der schrecklichsten Verzweiflung, die je einen Unglücklichen mit ihrem Schwindel ergriffen hat, will er in den Waffensaal hinabsteigen ... Er hat sich im Korridor geirrt ... Er geht auf der Platform des Turmes ... Er tut noch einen Schritt ... Plötzlich ertönte das Wasser des tiefen Grabens von einem dumpfen Geräusch ... Amalrich war hinabgestürzt.

Einige Augenblicke nachher hörte man die Glocke des Abendgebetes läuten. Die Reisigen, die Diener, die Kammerdamen traten in die Kapelle und knieten nieder. Frau Gertrude, die Gesichtsfarbe von einer leichten Röte belebt, nahm unter diesen letztern Platz, neben dem Betstuhl der schönen und unglücklichen Hermingarde, der Gemahlin Gerhards. Verlassen und jeden Augenblick Opfer der brutalen Laune des Burgherrn, setzte Hermingarde den härtesten Behandlungen eine englische Geduld entgegen. Den ganzen Tag im Gebet, hatte sie nur einen einzigen Zeitvertreib, die Leidenden zu trösten, und es fehlte nicht an diesen zu St. Aubert. Sie verordnete dem einen Balsam, dem andern gab sie reiches Almosen. Alle wurden gestärkt von den schönen Reden ihrer süßen Stimme. Diese braven Leute sagten, wenn sie aus ihrer Hütte ging, oft untereinander und schüttelten den Kopf traurig: »Unsere arme gnädige Frau ist sehr blass und sehr krank, ach, wenn sie sterben sollte – die Heilige Jungfrau bewahre uns davor! – was sollte aus uns werden? Wer sollte für uns Gnade erstehen beim gestrengen Herrn? Wer würde uns heilen, wenn wir krank werden? Wer würde uns trösten, wenn wir betrübt sind?«

Nachdem der Priester alle seine Paternoster hergebetet und jeder Amen geantwortet hatte, gingen die Reisigen, Diener, Kammerdamen und die übrigen davon, die einen auf die Wache, die andern, um ruhig zu schlafen. Herr Delavigne, einer der letzten, die herausgingen, sprach ernst seine Schwägerin an, die mit Gerhard plauderte.

»Ihr solltet wohl, Frau Gertrude, Euern Gemahl ermahnen, dass er sich nicht soll dem allgemeinen Gebet entziehen, am Festtage Allerheiligen.«

»Meister Delavigne«, erwiderte sie in einem scherzenden Tone, »ich denke wohl, Almarich wird fromm seine Pflichten als Christ beobachtet haben. Wenn man den Vorschriften der Andacht bei einem Bischof ermangelte …!«

»Diese Verstellung ist nicht an der Zeit«, unterbrach sie ärgerlich der Intendant. »Der erste, der vorhin meinen Bruder gesehen hat, war ich.«

Gertrude erbleichte und Gerhard schien einige Unruhe zu fühlen. Delavigne, überzeugt von dem feierlichen Ton Gertrudens und mehr noch von ihrer lebhaften Bewegung, faltete die Hände mit Erstaunen.

»Und was ist denn aus ihm geworden?«, fragte er in einer unsäglichen Angst. »Er hat nicht wieder aus dem Schlosse gehen können: Die Zugbrücke ist aufgezogen, und das Gitter herabgelassen. Möge dieses Geheimnis kein großes Unglück verbergen.«

Und während Gertrude Tränen vergießend zu ihrer Herrin ging, um ihre Dienste als Kammerdame zu leisten, durchstreifte der Intendant, von zwei Dienern begleitet, das ganze Schloss und rief seinen Bruder mit lauter Stimme.

Der Tag fing an zu grauen und er hatte noch nichts entdeckt: Er hatte mehr als zehnmal die Wälle durchforscht. Nichtsdestoweniger gewahrte die Schildwache an der Zugbrücke den unglücklichen Delavigne, der sie noch einmal durchlief, obgleich er schon im Voraus das Nutzlose dieser neuen Nachsuchung erkannte.

»Hubert«, sagte der alte Knappe zu seinem Kameraden, der in der Nähe vor einem großen Feuer halb eingeschlafen war, »Hubert, ich muss gestehen, das Verschwinden Almarichs ist eine sehr seltsame Sache!«

»Der Stallmeister Almarich?«, fragte dieser gähnend.

»Ei was, du weißt nicht, dass er gestern kurz vor dem Abendgebet zurückgekehrt ist und dass man seitdem nicht weiß, was aus ihm geworden ist?«

»Meiner Seele, ich könnte es wohl sagen, ich, – denn die Neuigkeiten, die du mir erzählst, erklären mir das sonderbare Geräusch, das ich gestern Abend hörte, als ich die Wache am Turm bei dem großen Graben hatte. Amalrich ist ertrunken.«

»Was sagst du da? Woher weißt du es?«, fragte der Greis, indem er sich seinem Kameraden neugierig näherte.

»Es war teufelmäßig kalt, und ich war in meinen Mantel gehüllt, halb eingeschlafen ...«

»Verdammter Faulenzer! Einschlafen, wenn man auf Wache steht!«, brummte der Wächter der Zugbrücke.

»Nun ist's denn ein so großer Fehler, am Fuße eines Turmes zu schlafen, den ein dreißig Fuß tiefes Wasser schützt! ... Plötzlich hörte ich einen Schall, wie wenn eine große Masse ins Wasser fällt. Die Nacht war eine der schwärzesten, du weißt es; ich konnte also nichts unterscheiden. Aber wenn der Stallmeister verschwunden ist, so ist kein Zweifel, dass er sich von der Höhe des Turmes herabgestürzt hat, den er allein mit seiner Frau bewohnt.«

»Und was könnte ihn zu solcher verzweifelten Handlung getrieben haben?«

Die Stimme des Reisigen wurde alsdann leiser und heimlicher.

»Der gestrenge Herr liebt Frau Gertruden. Ich hab es noch gestern Morgen gesehen, dass er sie zärtlich umarmte; und, bei dem Heil meiner Seele, sie ließ es sich gern gefallen. Es ist ein gutes Mittel sich eines eifersüchtigen Ehemannes zu entledigen, – die Nacht ... von der Höhe eines Turmes ... Gerhard, der Böswillige genannt, weil, wie man sagt, er seinen Vater vergiftet hat, um eher Herr von St. Aubert zu sein ...«

»Still! Still! Solche Reden, Hubert, brächten dir den Galgen ... Und doch, ach, bin ich nur zu sehr geneigt, an das zu glauben, was du sagst. Gestern Abend, als Meister Delavigne von seinem Bruder sprach, machte der Herr eine Bewegung! ... Gertrude erblasste. – Gott sei uns gnädig! ... Wenn es so ist, wehe unserm Herrn! Gestern war der Tag Allerheiligen: Wer an diesem Tage getötet wird, ruhet nicht eher in Frieden, bis er seinen Mörder gestraft hat.«

Die beiden Reisigen erbebten plötzlich: Ein greller Schrei ließ sich an der Zugbrücke hören.

»Das ist Amalrichs Stimme!

»Nun, Dummkopf, er war in dem Graben am großen Turm ertrunken! Du wirst einen schlechten Traum gehabt haben. Das hat eine Schildwache davon, wenn sie auf ihrem Posten einschläft. Komm, hilf mir die Brücke herablassen.«

Alle beide lachten über ihre düstern Mutmaßungen und ließen den Stallmeister ein. Beim Anblick Amalrichs wechselten sie Blicke voll Entsetzens und bekreuzigten sich. Barmherziger Himmel! Er glich eher einem Leichnam als einem Lebenden. Seine Wangen waren bleich und hohl; sein Blick matt und stier. Als er sprach, sah man kaum die Bewegung seiner bleichen Lippen und als seine Hand die Hand der Reisigen drückte, schien sie ihnen kalt und starr, wie die eines Toten.

»Mein Bruder! Mein Bruder!«

Es war Delavigne, der voller Freuden herbeilief. Beim Anblick der schrecklichen Veränderung in den Zügen Amalrichs stand er betroffen still und ließ die Arme wieder sinken, die er zur Umarmung seines Bruders ausgestreckt hatte.

Amalrich, ohne über den Schrecken, den sein Anblick einflößte, erstaunt zu scheinen, schritt stillschweigend weiter. Endlich aber gab er ein Zeichen der Erregung; es war, als er plötzlich dem Ritter Gerhard begegnete.

Seine bleiche Gestalt wurde alsdann noch bleicher; nie sah ein ausgegrabener Leichnam so totenfarben, wie er.

Gerhard schien nicht weniger entsetzt als alle Übrigen, aber er verbarg seine Unruhe unter einer Miene der Strenge und Unzufriedenheit.

»Amalrich, woher kommt Ihr zu solcher Stunde, ohne Waffen und vom Regen gebadet, als wäret Ihr durch die Gräben des Schlosses geschwommen? Ihr seid gestern angekommen; Delavigne hat es mir gesagt: Warum habt Ihr mir nicht sogleich berichtet, wie Ihr meine Aufträge bei dem Bischof ausgerichtet habt? Warum und wie seid Ihr aus dem Schlosse gegangen?«

Amalrich antwortete mit einer heiseren und langsamen Stimme, die in nichts seiner gewöhnlichen Manier zu sprechen glich:

»Ich gewahrte, dass ich etwas Kostbares verloren hatte … das Pergament, das ich für Euch vom Bischof empfangen hatte, den Empfangschein der Ranzion, die Ihr ihm schuldetet … Ich habe das Ausfallstor überstiegen, um diese Urkunde wiederzufinden. Hier ist sie.«

»Und in welcher Laune hast du diesen alten Saufbischof gefunden?«

»Er will um keinen Preis in der Welt den Bann heben, den er gegen Eure Herrschaft geschleudert hat. Wenn ich wie Ihr wäre, würde ich mich um keinen Bann kümmern; ich würde mich an ihm rächen und meine 10.000 Mark Silber wieder holen. Das Schloss ist schlecht bewacht. Die Ausbesserungsarbeiten, die man vornimmt, machen die Verteidigung unmöglich; überdies wird der Bischof heute abreisen, den Kaiser zu besuchen. Die Domherren haben ihm bei diesem einen Possen gespielt. Er nimmt die Hälfte der Garnison als Begleitung mit; 200 Mann würden sich leicht und ohne Schwertschlag dieser reichen Veste bemächtigen.«

»Was sagst du da, Gilles?«

»Ja, sie sind in einer Sorglosigkeit, die ihnen teuer zu stehen kommen würde, wenn Ihr Nutzen davon zu ziehen wüsstet.«

Dann fingen der Herr und der Knappe an, noch leiser miteinander zu sprechen und gingen nach dem Zimmer des Burgherrn.

Eine halbe Stunde darauf herrschte die größte Bewegung in dem Schlosshofe; 400 Reisige sattelten ihre Pferde und rüsteten sich. Gerhard ging von einem zum andern, um zur Eile zu treiben.

Der bleiche Almarich stand auf einem Mauerabsatz und betrachtete das Treiben mit einem unheimlichen Blick.

Während das belebte Gemälde, das er unter den Augen hatte, ihn ganz und gar einzunehmen schien, legte sich plötzlich eine kleine, weiße Hand leise auf seine Achsel.

»Amalrich! Amalrich! Nach der schrecklichen Angst, die du mir diese Nacht verursacht hast, kommst du zurück, ohne mir ein Wort gesagt, ohne mich nur gesehen zu haben! Amalrich, du liebst mich nicht mehr, ich sehe es wohl.«

Er wandte langsam seine bleiche Gestalt nach ihr und fing an, schrecklich zu lächeln. Die arme Gertrude erbebte an allen ihren Gliedern.

»Ich schätze deine Zärtlichkeit, wie es sich ziemt; ich will es dir beweisen.« Und ihre Hand ergreifend, zog er sie nach dem Turme, den sie bewohnten.

»Amalrich! Alles ist zu Ross – Ihr allein seid noch nicht gewaffnet! Verdammt seien die Neuvermählten, sie denken mehr daran, Weibertränen zu trocknen, als sich mit dem Wappenrock zu bedecken.«

»Einige Augenblicke Aufschub werden mir genügen, Herr. Gewähret sie mir: Ich werde zu Euch stoßen, bevor Ihr das Ende der Allee erreicht habt.«

Die Krieger setzten sich sogleich in Bewegung. Amalrich blieb mit Gertruden allein.

Er heftete auf sie einen Blick, den sie nicht ertragen konnte, aber indem er heftig ihren Arm schüttelte, den er fest in seinem eisernen Handschuh hielt, zwang er Gertruden, den Kopf aufzurichten.

»Du bist eine treue Gattin«, sagte er endlich zu ihr mit einem unaussprechlichen Lächeln.

Gertrude sank in Ohnmacht.

Amalrich stand bewegungslos und wartete, bis sie wieder zu sich kam.

Als sie die Augen öffnete, war der unerbittliche Amalrich noch da: Das höllische Lächeln seiner Lippen war noch nicht verwischt.

»Gnade! Gnade!«

Ohne ein Wort zu sprechen, hob er sie mit einem kräftigen, eiskalten Arm empor, stieg rasch auf die Plattform des Turmes und zeigte ihr mit dem Finger den Abgrund, der sich unter ihren Füßen öffnete.

»Habe wenigstens Mitleid mit dem Heile meiner Seele«, rief sie in Verzweiflung.

»Sei denn gerettet, du … aber dein Verführer sei verdammt.«

Sie versuchte zu beten.

»Amalrich! Amalrich! … Gnade, Gnade!«

Er antwortete nicht, ergriff Gertruden bei den Haaren, hielt sie einige Augenblicke über den Abgrund, wie um ihren grässlichen Todeskampf zu verlängern … Dann war es geschehen. –

Der Anblick Cambrais im Jahre 1136 war verschieden von dem, welchen es jetzt darbietet. Diese Stadt dehnte sich eng und zusammengedrängt von dem Schlosse Selles bis zum Fuße des Ochsenberges; hier streckte sie plötzlich zwei unermessliche Flügel aus, welche den Hügel bedeckten; eine Kirche des St. Medard und St. Cloud beherrschte dieses weite Amphitheater.

Die Stadt bildete also zwei sehr verschiedene Teile; der eine war düster und von den armen Leuten bewohnt; der andere ein angenehmerer Aufenthalt des Adels und der wohlhabenden Bürgerschaft. Diese beiden Teile verband nur eine Art Landenge, die von einem von Palisaden umgebenen Platz gebildet ward. Das war der Aufenthalt der Freudendirnen, das Hurengässchen, und die Wohnung des Schinders.

Man konnte nicht fehlen, wenn man einige elende, schmutzige und halb nackte Frauen, die einen Gürtel von bleichem Flittergold trugen, in diesem kotigen Gehege umherirren sah.

Was die Wohnung des Schinders anbetraf, so war sie noch weniger zu verkennen; vor der Schwelle erhob sich ein Galgen zwischen zwei ungeheueren Pfühlen; der Pfahl rechter Hand war mit Ohren von Dieben bedeckt, an dem linker Hand hing, am Ende einer langen Eisenkette, das schmale spitzige Eisen, das man glühend machte, um damit die Zunge der Gotteslästerer zu durchstechen.

Dieser Ort hieß damals, wie er heute noch heißt: der Ohrzwicker.

An dem andern Ende der Stadt, unfern dem Tore St. Jean, mitten unter eckigen Festungswerken, sah man den Turm der Abtei St. Aubert, den bischöflichen Palast und die halb in Trümmern liegenden Türme der Kathedrale sich erheben.

Die zahlreichen Werkleute, welche an der Wiederherstellung dieses unermesslichen Gebäudes arbeiteten, das vergangenes Jahr von Gerhard dem Böswilligen angezündet worden war, waren größtenteils Vasallen der Herren von Cambrai, und gesandt von ihren Lehnsherren zu diesem frommen Dienst.

Der Abend brach herein; die Arbeiter schickten sich an, truppenweise in ihre Dörfer zurückzukehren, denn die Wege waren damals nicht sicher. Wenn ein Unbesonnener es gewagt hätte, allein und unbewaffnet aus der Stadt zu gehen, würde er unfehlbar von den Räubern, welche das Land plagten, geplündert worden sein. Übrigens waren sie, wenn sie sich so vereinigten, von dem Zoll frei, den ein jeder Herr von den Reisenden erhob, die über oder durch sein Gebiet gingen. Die Nachlassung dieser Abgabe war den Werkleuten zugestanden, in Rücksicht der christlichen Beweggründe, welche sie nach Cambrai geführt hatten. Jeder dieser Arbeiter nahm ehrfurchtsvoll seine Kopfbedeckung ab vor dem Prevot der Kirche, Herrn Nicolas von Chievre, der auf der Zugbrücke Bon Secours stand.

Er zählte sie, so wie sie an ihm vorübergingen, um sich zu versichern, dass keiner von ihnen im Schlosse bleibe. Er erfüllte hiernach die Pflichten seiner Stellung, Pflichten, welche die misstrauische Vorsicht dieser Zeiten des Krieges und der Unruhen vorschrieb.

Die Kleidung des Herrn von Chievre war die der Laien des 12. Jahrhunderts: Ein langer brauner Rock ging bis auf die Füße, deren weiche graulederne Bekleidung um den Knöchel herum aufgeschnitten war. Über diesen Rock trug er einen engen Mantel, der einen großen Rosenkranz blicken ließ, welcher um die Schultern hing und auf die Brust herabfiel; dieser Mantel in Blau gefüttert, bedeckte halb die Tasche, welche an der linken Seite des Gürtels befestigt, und deren Gebrauch derselbe war, wie der unserer heutigen Taschen.

Aber der sonderlichste Teil seiner Kleidung war ohne Widerrede der Kopfputz, – eine Mütze von braunem Zeuge, die in eine lange Spitze ausging. Diese Spitze rollte sich zweimal um den Kopf und fiel als schmale Schnur über die Stirn herein. Herr Nicolas konnte 30 Jahre alt sein: Eine bleiche und regelmäßige Physiognomie zeigte eine Mischung von Festigkeit und Melancholie, die nicht ohne Anmut war; sein zerstreuter Blick, sein unbestimmtes Lächeln, ließen vermuten, dass er lange Schmerzen erduldet, welche die Zeit mildert, nicht aber vertilgt, jene Schmerzen, welche das traurige Privilegium einer brennenden, gefühlvollen Seele sind.

Während die Person, deren Porträt wir soeben gezeichnet haben, sich mit der Zählung der Werkleute beschäftigte, sah er einen gewaffneten Mann im Galopp herbeistürmen. Er trieb sein Ross so zur Eile, dass die Brücke unter ihm ertönte, bevor man daran denken konnte, ihn aufzuhalten. Dieser Unbekannte warf eine Pergamentrolle zu den Füßen des Herrn Nicolas, und indem er mit Behändigkeit sein Ross herumwarf, verschwand er, wie eine Erscheinung, ohne dass man wissen konnte, woher er gekommen, noch wohin er geeilt war.

Das aber war der Inhalt des Pergamentes:

»Kund und zu wissen, Herrn Lietard, dass Gerhard, genannt der Böswillige, Herr von St. Aubert, abgezogen ist von seiner Burg mit 400 Reisigen, um mit Einbruch der Nacht das bischöfliche Schloss zu überrumpeln, in Brand zu stecken und zu plündern.«

»Ziehet die Zugbrücken auf, lasset die Gitter nieder!

Werk- und Fronleute, keiner von Euch gehe von hinnen, steigt auf die Wälle, belastet die Ballisten mit Steinen und ein jeder halte sich fertig, große Steine in Menge zu schleudern.

Holla, he, Herr Schützenkapitän, Ihr kommt eben recht, versammelt Euere Kompanie; jeder Schütze führe einen guten, mit Pfeilen wohl angefüllten Köcher bei sich.

Die Reisigen, Seneschall, mögen sich rüsten, und die Pferde alle geharnischt, werden zum Besteigen fertig gehalten.

Ihr aber, fromme Stiftsherren, während wir für das Haus des Höchsten kämpfen, wollet in der Kirche beten für die, welche heute Märtyrer werden, und für unsere heilige Sache den Schutz Jesu Christi und seiner unbeflekten Mutter anstehen.«

Plötzlich sah man die Menge nach allen Seiten hin zerstieben, welche sich um den Herrn von Chievre versammelt hatte bei der sonderbaren Erscheinung des Reisigen, wovon die Nachricht sich sogleich im Schlosse verbreitete. Wenige Augenblicke reichten hin, um die klugen Anordnungen des Prevot auszuführen. Man beeilte sich umso mehr, als schon einige Personen erzählten, dass sie den geheimnisvollen Boten in der Luft hätten verschwinden sehen, andere gingen noch weiter: Sie wären geblendet worden von dem Heiligenschein, der um sein Haupt leuchtete; sie hätten ihn zwei große, weiße Flügel entfalten sehen. Die Gläubigen zweifelten nicht, dass es der hochheilige Erzengel Michael gewesen, der durch die Vermittlung der Mutter Gottes gesandt worden, um die Kathedrale von Cambrai gegen Zerstörung zu schützen.

Ein Jahr war verflossen.

Die Nacht brach herein: Herr Nicolas von Chievre stand auf der Zugbrücke, und zählte wie gewöhnlich die Werkleute, welche herausgingen, als Meister Delavigne, in Schwarz gekleidet, auf den Prevot loskam, der ihm liebreich die Hand reichte.

»Die Heilige Jungfrau schütze Euch, Meister Delavigne. Seid willkommen! Noch einige Minuten und ich bin ganz zu Euern Diensten. Ziehet die Brücke auf, Leute: Die Arbeiter sind fort. Lasset niemand herein, oder hinaus, der nicht die Losung weiß. – Jetzt«, fuhr er, zu Delavigne gewendet, fort, »jetzt saget, Meister, was mir so spät die Ehre Eures Besuches verschafft.«

Delavigne, an einen der Pfeiler der Zugbrücke gelehnt, war in tiefes Träumen versunken. Nicolas von Chievre musste das Wort noch einmal an ihn richten.

»Ich wünsche sogleich mit Herrn Lietard zu sprechen«, antwortete er endlich, »und ich beschwöre Euch, mich sofort bei ihm vorzuführen.«

Diese Bitte war offenbar dem unangenehm, an den sie gerichtet war. Lietard speiste in diesem Augenblicke, und da er keineswegs gewohnt war, mäßig zu trinken, und er fast immer taumelte, wenn er von Tische ging, verbot er dem Prevot der Kirche ihn in einem solchen Zustande sehen zu lassen. Indem Herr Nicolas demgemäß einige Entschuldigungen machte, veranlasste er Delavigne, seine Unterredung mit dem Prälaten auf den andern Tag aufzuschieben.

»O nein! Ich muss ihn sehen, ich muss ihn sogleich sprechen. Es geht um mein Seelenheil; die geringste Verzögerung kann mir ewige Verdammnis bringen.«

Das Feuer, womit der Greis sprach, seine äußerste Aufregung, bewogen Herrn Nicolas zum Nachgeben; wiewohl ungern, führte er Delavigne in den großen Saal, wo sich Lietard befand.

Bei dem Anblick des Prevot machte die lüsterne Fröhlichkeit, die auf der trivialen und pedantischen Figur des Prälaten sich machte, dem ernsten Zwange eines von seinem Lehrer bei einem Vergehen ertappten Schülers Platz.

Lietard ordnete eilig sein Gewand, das auf der Brust ganz aufgeknöpft war, und indem er sich in dem großen Lehnstuhl, in welchem er halb liegend ausgestreckt war, sich aufrichtete, rief er:

»Ach, da ist unser verehrter Prevot … Benedico tibi …«

»Vade retro Satanas!«, fügte er ganz leise hinzu, in das Ohr eines dicken, zu seiner Rechten sitzenden Domherrn. »Man hätte uns wohl in Ruhe lassen sollen.«

»Bei unsrer Mühe, da ist auch der reiche Wechsler, Meister Delavigne! Ach, ich verstehe, Ihr wollt die 400 Mark Silber zurückfordern, die Ihr uns mit so viel Umständen geliehen habt, ungeachtet der Bürgschaften, die wir Euch gaben. Ihr wählet Eure Zeit nicht wohl, Meister. Wir sind gezüchtigt worden, mit Feuer und Schwert. Die Diener der Mutter aller Gnaden sind sehr arm; denn der verdammte Gerhard hat das Haus des Herrn von Grund auf zerstört, und wenn der Erzengel Michael ihn nicht hätte vor einem Jahre durch den Blitz ...«

»Das ist nicht der Grund, weswegen ich komme.«

»Nun dann, sprecht aufrichtig ... aber einen Augenblick ... Holla, Mundschenk, zwei Gläser, und noch mehr Wein.«

»Herr«, unterbrach Nicolas von Chievre mit einem zu gleicher Zeit ehrfurchtsvollen und strengen Tone, »Meister Delavigne wünscht Euch insgeheim zu sprechen.«

»Insgeheim? ... Ohne Zweifel wollt Ihr mir irgendein vorteilhaftes Darlehn anbieten? Herr von Chievre, immer bedacht für den Vorteil der Kirche und bekannt mit deren Bedürfnissen, hat diese Sache anzuordnen verstanden; wir erkennen ihn wohl daran, diesen ehrenwerten Prevot! Lasst sehen, seid nicht zu begehrlich und wir werden diese Sache abschließen inter pocula!«

»Bei dem Heil eurer Seele!«, rief der Greis, die zitternden Hände faltend. »Höret mich ohne einen andern Zeugen, als Herrn von Chievre.«

»Gehet denn, meine frommen Herren und entschuldiget unsere Unhöflichkeit. Ihr sehet, der Stab eines Bischofs ist schwerer, als man denkt; die Pflichten unseres Dienstes überhäufen uns selbst nach der Mahlzeit, wenn Euch nichts bleibt, als ruhig zu verdauen und Euch in ein gutes Bett legen.«

»Jetzt sind wir allein, Meister Delavigne ... Aber noch einen Augenblick ... Zwei Gläser Unvermischten. Schenket ein und füllet das meinige. Jetzt sprecht, Meister, wir hören Euch.«

Ein Stillschweigen von einigen Minuten verfloß noch, bevor Delavigne, seine Gedanken sammelnd, die Beweggründe auseinanderzusetzen begann, welche ihn herbeiführten. Vielleicht wartete er, bis Lietard sein Glas vollends gefüllt und sich's bequem in seinem Stuhl gemacht hatte.

»Ich komme«, sagte er endlich mit langsamer Stimme, »ich komme, Herr, Euch zu bitten, mir, Wirembault Delavigne, und Marien Dauvillers, meiner gesetzmäßigen Gattin, zu erlauben, das Gelübde der Keuschheit in Eure Hände abzulegen, da ich alles, was ich besitze, frommen Stiftungen weihen und mich in das Hospital St. Julien zurückziehen will, um daselbst den Rest meiner Tage im Dienste der Kranken zuzubringen; und bitte Euch noch demütig, meine beiden Söhne Lucas und Wilhelm in das Kloster St. Aubert aufzunehmen;

endlich, Euch bei dem Herrn Erzbischof von Reims zu verwenden, um meine Tochter Bertha in ein Nonnenkloster aufzunehmen; das alles in der Hoffnung von dem göttlichen Erlöser Verzeihung für die Sünden unserer Familie und besonders meines verstorbenen Bruders, Gilles Amalrich Delavigne zu erhalten.«

»Das ist ein würdiger, ein lobenswerter, ein frommer Wille«, rief Lietard vor Freude zitternd und die Hände reibend. »Mit Dank nehmen wir das Geschenk an, das Ihr uns macht. Auf das Epitaphium, das man, wenn Ihr nicht mehr sein werdet, in dem Chor der Kathedrale setzen wird, denn Ihr werdet in den Grabgewölben unserer Kirche beigesetzt, soll eingegraben werden, dass Ihr Euere Güter der Wiedererbauung der Wohnung Eures von den Ketzern verfolgten Bischofs geweihet habt. Unser Prevot, Herr Nicolas von Chievre, der im Schreiben keinem Rubricateur nachsteht, wird sogleich die Schenkung aufsetzen.«

»Aber, im Namen unsers heiligen Patrones«, fragte ängstlich der bestürzte Prevot, »was hat Euch denn zu einem so gewichtigen Entschlusse gebracht? Ich habe Euch vor zwei Tagen gesehen; Ihr schienet geeignet als guter Christ in Frömmigkeit zu leben, wie Ihr es bis auf diesen Tag getan habt, aber nicht Euch und Eure Familie alles Vermögens zu berauben?«

Während Nicolas so redete, warf ihm der Bischof zornige Blicke zu und suchte ihm Stillschweigen aufzulegen.

»Es ist die Seele meines Bruders, die mir gestern um die Abendstunde in der Karmelitenkirche erschienen ist.«

»Ihr habt die Seele Eures Bruders gesehen?«, fragte der Bischof sich bekreuzigend. »Requiescat in pace! Der Himmel bewahre mich vor ähnlichen Erscheinungen! – Ihr habt sie gesehen? Recht gesehen?«, fuhr er mit jenem Interesse fort, welches eine Frau Gevatterin an einer Geschichte nimmt, die sie fürchten macht und doch amüsiert.

»Ach, es ist nicht das erste Mal, ehrwürdiger Herr. Wenn Sie erlauben, werde ich Ihnen das Unglück meines Bruders und seine unbegreiflichen Abenteuer ...«

»Gern, gern: Nie in meinem Leben habe ich eine so wunderbare Geschichte erzählen hören, wie die Eure, Meister Delavigne ... Aber vorher wollen wir niederknien und andächtig ein ›De profundis‹ für die Verstorbenen beten.«

Alle drei knieten nieder, und als sie sich wieder erhoben hatten, begann Delavigne:

»Sie erinnern sich, dass am Tage der Verstorbenen vergangenen Jahres das bischöfliche Schloss vom seligen Herrn Gerhard von St. Aubert belagert wurde ...«

»Heilige Jungfrau! Ja, ich erinnere mich dessen! Und wenn ich versucht wäre, es zu vergessen, würden mich die Ruinen der Kirche und meines eigenen Hauses, die schönen Summen, die ich verwendet habe, sie wieder aufzubauen, nur zu bitter daran erinnern! Ohne die Klugheit des Herrn von Chievre, denn wir waren in diesen Tagen der Verwüstung nicht in Cambrai, ohne die wunderbare Protektion des heiligen Erzengel Michael, wäre es für immer um unsere Schätze geschehen gewesen ... denn der Böswillige respektierte nicht einmal mehr die heiligen Gefäße und Reliquien, als wenn sie dem elendsten Juden angehört hätten.«

»Herr Gerhard hatte kaum eine Stunde seine Burg verlassen, um das bischöfliche Schloss zu überrumpeln, als man in dem großen Turmgraben den Leichnam meiner Schwägerin fand. Sie haben erzählen hören, dass ein Soldat den Abend zuvor ihren unglücklichen Gemahl, meinen Bruder Amalrich hatte hinein fallen sehen, und dass die Seele des Toten den folgenden Tag kam und dem Ritter den verhängnisvollen Rat gab, das Schloss anzugreifen. Wir haben seitdem erfahren, dass Frau Gertrude die Sünde des Ehebruchs begangen hatte mit Herrn Gerhard ...«

»Seht Ihr? Ich erkenne ihn wohl daran, diesen lustigen Gesellen, den wüstesten Burschen, dem ich jemals begegnet bin.«

»Ohne Zweifel entdeckte der unglückliche Amalrich, der eher, als man ihn erwartete, nach St. Aubert zurückkam, die Untreue seiner Gattin und stürzte sich aus Verzweiflung in den Turmgraben. Nun war es das Fest der Verstorbenen; und Sie wissen, dass der Körper eines jeden, der an diesem Tage eines gewaltsamen Todes stirbt, erst dann ruhig im Grabe ruht, wenn er sich an dem gerächt hat, der die Ursache seines Todes ist.

Bei der Nachricht von dem schrecklichen Tode ihrer Kammerfrau bekam die gnädige Frau so heftige Konvulsionen, dass der Arzt erklärte, es bliebe ihr keine Stunde mehr zu leben. Ich stieg sogleich zu Pferde, und eilte, diese traurige Nachricht dem gnädigen Herrn zu bringen.

Als ich ihn erreichte, war er nahe bei Cambrai, und mein Bruder soeben erst zu ihm getroffen, was mich sehr wunderte, denn er war wenig Augenblicke nach dem Herren vom Schlosse geritten. Und doch hatte er die ganze Strecke galoppiert, sein Pferd war von Schweiß gebadet.

Nachdem ich mich meiner traurigen Pflicht bei dem Herren entledigt hatte, der sich nicht eben sehr zu grämen schien, und fortfuhr, seine Reisigen anzufeuern, näherte ich mich meinem Bruder, nicht wissend mit welcher Vorsicht ich ihm den traurigen Tod seiner Frau verkünden sollte.

Gertrude! ... Gertrude! ... Das Schluchzen brach mir die Stimme, ich konnte nur diesen Namen herausbringen.

›Nun denn?‹, sagte er, seine starren Augen auf mich heftend und fast ohne seine bleichen Lippen zu bewegen.

›Man hat soeben ihren Leichnam in dem Turmgraben gefunden.‹

Er fing an zu lachen ... Lachen, bei einer solchen Nachricht! Ich entfernte mich eilig; denn sein Lachen war erschrecklich, wie wenn es das des Teufels wäre.

Mit schmerzlich gepresstem Herzen, denn leider sah ich nur zu deutlich, dass das nicht mein Bruder, sondern sein Geist war, ging ich zum gestrengen Herrn, um mich von ihm zu verabschieden, und nach den Befehlen zu fragen, die er mir aufzugeben hätte.

›Keinen‹, sagte er. ›Folge mir nach Cambrai – ich bedarf deiner. Du sollst sogleich erfahren, wozu.‹

Unterdessen war die Nacht eingebrochen.

Als wir unter den Mauern des Bischofsitzes angekommen waren, herrschte die größte Stille um uns. Man lehnte die Leitern an; die Mannen füllten den Graben an, und bereiteten sich, das unverteidigte Schloss, dessen Bewohner schliefen, im Sturme zu nehmen ... Sie wissen das Übrige. Eine furchtbare Ladung Pfeile und Steine überschüttete die Stürmenden und ein Hinterhalt von 200 Reisigen, die in der Nähe lagen, griff uns von hinten an.

Nie war ein Blutbad so schnell und so schrecklich.

Ich meinesteils irrte in der Dunkelheit umher, mitten unter den Pfeilen, die von allen Seiten pfiffen. Ich führte ein frisches Pferd am Zügel, um es dem Herrn zu geben, denn es blieb ihm nichts weiter übrig, als die Flucht zu ergreifen. Ach, ich fand ihn tödlich verwundet und laut nach einem Priester schreiend. Nachdem ich, so gut wie ich es konnte, seine breite Wunde verbunden hatte, wollte ich einen Priester suchen, den ich einige Schritte weiter hin gesehen hatte, wie er die Beichte der Verwundeten hörte, – als eine eisige Hand mit einer übernatürlichen Kraft mich anfasste und festhielt … Es war die Seele meines Bruders! Dieses Mal war kein Zweifel mehr drein zu setzen.

Nie in meinem Leben hatte ich ein ähnliches Gesicht, einen solchen Blick gesehen.

›Einen Priester‹, sagte er, ›einen Priester! Du, Gerhard? Nein. Du sollst verdammt sein! Mörder deines Vaters, Henker deiner Frau, Verführer Gertrudens, du sollst verdammt sein, verdammt in Ewigkeit!‹

In demselben Augenblicke ließ mich die Hand, die mich zurückhielt, los; ein ungeheurer Stein kam gesaust und zerschmetterte den Kopf des Herrn, – und die Seele meines Bruders verschwand.

Nachdem ich gestern Abend dem Gottesdienst zur Feier der Toten in der bischöflichen Kirche beigewohnt hatte, ging ich vor dem Karmelitenkloster vorbei. Ich wollte dort in der Kapelle, welche offen stand, ein Gebet sprechen und hatte kaum die Hälfte eines ›De profundis‹ gebetet, als ich ein Gespenst gerade auf mich zukommen sah. Es bewegte die Arme mit verzweifelten Gebärden, es stieß unartikulierte Seufzer aus … O Heilige Jungfrau! Es war mein Bruder Amalrich. Ich sah ihn, wie ich Euch sehe. Meine Kräfte verließen mich … Als ich wieder zu mir kam, war die Kirche leer geworden.

Als ich mit großer Mühe nach Hause kam, war jedermann von meiner Blässe und Erregung betroffen. Meine Verwirrung war so groß, dass ich kein Wort von meinem entsetzlichen Abenteuer erzählen konnte; ich musste mich sogleich niederlegen. Das Fieber schüttelte meine Glieder dermaßen, dass ich ein Gegenstand des Mitleidens für den Härtesten wurde.

Nach, einer langen schlaflosen Nacht des Wahnsinns, schlief ich endlich gegen Anbruch des Tages ein.

Plötzlich drückte eine eisige Hund auf meine Brust; sie beengte, erstickte mich; ich wollte schreien, mich loswinden, und konnte weder ein Wort hervorbringen, noch eine Bewegung machen; die Seele meines Bruders war noch da.

Betet für mich, betet für mich, vom Morgen bis Abend. Ich brenne im Fegfeuer; rettet meine Seele. Um sie zu erlösen, bedarf es mehr ›De profundis‹ als es Seelen in der Hölle gibt.

Kein Mund sprach diese Worte und doch hörte ich sie sehr deutlich, bis zu drei wiederholten Malen. Nach diesem entfernte sich die Hand von meiner Brust und ich verfiel in einen tiefen Schlaf bis um die Mittagsstunde.

Bei meinem Erwachen versammelte ich meine Familie und fing an zu erzählen, was mir seit gestern Abend zugestoßen war. Alsdann, ehrwürdiger Herr, beschlossen wir alle einstimmig, den Rest unsers Lebens der Erlösung der Seele meines Bruders aus dem Fegefeuer zu weihen. Ich habe Euch soeben gesagt, in welches Kloster jedes von uns sich zu begeben gedenkt.

Was die Güter anbetrifft, die ich erworben habe, so will ich sie in drei Teile teilen: Der eine soll dazu dienen, die Kirche unserer lieben Frauen wiederherzustellen; mit dem zweiten will ich das Hospital St. Julien beschenken, wo ich mein Leben im Dienste der Kranken beschließen will; und mit dem dritten will ich das Weggeldrecht kaufen, das an dem Sellertor angebracht ist: Jeder Reisende soll weder eine Obole, noch ein Maß Hafer zu geben haben, wenn er ein ›De profundis‹ für meinen verstorbenen Bruder Amalrich betet.«

»Das sind sonderbare Geschichten!«, sagte Nicolas von Chievre mit nachdenklicher Miene.

»Ja, sehr sonderbare Geschichten«, fuhr Lietard fort. »Aber, Meister Delavigne, Ihr habt einen weisen und frommen Entschluss gefasst. Wir billigen ihn sehr, und es soll nicht an uns liegen, dass er prompt ausgeführt werde.

Wir nehmen es auf uns, jenes Weggeldrecht von Herrn Fulcard zu kaufen, das ihm Frau Gildeberg, seine Gemahlin, als Mitgift eingebracht hat; auf unser Ansehen und zugunsten Eures frommen Beweggrundes wird er es Euch billig verkaufen.

Jetzt, Herr Nicolas, geht und setzt sogleich die Schenkungsakte auf von alle den Gütern, welche Meister Delavigne der Kirche unsrer Frauen und dem Hospitale St. Julien gibt. Setzet dazu: Perturbatores precipitentur in infernum cum Dathan et Abiron; conservatores aeternae beatitudinis gaudio donentur.

Setzet noch hinzu, dass es sich bezieht auf unsere Weisheit in der Teilung.«

»Einen solchen Entschluss«, warf der Prevot ein, »sollte man einige Tage reifen lassen.«

»Heilige Jungfrau, wenn der Himmel gesprochen hat, noch verhindern wollen, seinen Befehlen zu gehorchen! Gehet, Herr, gehorchet gleich dem, was wir befohlen haben, oder fürchtet unsere Ungnade.«

Der Prevot gehorchte, obgleich augenscheinlich mit Widerwillen. Meister Wirenbault Delavigne unterzeichnete das Pergament, das gesiegelt wurde mit dem großen Siegel der Kathedrale.

»Meister«, sagte Lietard, als alles beendet war, »von Morgen werdet Ihr unter die Gemeinschaft derer vom Spital St. Julien aufgenommen werden. Was Euern Willen im Übrigen betrifft, so soll er beobachtet werden, wie der eines Vaters auf seinem Totbett. Wir werden noch mehr tun; wir werden unsere Gebete mit den eurigen verbinden für die Ruhe der Seele Gilles Amalrich Delavignes. Morgen soll für ihn ein feierlicher Gottesdienst gehalten werden. Jetzt empfanget unsern Segen und gehet in Frieden, vertrauungsvoll auf die Barmherzigkeit des Herrn.«

Den folgenden Morgen schlief Lietard noch einen tiefen und süßen Schlaf, als man ihm meldete, dass der Superior der Karmeliter ihn dringend und ohne Aufschub zu sprechen wünsche. Nach einigen bittern Klagen des Prälaten über die Beschwerden seines Amtes wurde der Mönch eingeführt.

»Ehrwürdiger Herr«, sagte er, nachdem er niedergekniet war, um den Segen Lietards zu empfangen, »ich kam vor ungefähr einem Jahre, Euch rücksichtlich der Bitte eines Unbekannten um Rat zu fragen, der dem Kloster ein reiches Geschenk machen wollte, wenn man ihn als Novizen annehme, ohne je nach seinem Namen zu fragen.«

»Sehr wohl; ich erlaubte es Euch, ich erinnere mich dessen.«

»Dieser Mann übte über seinen Körper die grausamste Strenge; er brachte die Nächte zu mit Seufzen, verließ nie seine Zelle, und zerfleischte sich mit harten Geißeln. Nach der Tiefe und Härte seiner Reue zu urteilen, musste er große Sünden begangen haben.

Diesen Morgen fand man ihn sterbend im Chore der Kapelle; ich wollte ihn in seinem letzten Augenblicke stärken und trösten – aber nichts konnte seine Gewissensbisse lindern; er gab seinen letzten Seufzer von sich, indem er an der Barmherzigkeit Gottes verzweifelte und sich anschuldigte des Mordes seiner Frau, der Verdammnis des Herrn Gerhard von St. Aubert ...«

Bei diesen Worten erhob sich Lietard mit Hast von seinem Sessel.

»Bei Strafe einer Todsünde, Bruder Superior«, rief er von einer Bewegung, die ihm nicht gewöhnlich war, ergriffen; »ja, bei Strafe einer Todsünde, ich verbiete Euch, je ein Wort von allen diesem zu sagen; besonders nicht dem Prevot unserer Kirche, Herrn Nicolas von Chievre. Denket daran, Bruder Superior, bei Strafe der Todsünde!

Jetzt gehet: Lasset sogleich den Toten begraben, mit über das Gesicht geschlagener Kapuze, zum Zeichen tiefster Demut. Betet, Ihr und Euere Mönche, dass er in Frieden ruhe. Die Barmherzigkeit des Herrn ist unendlich.

Die große Reue, welche der Novize an den Tag gelegt hat, wird ihm ohne Zweifel Gnade finden lassen, vor dem Allerhöchsten. Unsere bischöflichen Gebete werden ihm dazu so sehr behilflich sein, als es ihr schwaches Verdienst vermag. Requiescat in pace, mi frater.«

»Amen!«, antwortete der Karmeliter und ging.

# Der Bierfiedler auf dem Sabbat

Mathias Wilmart war der beste Fiedler der Stadt Hesdin. In keinem Dorfe auf drei Meilen in die Runde hätte man lustig getanzt, wenn ein anderer als Mathias Wilmart Bassgeige gespielt hätte. Auch war er eine Person von hoher Wichtigkeit; er saß bei Hochzeiten neben den Eltern der Neuvermählten; die junge Frau, welche nach der Sitte des Landes die Gäste während der Mahlzeit bediente, ermangelte nicht, ihm die besten Bissen zu geben; kurz, wenn er zu reden begann, horchte jedermann hoch auf, denn keiner wusste besser als er, eine Geschichte zu erzählen, ein Lied zu singen oder einen fröhlichen Scherz zu sagen.

An einem Winterabend war eine Hochzeit zu Auffin, der Tanz dauerte sehr lange, und schon längst war die Nacht eingebrochen, als Mathias, die Bassgeige, die er mit so viel Talent gespielt hatte, auf den Rücken lud und sich zum Gehen anschickte. Man machte alle möglichen Versuche, ihn von diesem Entschluss abzubringen. »Bleibt bei uns, Vater Mathias«, sagte ein jeder; »wir haben Nordwind, es friert Stein und Bein; der Wald, durch den Ihr gehen müsst, ist von üblem Rufe; er wird von Wölfen und von Räubern unsicher gemacht, die nicht weniger zu fürchten; der Zauberer, die dort ihren Sabbat halten, nicht zu gedenken.«

»Ich habe ein Glas guten Wein im Magen«, antwortete der hartnäckige Greis; »einen guten, gefütterten Mantel auf meinen Schultern, und hier in meiner Hand einen dicken, eisenbeschlagenen Stock, damit trotze ich der Kälte, den Wölfen und Räubern. Was die Zauberer und Teufel anlangt, werde ich sie, wenn ich deren begegne, nach meiner Bassgeige tanzen lassen. Dann werden sie sagen: ›Corbleu! Wenn die Höllenfiedler spielen könnten, wie Mathias Wilmart!‹«

Nach diesen Worten, worüber die jungen Leute lachten, und die alten, vernünftigern Leute den Kopf, wie um zu tadeln, schüttelten, ging er mit festem Schritt auf den Steg hin, der durch den Wald und nach Hesdin führt. Er war noch keine halbe Stunde auf dem Wege, als der Himmel, der bis dahin gestirnt war, sich plötzlich mit einer ungeheuern Wolke bedeckte; die Dunkelheit wurde erschrecklich. Alsdann fing der Dorfvirtuos an, sich nach dem guten Bett zurückzusehnen, das man ihm zu Auffin angeboten hatte. Aber zum Umkehren war es zu spät. Übrigens würde man nach seinen Prahlereien nicht ermangelt haben, ihn zu verspotten, indem man sagte, dass die Furcht ihn zurückführte. Er setzte also seinen Weg fort; wurde aber zum Übermaße seines Kummers bald gewahr, dass er den Weg verfehlt hatte.

Was tun! Weitergehen konnte ihn noch mehr irre leiten; – sich in seinen Mantel hüllen und unter einen Baum legen, war keine sichere Sache; die Wölfe würden unfehlbar kommen und ihn erwürgen; übrigens, wenn er den reißenden Bestien entging, hätte er vor Kälte umkommen müssen. Während er, die beiden Hände auf seinen Stock gestützt, in einer peinlichen Angst stehen geblieben war, siehe, da gewahrte er plötzlich ein Licht in der Ferne.

»Es leuchtet in einer Holzhackerhütte«, sagte er; »Gott sei gelobt!« Und er wollte sich nach der Seite wenden, wo das Licht glänzte; aber es war verschwunden. Er stampfte mit seinem Eisenstock auf den Boden und stieß einen schrecklichen Fluch aus. Seine Lippen sprachen noch die abscheulichen Worte, als das Licht von Neuem erschien.

Nur mit vieler Mühe und nach einem langen und gefährlichen Weg gelangte Mathias an den Ort, woher das Licht kam, auf das er so lange Zeit losgegangen war. Sein Erstaunen bei seiner Ankunft war nicht gering, denn er stand vor einem prächtigen Schloss, von dem er noch nie hatte sprechen hören, eine prächtige Musik ertönte darin von allen Seiten, und die Tänzer, welche jeden Augenblick vor den

Fenstern vorüberkamen, zeichneten ihre schwarzen, flüchtigen Schatten auf den Vorhängen, welche ein rötliches Licht durchsichtig machte.

Er machte mehr als einmal, aber vergeblich, die Tour um dieses unermessliche Gebäude, um das Eingangstor zu suchen. Er verzweifelte schon, es zu finden, als plötzlich ein alter Mann dazu kam und ins Horn stieß. Eine Zugbrücke, welche Mathias bis dahin nicht bemerkt hatte, ließ sich sogleich schnell herab und der Dorffiedler drang, dem Greise folgend, in die Burg.

Er war ganz erstaunt, sie mit einer unglaublichen Menge Leute angefüllt zu sehen: Die einen nahmen teil an einem glänzenden Mahle; die andern spielten Hazardspiele, die größte Zahl tanzte, indem sie ein betäubendes Geschrei ausstieß.

Mathias ging mit Entschlossenheit auf einen Mann los, der von stattlichem Wuchse war und welchen er für den Herrn des Schlosses erkannte an der Art, wie er Befehle erteilte und an dem Gehorsam, den man ihm zollte: »Gestrenger Herr«, sagte er zu ihm, »ich bin ein armer Dorfmusikus, der sich im Walde verirrt hat; erlaubet mir die Nacht in einem Winkel eurer Burg hinzubringen, ich werde morgen bei Anbruch des Tages wieder abziehen.« Der, zu welchem Mathias sprach, antwortete nur durch ein Zeichen des Wohlwollens und der Zustimmung. Auf seinem Befehl kam ein Page und nahm die Bassgeige des Fiedlers und hing sie an einen der goldnen Nägel, welche auf dem reichen Tapetenwerk des Saales hingen. Während er dieses verrichtete, lächelte der Page auf eine infernalische Weise, und die Stelle, wo er das Instrument berührte, schwärzte sich sogleich, wie wenn diese Hand von Feuer gewesen wäre.

Mathias fing an, nach allen Seiten hin zu spazieren und den sonderbaren Ort, wo er sich befand, zu prüfen. Aber er suchte vergeblich eine der Personen zu erkennen, von denen er umgeben war; sooft er die Augen auf das Gesicht einer von ihnen heftete, verhüllte ein leichter Nebel dieses Gesicht und täuschte die Neugierde des Greises. Während er sich dieses Wunder zu erklären suchte, gewahrte er eine Bassgeige, und das Instrument war so schön, dass er Lust bekam, sich desselben zu bedienen und mit den andern Musikanten zu spielen, denen er gern seine Geschicklichkeit zeigen wollte. Als er nun die Augen aufhob, um die Treppe zu finden, welche ihn auf ihr Orchester führen sollte, wie erschrak er da, als er unter ihnen Barnabas Malassart gewahrte, der seit dreißig Jahren verstorben war, und ihm den ersten Unterricht in der Bassgeige gegeben hatte!

»Heilige Jungfrau, habe Barmherzigkeit mit mir«, rief er aus. In demselben Augenblick verschwanden die Musikanten, die Tänzer, das Schloss – alles aus seinen Augen.

Den folgenden Tag fanden Leute aus Auffin, welche, klüger als der Biersiedler, ihre Reise zur Stadt bis zum Tag verschoben hatten, den armen Mann ohne Besinnung am Fuße des Galgens ausgestreckt und einen weißen Bogen in der Hand.

»Der Vater Mathias«, sagte einer von ihnen, »hat einen nicht eben schönen Ort zum Schlafen gewählt.«

»Und einen noch weniger schönen Nagel, um seine Violine aufzuhängen«, erwiderte ein anderer; »die Bassgeige und der Bogen hängen an der großen Fußzehe eines Gehängten.«

»Hat er befürchtet, dass dieser Leichnam friere?«, fragte ein Dritter. »Er hat mit seinem Mantel seine knöchernen Schultern bedeckt.«

»Es ist ein vorsichtiger Mann, der Vater Mathias«, setzte ein Vierter hinzu, welcher den alten Musiker ins Leben zurückzurufen suchte: »Er hatte zwei Bogen mitgenommen, um nicht in Verlegenheit zu kommen, wenn der eine zerbrechen sollte.«

Als Mathias durch die Bemühungen, welche man an ihn wendete, endlich zu sich kam, schob er die Schuld seines Unfalls auf die Kälte, und hütete sich wohl, ein Wort von seinen infernalischen Visionen zu sagen.

Aber in seine Wohnung zurückgekehrt, prüfte er sorgfältig den Bogen, in dessen Besitz er auf eine so sonderbare Weise gekommen war. Ein Schauer überlief ihn bei dieser Prüfung. Der Bogen war nichts anderes als ein mit äußerster Sorgfalt gearbeiteter Totenknochen; und man las auf seiner reichen Silberverzierung den Namen eines Bewohners der Stadt, der mit Recht für einen Zauberer und abscheulichen Hexenmeister galt.

Er wartete bis der Abend kam und begab sich alsdann zu diesem Mann von üblem Ruf.

»Gevatter«, sagte er, ihn bis auf die Erde grüßend, »hier ist ein Bogen, der Euch gehört, denke ich; ich habe ihn zufällig gefunden, und bringe ihn Euch zurück.«

Der Nachbar wurde blass bei diesen Worten und stand einen Augenblick ohne ein Wort zu sagen, so groß war sein Schreck.

»O, o! Meister Mathias«, konnte er endlich murmeln; »ihr habt vergangene Nacht sonderbare Sachen entdeckt, und ein Wort von Euch könnte mir viel Böses verursachen.«

»Gott verhüte, dass ich es sage, Gevatter!«

»Ihr seid ein braver Mann, Mathias; aber Ihr tut wohl, zu schweigen: Wenn man mich lebendig verbrennte, – und das würde man gewiss tun, wenn man erführe, dass Ihr mich gesehen habt, wo Ihr wisst, – möchte Euch Übles daraus entspringen.«

Mathias stand auf, um zu gehen, aber der Eigentümer des Bogens vom Sabbat ließ ihn wieder setzen, und indem er sich seinem Ohr näherte, murmelte er mit einer sehr leisen Stimme hinein:

»Nachbar, sagt mir, wer sind Eure Feinde: Ich werde diese Nacht einen Zauber auf ihre Tiere werfen, oder ihnen selbst eine tödliche Krankheit zufügen, welche Euch von ihnen befreien wird.«

»Ich habe keine Feinde, Nachbar; und Gott verhüte, dass ich meinem Nächsten Böses zufügen wolle.«

»Und womit kann ich Euch dienen?«

»Mit nichts«, entgegnete der Fiedler, der sich schon außerhalb des Hauses gewünscht hätte; »mit nichts, Nachbar; ich schätze mich glücklich genug, Euch einen so schönen Bogen wieder bringen zu können.«

»Ein sehr schöner Bogen, gewiss; aber ich muss Euch ein Geschenk machen, Vater Mathias.«

»Gib ihm diese Börse: Er wird sie nicht erschöpfen, sie wird immer sechs Gulden gutes Geld enthalten.«

Diese Worte wurden von einem Manne von finsterer Gestalt gesagt, der gewiss nicht im Zimmer war, als Mathias eintrat. Wie war er hineingekommen? Man hat es nie begreifen können, denn die Türen waren vom Herren des Hauses mit Sorgfalt verschlossen worden, damit man nichts von der Unterredung mit Mathias höre.

»Das ist ein Werk des Bösen!«, rief Mathias. »Ich will nicht meine Seligkeit aufs Spiel setzen, indem ich es annehme.«

»Es ist ein Talisman«, antwortete der Unbekannte, »ein Talisman, dessen sich ein Christ ohne Furcht bedienen kann.«

Indem er das Wort »Christ« aussprach, schüttelte ein Schauer alle seine Glieder.

»Wenn diese Börse da ein Werk des Teufels ist, will ich verdammt sein«, fügte er mit höhnischem Lächeln hinzu.

Mathias, halb beruhigt, unterlag der Versuchung, Besitzer eines solchen Schatzes zu sein. Er schöpfte so oft aus der wunderbaren Börse, dass er in kurzer Zeit Käufer eines hübschen Hauses ward, und zu leben anfing, wie es der reichste Bürger hätte kaum tun können.

Alle Tage waren Schmausereien und Feste ohne Ende. Indessen fuhr er doch fort, auf den Hochzeiten Tanzmusik zu machen, aber er hatte jetzt, um sich in die Wohnungen der Brautleute zu begeben, einen guten Maulesel, der einen sanften Schritt ging, und einen Bedienten, der die Bassgeige trug.

Die neue Lebensart des Fiedlers erregte ein großes Geschrei in der Stadt, und war die Ursache tausend widersprechender Gerüchte. Die allgemeinste Meinung war, dass Mathias einen unermesslichen Schatz gefunden hätte, welchen er an einem geheimen Ort seines Hauses verberge.

Nun hatte Mathias vier Neffen, liederliche Burschen, denen Mathias nichts mitteilte wegen ihres Betragens; diese sagten eines Tages zueinander: »Unser Onkel Mathias ist reich geworden: Wir sind die einzigen, die ihn beerben ...«

Offenbar reichte ein Wort hin, dass diese Gottlosen sich verstanden, denn sie gingen jeder seines Weges, nahmen Armbrüste, und kamen wieder, um sich an einem Kreuzwege des Holzes zu verbergen, wo am Abend Mathias vorüberreiten musste.

Der Virtuos konnte seinem Geschicke nicht entgehen.

Vier Pfeile warfen ihn tot zur Erde nieder; sein Diener, glücklicher als er, ergriff die Flucht. Die vier Brüder liefen, ohne an diesen Zeugen ihres Verbrechens zu denken, zum Leichnam, um ihn zu berauben und die Erbschaft zu teilen. Ein großer Mann von finsterer Gestalt kam ihnen zuvor, stürzte sich auf den toten Körper und nahm aus seinem Quersack eine kleine Börse und verschwand, indem er rief: »Das ist der Nutzen meiner Geschenke!« Ein scheußliches Lachen folgte diesen Worten.

Während die Meuchelmörder unbeweglich und bestürzt da standen, wurden sie plötzlich von dem Richter und seinen Häschern umringt.

Der Diener des Gemordeten war diesen letztern auf seiner Flucht im Walde begegnet, und überlieferte ihnen nun die Mörder seines Herrn.

Wegen der offenbaren Gewissheit des Verbrechens war die Justiz nicht langsam in Ausübung ihrer Pflicht. Der Richter ließ die Mörder, die Armbrust in den Händen, an den Bäumen aufhängen, hinter welchen sie sich versteckt gehabt hatten – und davon heißt noch heutzutage dieser Ort der »Kreuzweg der vier Brüder«.

# Der musizierende Satan

Du sollst singen,
Du sollst springen,
Und sollst lachen,
Alles machen,
Bis die Teufel dich mit Johlen,
Menschlein, in die Hölle holen.

Und wenn ich hundert und noch mehr Jahre lebte, würde ich mich noch der Hochzeit des Johann Saveur erinnern, so wie heute.

Ich war zu guter Zeit aus meinem Dorfe gegangen, denn ich musste durch den Hesdiner Wald gehen, um, wie mir mein Oheim anempfohlen hatte, seinen alten Gevatter, den Schäfer Nicolaus Meuron abzuholen, welcher zur Hochzeit eingeladen war.

Er weigerte sich hartnäckig, mich zu begleiten, indem er sagte, dass man ihn nie zu solchen Vermählungsfesten sehen solle, selbst wenn man ihm hundert Taler geben wollte; aber nie wollte er mir sagen, warum. Ich war wenigstens schon vier Ave von seinem Hause entfernt, als er mir nachlief und mich zurückrief, um mir ein Fläschchen zu geben, das er mir wenigstens zwanzigmal auf die Seele band und das ich während der ganzen Zeit, die ich bei Johann Saveur sein würde, nicht von mir lassen sollte; es würde, sagte er, mich gegen die Nachstellungen des bösen Geistes schirmen, der nicht ermangeln würde, Werbungen zu machen.

Ei, der alte Schäfer sagte nur zu wahr voraus, wie man im Laufe dieser Geschichte sehen wird.

Ich kannte den Zukünftigen meiner Muhme Gretchen noch nicht, und als ich ihn bei meiner Ankunft sah, fühlte ich mich ganz traurig werden, dass dieser ein so gutes und so hübsches Mädchen zur Frau haben sollte. Es war, ich muss es sagen, ein schöner Junge; aber er hatte in seinen unter großen Brauen liegenden Augen, in seiner bleichen Gestalt etwas Unheimliches, das Schrecken einflößte. Man hatte ihn nicht gern im Dorfe, weil er stolz auf sein Geld war, nie in die Schenke ging und zuweilen wochenlang mit keinem Menschen sprach. Das wurde selbst Anlass zu vielen verschiedenen Mutmaßungen: Die einen hielten ihn für bezaubert, die andern im Gegenteil für einen Zauberer und Unhold selbst. Daher gab es, trotz der schönen Geldsummen und der großen Meierei mit drei Scheuern, die er als Heiratsgut einbrachte, doch mehr, welche meine Base ob dieser Heirat tadelten, als sich Leute fanden, die da sagten: »Gretchen verheiratet sich mit Johann Saveur; das wird eine gute Ehe geben.«

Die Hochzeit ging vor sich und alles ging gut bis zur Stunde, wo man tanzen wollte. Es fand sich alsdann, dass der Fiedler von Hesdin, der lustige Mathias Wilmart nicht benachrichtigt worden war. Alles klagte über einen solchen verdrießlichen Zufall, als man dem jungen Gatten meldete, dass ein Unbekannter ihn zu sprechen verlange.

Johann Saveur, welcher mit seiner Frau schwatzte und schäkerte, und welchen man seit Menschengedenken noch nie so lustig gesehen hatte, erhob sich auf den Lästigen fluchend, der ihn so zur Unzeit störte ... Aber bei dem Anblick des Fremden, der, des Wartens müde, ohne Weiteres eingetreten war, wurde er bleich, wie der Tod und wäre beinahe der Länge lang hingefallen.

»Ich hoffe, willkommen zu sein?«, fragte in kaltem Tone der Fremde.

»Sie haben das Recht es zu sein«, erwiderte Johann Saveur, aber sein bleiches Antlitz und das Zittern aller seiner Glieder widersprach der guten Aufnahme, welche er sich zwang, dem Neuangekommenen zu erteilen.

Dieser hatte keine Acht darauf. Er setzte sich fröhlich zu Tisch, goss ein ungeheuer großes Glas voll Bier und leerte es mit einem Zuge. Dann legte er sich einen Schinken vor, von dem er nur die Knochen ließ, dann aß er sofort mehrere enorme Kuchen und trank im Verhältnis dazu. Nie hatte man solchen trockenen Durst und solchen gefräßigen Appetit gesehen.

Während dieser ganzen Zeit war unter den Hochzeitsgästen ein größeres Stillschweigen als bei einem Beerdigungsschmause. Der Fremde, der es sich soeben so bequem gemacht hatte, und den der Zwang, den seine Ankunft jedem auferlegt hatte, durchaus nicht kümmerte, kreuzte friedlich die Beine, und indem er seinen Überrock aufknöpfte, der augenscheinlich seine Verdauung hinderte, drehete er den Kopf und sah alsdann Johann Saveur stehen, blässer als je.

»Ei, ei«, sagte er vertraulich zu ihm, »du hast mir noch nicht deine Frau gezeigt, mein Kamerad. Bist du eifersüchtig auf mich? Ventrebleu! Zu meiner Zeit bin ich verliebt gewesen, wie ein anderer; ich habe mehr als ein hübsches Mädchen zur Sünde verführt; aber andere Zeiten, anderer Geschmack. Du weißt es; jetzt, Johann Saveur, sind es keine jungen Mädchen, die ich in meinen Netzen fange, nicht wahr?«

Johann Saveur nahm, wiewohl mit Widerwillen, Gretchen bei der Hand und führte sie vor diesen sonderbaren Mann.

»Es ist ein artiges Geschöpf! Du hast guten Geschmack, Johann, ausgezeichneten Geschmack. Es ist unglücklich, meiner Treu, dass diesen Abend ... Denn es ist diesen Abend«, fügte er mit leiser Stimme hinzu und flüsterte fast nur in das Ohr Johanns, der an allen Gliedern zitterte.

»Aber was soll das heißen?«, fuhr der Fremde fort, ohne auf die Verzweiflung des jungen Gatten zu merken. »Das ist eine sonderbare Hochzeit; man sieht ja nicht einmal eine Violine.«

Da wagte einer zu erzählen, dass man vernachlässigt hätte, Mathias Wilmart zu benachrichtigen, und dass übrigens, wenn man es getan hätte, der Regen, welcher seit Mittag fiel, ihm die Wege ungangbar gemacht haben würde, welche das Dorf umgaben.

»Parbleu! Wenn es das ist, was Euch am Tanzen hindert«, sagte der Fremde, »habe ich gerade eine Violine bei mir und, ohne mich zu rühmen, dass ich ein ausgezeichneter Musiker wäre, hoffe ich zu bewirken, dass Ihr die Abwesenheit Mathias Wilmars, den Ihr mir so sehr lobet, nicht allzu sehr spüret.«

Er ging hinaus und kam mit einer Violine zurück. Das nahm mich sehr Wunder, denn ich hatte ihn zufällig gesehen, als er ankommend an die Tür geklopft hatte, und ich wollte bei meiner einstigen Seligkeit schwören, dass er weder in den Händen noch unter dem Arm eine Violine trug. Das Instrument konnte auch nicht in seinem Quersack sein, denn er hatte keinen.

Wie dem auch sei, der Fremde stellte einen Stuhl mitten auf einen Tisch, kletterte hinauf und fing an, Violine zu spielen, als wenn er nie in seinem Leben ein anderes Metier getrieben hätte. Man konnte ihn ohne Mühe für einen wirklichen Bierfiedler halten, denn er war ein kleiner, dicker Mann mit lustiger, im höchsten Grade spöttischer Miene; er stampfte mit dem Fuße, schrie, drehte sich und trank wie Mathias Wilmart.

Jeder rüstete sich zum Tanze, ausgenommen der junge Gatte, der schweigsam und sinnend sich in einen Winkel drückte und selbst seine Frau am Tanzen hindern wollte.

Der Violinspieler merkte es: »Was bedeutet ein solches Betragen, Johann Saveur?«, fragte er grinsend. »Heut' ist der schönste Tag deines Lebens und du stehst da wie eine Nachteule! Allons, lustig mein Kamerad, hervor!«

Aber diesmal weigerte sich Johann Saveur, zu gehorchen. Der Fremde setzte mit einem Sprunge von dem Tische und legte seine Hand auf die Schulter des Widerspenstigen. Sogleich bemächtigte sich ein wahnsinniger Anfall von Lustigkeit Johanns, der soeben noch so traurig war. Er fing an zu sprechen, zu springen, zu lachen, aber alles das auf eine so widrige Art, dass man ihn eher für einen Besessenen gehalten hätte, als für einen Mann, der in einer halben Stunde mit einer hübschen Frau das Hochzeitsbett besteigen soll.

In der Tat erzeugte die Musik, welche der Fremde spielte, eine Art schmerzhafter Freude, welche ich bis dahin noch nie empfunden hatte. Ich fühlte während des Tanzes tausend schuldige und sonderbare Gedanken; ich war wie betrunken oder wie in einem schweren Traume. Und dann war die Luft, die man in dem Zimmer atmete, schwer und heiß geworden, und es verbreitete sich nach allen Seiten ein starker scharfer und erstickender Geruch, wie wenn man glühendes Eisen in Wasser taucht.

Es schlug zwölf: Der Unbekannte nahm seine Violine unter den Arm, stieg von seinem Stuhle und näherte sich Johann Saveur: »Jetzt!«, sagte er zu ihm.

»Noch eine Nacht; nur noch eine Nacht«, bat Johann, dessen ganzer Körper auf eine erschreckliche Weise zitterte und bebte.

»Nein«, antwortete der Unbekannte.

»Gewähre mir wenigstens eine Stunde, noch eine Stunde ...«

»Nein«, antwortete eine dumpfe, unversöhnliche Stimme.

»Gib mir eine Viertelstunde«, bat noch einmal Johann auf eine klägliche Weise.

»Nein.«

»Ich habe Mitleid mit dir«, setzte der Fremde hinzu, nachdem er sich einen Augenblick an der Verzweiflung Johann Saveur geweidet hatte, »deine Frau unterzeichne dieses und ich gewähre dir noch acht Tage.«

Johann nahm eine rote Pergamentrolle mit goldnen Buchstaben, welche sein Gast ihm darreichte … aber er warf sie mit Entsetzen zurück.

»Dann werde ich von der Gesellschaft Abschied nehmen und Sie werden mich einige Schritte begleiten.«

Der kleine Mann grüßte einen jeden höflich, und indem er freundschaftlich seinen Arm um den Hals Johanns schlang, sagte er zur jungen Frau:

»Adieu; zürnen Sie mir nicht zu sehr, dass ich Ihren Geliebten mitnehme; Sie werden ihn aber bald wiedersehen, meine Schöne.«

Doch sah sie ihn erst den folgenden Tag, und er war dann nur noch ein vom Blitz getroffener Leichnam. So hatte man ihn, nach vielen Nachsuchungen, am Fuße einer Eiche des Hesdiner Waldes gefunden.

Als man ihn in die Kirche trug, löschten die geweihten Kerzen auf einmal aus, und man hat mir erzählt, dass das Grab, in welches man den Sarg legte, den folgenden Tag leer gefunden wurde.

# Zweiter Band

## Der Verrat

DER RICHTER: Beklagter, nenne deine Mitschuldigen, und das Gesetz wird dich freisprechen.

DER BEKLAGTE: Verurteilt mich! Ich will lieber das Schwert des Henkers, als den scheußlichen Namen: »Verräter.«

Sie wiedersehen!

Das war der Gedanke, der sein Gehirn erhitzte, der Gedanke, der ihn im Postwagen hin- und herwendete.

Sie wiedersehen! Nachdem er seit sechs Monden fern gewesen; nachdem er seit sechs Monden nicht ein einziges Mal ihren Namen hat nennen hören, den Namen: Klarissa!

Wenn sie wenigstens, bevor er sie verließ, ihm gesagt hätte: »Paul, ich liebe dich!« Er weiß wohl, dass sie ihn liebt, wie nie ein Engel des Himmels geliebt hat; er hat es gelesen in ihren feuchten Augen, in ihrer bewegten Stimme, in dem unbestimmten Druck ihrer zitternden Hand, aber nie hat sie ihm das süße Bekenntnis getan: »Paul ich liebe dich!« Bevor er diese Worte hörte, diese Worte, die er mit einem Jahre seines Lebens bezahlt hätte, musste er reisen, reisen für eine lange Zeit, reisen, ohne sie noch einmal gesehen zu haben.

Aber es handelte sich um das Leben seines Bruder; denn sein Bruder hätte die Schande nicht überlebt, und ohne die schnelle Ankunft Pauls, ohne das Opfer eines Teils seines Vermögens, wäre sein Bruder entehrt gewesen.

Er durfte also nicht zögern, und er hatte alles verlassen, sein Künstlerleben, seine bejahrte Mutter und mehr noch vielleicht, – Klarissa.

Aber er wird sie wiedersehen und sie wird ihn noch mehr lieben um seiner Abreise willen, denn ihre edle Seele weiß ein solches Opfer zu würdigen.

Er wird sie wiedersehen! … O die Regungen, welche er bei diesem Gedanken empfindet, ließen ihn beinahe seine Abwesenheit segnen.

Und der bestäubte Wagen rollt rasch durch die Stadt. Eine Tür öffnet sich; eine Stimme: »Mein Sohn, mein teurer Paul!« Seine Mutter liegt in seinen Armen. Sie weint vor Freude; sie umstrickt ihren Sohn, sie presst ihn an ihr Herz; sie segnet ihn, sie nennt ihn ihren einzigen Trost, die einzige Freude ihres Lebens.

Sie hat nicht allein sein wollen bei ihrer Freude. O nein! Alle die, welche jeden Abend kamen und fragten: »Ist er zurückgekommen?«, alle die, welche wiederholten: »In einem Monat, einer Woche, in einem Tage werden wir ihn wiedersehen!«, nicht ein einziges von ihnen soll diesen Abend fehlen. Sie gibt einen Ball, und Paul wird wohl tanzen müssen, ungeachtet der drei Nächte, die er im Wagen zugebracht hat. Seine Freunde werden so vergnügt sein, seine Freunde, die die Mutter mit kindlicher Gefälligkeit aufzählt und unter denen sie den Gemahl Klarissens und Klarissen selbst nennt.

Diese Ergießungen mütterlicher Zärtlichkeit, dieses Fest der Rückkehr, diese erleuchteten Säle, das Geräusch der Wagen; die Gäste, welche kommen, die Töne der Instrumente, welche gestimmt werden, und dann das Glück sie zu erwarten, sie zu erwarten mit klopfendem Herzen, sie zu suchen unter den Frauen, welche eintreten, alles das erzeugte in ihm eine berauschende Aufregung, eine süße Bangigkeit.

Da ist sie! Da ist sie!

Er läuft. Sie bannte ihn mit einem kalten Lächeln ohne Liebe.

Sie hat wohl getan ihn zu zügeln, denn ohne dieses Lächeln würde seine Aufregung sie vielleicht dem Tadel ausgesetzt haben.

Sie hat wohl getan; o ja! Und doch ist es eine traurige Sache mit einer so großen Klugheit; eine vage Unruhe beengt sein Herz.

Welche Torheit!

Endlich, jetzt, kann er ohne Unklugheit sich ihr nähern … Ein junger Mann kommt ihm zuvor, er ladet sie zum Tanze ein und sie lächelt ihm, wie Paul alles in der Welt darum gegeben hätte, wenn, sie ihm, ihm so gelächelt beim Wiedersehen.

Wie zaudert er sich von ihr zu entfernen! … Endlich geht er. Klarisse …

Noch einmal dieses eisige Lächeln, und dann gleichgültige Worte, eine Hand, die seinem Pressen nicht mehr erwidert.

Sie liebt ihn nicht mehr; jener junge Mensch ist der Glückliche, den sie liebt.

Umso besser, dass sie ihn nicht mehr liebt, umso besser, dass sie ihn nicht länger getäuscht hat. Nach allem ist eine solche Liebe nicht zu bedauern; er wird sich bald trösten. Eine Frau lieben, die unsere Liebe nicht versteht, das wäre entsetzlich, das würde herabsetzen. Man muss sich für eine solche Unbeständigkeit durch eine kalte Verachtung rächen; das wird nicht schwer sein.

Ach! … Dieser junge Mann verlässt sie nicht; sie hat nur Worte für ihn, nur für ihn hat sie Lächeln.

Sie tanzen nur miteinander. Da neigt er sich zu ihrem Ohr; sie errötet, sie blickt ihn an mit Zärtlichkeit. Verdammt, verdammt!

Und seine Hände ballen sich zusammen, seine Zähne knirschen.

Auf diesen Anfall von Verzweiflung folgte eine noch schrecklichere Freude; unruhiges Übelbefinden, ein Irrsein voll Aufregung und Niedergeschlagenheit; äußerste Mattigkeit, verbunden mit einem gebieterischen Bedürfnis nach Bewegung; seine Augen brannten, die Brust kochte, der Kopf schwindelte.

Als es zwei Uhr schlug musste er vom Balle gehen; er erstickte.

Er suchte vergeblich einen Stuhl, um sich zu erholen. Nicht ein einziger fand sich im Vorzimmer; vergeblich befahl er den Domestiken, ihm einen zu bringen. Sie gehorchten ihm nicht, denn zwanzig neue Befehle der Herrin des Hauses brachten den Befehl Pauls wieder in Vergessenheit.

Er erinnerte sich alsdann, dass sich ein altes Kanapee am Ende eines langen Korridors gerade im Angesicht des Saales befand, wo man tanzte, und er ging, sich darauf zu setzen.

Hier fühlte er bald sonderbare Regungen. Er hörte die Musik nicht mehr; nur das vage Murmeln der Stimmen summte in weiter Entfernung; dann trat eine große Ruhe ein, um einige Augenblicke später noch einmal von jenem unbestimmten Geräusch unterbrochen zu werden.

Die äußerste Ermüdung, die heiße und dicke Luft des Korridors, seine Dunkelheit, das Murmeln des Saales, nach so viel erstickender Hitze, so vieler Aufregung und so vielem Geräusch, diese Menge, die da wogte und sprach, ohne dass man sie hörte, die Tänze ohne Musik, welche man durch eine entfernte Tür wie durch die Wellen einer durchsichtigen Gaze gewahrte, verursachten Paul eine Art von Alpdrücken, welches weder die Bangigkeiten der Seele noch die Tätigkeiten der Sinne einschläferte, sie aber alle mit einer eisernen Hand umstrickte und daraus einen, ich weiß nicht welchen, abscheulichen Zustand bildete, mit der sich obendrein eine Beklemmung der Brust und eine fade Unlust verband.

Er duldete auf eine Art, die sich kaum beschreiben lässt, und doch hatte er nicht Kraft genug, sich loszureißen, ja er fand darin einen gewissen unerklärlichen Reiz. Man ging um ihn, man setzte sich zu ihm, ohne dass er Acht darauf hatte, ohne dass er eine Bewegung machte, welche dieser grausamen Bedrängnis ein Ende gemacht hätte.

Solches fühlte und empfand er, als eine klare lispelnde Stimme an seiner Linken zu sprechen begann, und verwirrte Reden führte, welche er hörte, ohne sie zu verstehen und welche das Seltsame seiner Empfindungen noch vermehrte.

Es schien ihm sogar, dass diese Stimme eine der Gaukeleien seines Traumes sei, denn es war in diesen sonderlich artikulierten Worten ein Spott, der sich mit seinen Erinnerungen vereinigte und seine Schmerzen grausam erneuete.

»Ach, ach«, sagte die Stimme, »wie diese junge Frau in Rosa gekleidet, sich mit Wollust den Armen ihres Walzertänzers hingibt. Kennen Sie sie? Entschuldigen Sie, mein Herr, ich bewohne diese Stadt nicht. Welche Blicke sie wechseln! Entweder ich verstehe mich nicht darauf, oder, auf mein Wort, sie ist gerade auf den Punkt der Unklugheit gekommen, der in den Abgrund der Schande stürzt.«

Gleich bei den ersten Worten dieses Mannes hatte Paul im Schatten die Züge des Gatten Klarissas zu erblicken geglaubt und er fühlte ganz die Notwendigkeit dieser Stimme, welche das verhängnisvolle Geheimnis der jungen Frau verriet, Schweigen zu gebieten, aber er fühlte eine Art so seltsamen Genusses, diese verräterischen Worte zu hören, und es war so wenig Energie in seinen trägen Organen, dass er nicht genug Willen darin fand, aus seinem schrecklichen Zustand zu treten, und dass er die Stimme fortfahren ließ:

»Jetzt kommt sie an uns vorüber; wie ihr Busen zittert! Wie ihre Hand die ihres Geliebten drückt! Da zieht sie ein Papier aus ihrem Busen; sie gibt es ihm.«

Und Gespenster versammelten sich um Paul; und sie richteten auf ihn ihre eisigen Blicke; und er sah eine junge Frau, welche mit ihren beiden Hände das Gehirn aufzuhalten suchte, das sich aus ihrem zerschmetterten Schädel ergoss; und er sah einen jungen Mann, der die Hand auf das Herz hielt, und diese Hand hob sich durch die Gewalt des Blutes, welches aus einer breiten Wunde sprudelte; und diese Frau war Klarissa, und dieser junge Mann war ihr Geliebter. Währenddem aber fuhr die Stimme an Pauls Seite fort:

»Wie sie sich verzehren mit ihren Blicken; wie er ihre Taille presst; ihr Taumel ist aufs Höchste gestiegen – sie vergessen sich! Sie vergessen sich auf immer! Ich war dessen gewiss: Da, da sehen Sie, ihre Lippen berühren sich ...«

Ein plötzliches, schreckliches Geräusch erweckte Paul aus seiner Erstarrung. Ein Mann, der Gatte Klarissens, stürzte dahin und ergriff auf dem Kamin die Reisepistolen Pauls. Zwei Schüsse und die Menge stürzte sich mit Entsetzen aus den Sälen.

Und Klarissa bedeckt mit ihren beiden Händen ihre blutige Stirn, und ihr Geliebter drückt mit sterbender Hand die Wunde, die er auf der Brust empfing.

# Das Leichenhaus

Wenn mein Herz an frischen Wunden blutet, tauche ich die tintenschwarze Feder hinein und schreibe; was Wunder, wenn die Geschichte dann traurig wird!

Als ich noch Knabe war, vielleicht erst acht Jahre zählte, besuchte ich zum ersten Male L. Wie gewann ich doch schon damals diese Stadt so lieb, diese Stadt, die mir später so viele Täuschungen bereitete und mir heute noch teuer ist. Mit welchem Vergnügen entsinne ich mich der täglichen Landpartien, an denen ich teilnehmen durfte, und wie freundlich lächelt mich das Bild der kleinen Selma an, die als Tochter einer befreundeten Familie meiner Verwandten oft meine Gespielin ward, wenn wir nach dem Dorfe Sch... pilgerten und des Abends langsam wieder heimkehrten. Sie war mir hold und ich liebte sie, wie ein achtjähriger Knabe lieben kann, kindisch, aber doch mit Eifersucht. Denn Tränen rollten über des Knaben Wangen, wenn der große Vetter Karl sie meinem Arme entführte und Vetter Albert darüber lachte.

Kurz, Selma war meine erste, wenn auch kindische Liebe.

Jahre vergingen und ich zählte deren einundzwanzig, als ich die Universität L. bezog, Seit jener ersten Liebe zu Selma hatte ich manchem weiblichen Wesen meines Herzens Neigung geschenkt – und hatte mich oft und bitter getäuscht. Aber der kleinen Selma Bild verwischte sich nicht; es war mit soliden Farben in mein Inneres gezaubert.

Einst sah ich auf einem Balle in der Nähe meiner Verwandten eine blühende Jungfrau sitzen.

»Wer ist sie?«, fragte ich leise.

»Die solltest du doch kennen?«

Eine dunkle Ahnung erwacht; ich erkenne ein Leberfleckchen, das sie schon ehedem auszeichnete.

Ja, sie ist's! Selma, des Knaben freundliche Gespielin, seine liebe, kleine Braut.

Ich weiß nicht, ob sie auch an diesen zärtlichen Namen dachte; sie errötete, als ich mich ihr nahete.

»Darf ich Sie bitten?«

»Mit Vergnügen.« Wir flogen in die Reihen der Tanzenden. Mein Arm lag um ihren schlanken Leib; ihr Busen wogte, mein Herz klopfte. Aber ihres Busens Wallen kam vom stürmischen Galopp; mein Herzklopfen von der Erinnerung an das Jugendverhältnis.

Bei Tafel saßen wir nebeneinander. Der Champagner floss; die Augen leuchteten. Wir stießen an.

»Der Erinnerung«, sagte ich.

Sie lächelte. Hatte sie mich verstanden? Ich weiß es nicht; aber sie war eine Weltdame geworden. Ich suchte die holde, freundliche Selma; fade Gecken umschwärmten die erwachsene Jungfrau.

Wiederum sind Jahre vergangen, wohl drei oder vier. Ich war mit den Verwandten zerfallen. Sie mochten es nicht leiden, dass ich mein Herz an ein Weib gehangen, die mich aus Langeweile, und andere – fürs Geld liebte.

Hätte mich doch Selma geliebt; aber sie war eine Weltdame und ich – Libertin geworden. Ich begegnete ihr zuweilen auf der Straße. Sie hatte die Manier meiner Verwandten – sie sah mich nicht. Liederliche Neffen und verschollene Liebhaber sieht man gewöhnlich nicht.

Einst ging ich einer Dame nach; und weil ich Damen lieber von Gesicht als im Rücken sehe, eile ich ihr voraus. Keck schau' ich ihr unter den Hut.

Es war Selma. Sie sah mich an, errötete und schlug die Augen nieder. Ist sie keine Weltdame mehr, hat sie wieder Interesse an Jugendfreunden gewonnen?

Täusche dich nicht, armes Herz! Frage Amor, frage Hymen, wer wohl Selmas schlanken Wuchs zerstört?

Ach! Also das war ihres Errötens Grund.

Sei glücklich, Selma, und beglücke deinen Gatten.

Nicht Jahre, nur Wochen sind seit dieser Begegnung vergangen. Ich wandelte auf dem Gottesacker, dem Lieblingsspaziergange jener traurigen Gemüter, die gern in ihren Schmerzen wühlen.

Es ist ungewöhnlich lebhaft auf diesem stillen Ruheplatz unsrer Lieben. Man steht, geht, läuft, gestikuliert, die Weiber zumal sprechen und rufen: »Unerhört! Schrecklich! Ein so hübsches Mädchen, so brave Eltern!«

»Wie, was?«, plärrt ein altes Weib. »Meine Tochter soll mir nicht sagen, sie habe die Wassersucht, wenn ...«

»Was gibts denn, Madame?«, unterbreche ich sie.

Die Alte fühlt sich geschmeichelt, »Madame« genannt zu sein und erwidert:

»Ja, junger Herr, Sie sind gewiss Doktor; sagen Sie doch da meinen Gevatterinen, ob sich nicht unterscheiden lässt, wenn ein Mädchen die Wassersucht hat, oder wenn ...«

»Ich bin kein Doktor«, erwiderte ich ärgerlich, weil die Gevatterinen mich plötzlich in einem Kreise umstanden.

Dem Strome der Menge folgend, gelange ich endlich vor das Leichenhaus. Ich kann nicht eintreten, denn das Gedränge war zu arg. Die Ausrufungen aber sind so lebhaft, dass ich am Ende das Begebnis erfahre.

»Denken Sie«, ruft die eine – es sind fast lauter Weiber, junge Frauen und Mädchen –, »denken Sie nur, sie hat ihre Umstände bis auf den letzten Augenblick verborgen und ist heimlich ...«

»Ach und an einem so hässlichen Ort ...«

»Und hat das Kind in die Schleuse geworfen.«

»Grässlich!«

»Glücklicherweise hat man unten geräumt ...«

»Ein Plump, ein Schrei – gewiss der erste Schrei des Lebens – hat es gerettet.«

»Unerhört!«

»Die Arbeiter haben das Würmchen, schlammbedeckt, aber lebend den entsetzten Eltern gebracht.«

»Ach, und die Mutter?«

»Die hat man in Blut schwimmend in ihrem Bette gefunden, wohin die schreckliche Spur geführt.«

»Und nun liegt sie da drinnen und soll wieder erwachen.«

»Ach, dass sie nicht wieder erwache zum schmachvollen Leben«, sagte ich und kalt rieselte es durch meine Glieder.

In diesem Augenblicke tritt eine Gruppe Weiber, die mir den Anblick der Leiche verdeckt hatten, auf die Seite.

»Wie heißt sie denn?«, fragt eine Stimme.

Ehe die Antwort erfolgte, wird mir der Anblick. Welche Ahnung, – welche Züge! Barmherziger Gott – das Leberfleckchen!

»Selma ... heißt sie«, kreischt draußen die Antwort, und ich wanke vernichtet zwischen den Gräbern. –

## Die Seele des Fegfeuers

Was kümmern mich Verzweiflung, Schande und Tod? Was der Zorn eines beleidigten Herrn? Was kümmern mich Gefangenschaft und Elend? Wenn ich für dich, mein süßer Freund, dies alles dulde? Diese Törichte belästigt mich mit ihrer Liebe.

Seit sechs Jahren hatte Heinrich den Ort seiner Geburt nicht gesehen.

Und diesen Abend befand er sich wieder in dem Zimmer seiner Mutter; – hingestreckt in den großen Lehnstuhl, den er ehedem so sehr liebte. – Zwei große, dicke Holzstücken brannten in dem hohen gotischen Kamine und warfen in das Zimmer einen Schein, der rot und flackernd sich abspiegelte auf den alten Familien – Porträts, auf den Tapeten von vergoldetem Leder, auf den altmodisch verzierten Möbeln von Eichenholz.

Es war wie in seinen Kindheitstagen. Nichts war an diesen Orten verändert; nichts fehlte da, ausgenommen die gute, fromme Frau, die sie bewohnte – seine Mutter! Seine Mutter, die seit drei Jahren nicht mehr ist!

Er findet seine Base wieder, damals die hübsche Lisette; ein kleiner, süßer Schelm, mit schwarzen, wogenden Haaren, mit spitzen, naiven Antworten; jetzt die träumerische Elise, ein junges Mädchen mit zärtlichem Blick, mit weicher, rührender Stimme.

Und alle beide, seit so langer Zeit getrennt, gefielen sich in dem Erinnern an ihre Kindheit, eine glückliche, nie wiederkehrende Zeit: Streifzüge in die Gefilde, Neckereien, kindische Spiele, Unbedeutenheiten, ein Blumenstrauß, ein Scherz –, an allen diesen finden sie einen süßen, köstlichen, unaussprechlichen Reiz; Tränen füllen ihre Augen, und die Rührung unterbricht ihre Worte.

Er war so gut: Er verstand so wohl wieder Kind zu werden, um ihr zu gefallen, er, der ernste, leidenschaftliche, junge Mann. Die Freuden des jungen Mädchens waren die seinigen; er umringte sie mit Scherz und Spiel, denn damals brauchten sie bloß Spiele, um glücklich zu sein.

Und dann jene wunderbaren Geschichten, welche er so gern des Abends erzählte, wenn die Nacht hereinbrach, so wie in dieser selben Stunde. Ach, sie hat nicht eine einzige vergessen; sie sind alle noch in ihrem Gedächtnisse, wie wenn sie sie hätte gestern erst erzählen hören.

Besonders eine hat sie nicht vergessen; eine, welche sie ganz ergötzte und doch betrübte, – die Geschichte von der Seele im Fegfeuer. Er musste sie ihr noch einmal erzählen, – das wäre wie in der Zeit ihrer Kindheit.

Nur wird Elise nicht mehr, wie damals die frohe Lisette, auf die Knie Heinrichs klettern, dort sitzen und hören können, kaum atmend, unbeweglich und an der rührendsten Stelle sich halb erhebend, – wenn Tränen über ihre Wangen rollten, und die Stimme des Erzählers selbst sich veränderte.

Heinrich seufzte, nahm die Hand Elisens in die seinige und begann die Erzählung, welche das junge Mädchen von ihm verlangte.

### Die Seele im Fegfeuer

Einst ließ der Engel Eloim im Paradies einen so süßen und reinen Gesang erschallen, dass er die Belohnung erhielt, welche der Herr zuweilen seinen Engeln gewährt: die Erlaubnis, durch ihre göttliche Erscheinung die Seelen im Fegfeuer zu trösten.

Eloim entfaltete sogleich seine weißen, azurblaugerandeten Flügel, und seinen Flug erhebend, stieg er aus der Wohnung der Seligen in das dunkle, kalte Haus der leidenden Seelen.

So wie er erschien, so wie der Lichtglanz, der aus seinen schönen Haaren floss, die Steppen erleuchtete, wurde ein Dankgebet gesungen von tausend Stimmen, welche den Boten des Herrn segneten.

»O, sage uns, himmlischer Geist, nenne uns die unsäglichen Freuden des Paradieses, tröste uns durch die Erzählungen der Wunder, die wir berufen sind, zu sehen, wenn der Tag der Barmherzigkeit des Herrn kommen wird.«

Das baten die Seelen des Fegfeuers, und der schöne Eloim antwortete ihnen durch wunderbare Reden und durch Tröstungen, die sie vergessen ließen, an welchem traurigen Orte sie sich befanden.

Nur eine Seele war da, – eine Frau – deren Tränen nie vertrockneten und welche mit verzweifeltem Tone immer den Namen eines Mannes wiederholte: »Paul, Paul, armer Paul!«

Bei dem Anblick des Schmerzes, welchen die Unglückliche zeigte, fühlte sich Eloim von einer tiefen Traurigkeit ergriffen, und er vergaß alle anderen Seelen, um diese zu trösten.

Aber sie konnte nicht getröstet werden, selbst von den sanften Worten des Engels nicht. Was er auch redete von der Barmherzigkeit des Herrn und von der Seligkeit des ewigen Lebens; ob er ihr auch versprach, für sie zu bitten bei der Mutter Gottes, die so viel vermochte bei ihrem göttlichen Sohne, – die Unglückliche wiederholte immer: »Paul, Paul, armer Paul!«

Eloim erforschte dann aus dieser Frau die Ursache eines so tiefen Schmerzes, und indem er sie mit seinen Flügeln umhüllte, um zu verhindern, dass ihre Mitteilungen nicht von den andern Seelen gehört würden, hörte er, so lange ihre klagende, von Seufzern unterbrochene Stimme sprach.

Der göttliche Geist wusste, dass für die, welche ohne Hoffnung dulden, es keinen größern Trost gibt, als sie ihre Leiden erzählen hören, und teilzunehmen, indem man mit ihnen weint. Also flossen mehr als einmal, während der Erzählung der Seele, Tränen aus den schönen Augen des Engels.

Es war eine junge Frau Beatrix, als Kind schon verheiratet an Hugo, einem vornehmen Ritter.

Zwei Jahre erfüllte sie aufs Beste als fromme Christin ihre Gattin-
pflichten, indem sie Ehrfurcht bezeigte und Unterwerfung ihrem
Herrn und Gemahl, einem mürrischen Greise, von rauer Lebensart
und rücksichtslos gegen die arme Beatrix. Nachher kam sein Neffe
Paul in das Schloss des Ritters Hugo.

Dieser Paul gewann Neigung und Liebe zu Beatrix und sprach ihr
davon mit Zärtlichkeit. Lange widerstand Beatrix aufs Beste, aber
endlich ergab sich die Arme den süßen Worten Pauls und sie verspra-
chen sich gegenseitige Treue und schwuren bessere Tage zu erwarten,
und sich zu gehören, wenn der Himmel Beatrix frei machen sollte;
außerdem, einander treu zu sterben.

Aber der Ritter Hugo hatte diese sündlichen Worte gehört; und
ohne sich merken zu lassen, wie sehr er darob erzürnt war, ließ er
wissen, dass der Vater der Beatrix, ein Ritter des heiligen Kirchenstaats,
auf dem Sterbebette läge und seine Tochter Beatrix noch einmal sehen
wolle, bevor er aus dieser Welt gehe. Darum nahm er denn vier Reisige, welche den Wagen der Beatrix begleiten sollten, und begleitete
sie selbst ein Stück Weges.

Nach zwei Monaten kam er zurück und nachdem hatte keiner
wieder von Beatrix sprechen hören. Paul wagte nicht zu fragen, wann
sie zurückkommen würde, denn Ritter Hugo antwortete auf solche
Fragen nur mit einem schrecklichen, zornigen Gemurmel.

Ach, er hatte mit seinem Dolche Beatrix ins Herz gestoßen, und
die Reisigen und ihre Knechte ins Heilige Land geschickt, nachdem
er ihr Stillschweigen und ihre Abreise mit einer großen Summe Geldes
erkauft hatte.

Die Seele der Gemordeten war vor den Thron des Weltenrichters
geflogen; ihr Schutzengel bedecket mit den Flügeln seine beschämte,
bestürzte Stirne; die Dämonen freuten sich und schrien: »Eine Ehebrecherin, eine Ehebrecherin! Platz, ihr Verdammten, Platz! Da kommt
eine neue Gefährtin.«

Aber der Herr hatte sich auf Erden barmherzig gezeigt gegen Marie
Magdalenen, und hatte ihr viel verziehen, weil sie viel geliebt hatte.

Und der Herr zeigte sich im Himmel barmherzig gegen Beatrix,
und verzieh ihr viel, weil sie viel geliebt hatte.

Die Dämonen heulten vor Wut, da sie die in das Fegfeuer herab-
steigen sahen, die sie als ihre Beute betrachtet hatten; aber ihr Wutge-
heul verwandelte sich bald in Jubelgeschrei, denn es kam zur selben

Stunde eine andere Seele, der Ritter Hugo, welchen eine böse Krankheit hingerafft hatte.

Der Weltenrichter öffnete das göttliche Buch und las: »Mörder, du sollst nicht selig sein.« Die Engel wandten sich ab und weinten, die Dämonen stürzten sich auf Hugo und das schreckliche Hohngelächter der Verdammten begrüßte den ankommenden Ritter.

»O guter Engel«, fuhr Beatrix fort, als sie diese Erzählung vollendet hatte, »mein Paul weiß diese schrecklichen Ereignisse nicht; er kennt nur den Tod des Ritters, und jeder Tag zieht sich ihm in eine lange traurige Erwartung, denn er sagt zu sich, ich habe das Versprechen meiner Beatrix und sie muss wiederkehren, um die Schwüre zu erfüllen, die sie mir geleistet hat.

Und jeder Mond jede, Woche, jeder Tag, jede Stunde vergehet so, ohne dass er mich wiederkehren sieht.

Und er quälet sich und schuldigt mich an, indem er sagt, sie hat die Treue gebrochen. Guter Engel, gestatte mir, dass ich nur einen Tag auf die Erde zurückkehre und dass ich ihm sagen könne: ›Ich bin gestorben für dich und das letzte Wort meiner Lippen war der Name meines Pauls.‹

Höre auf mich zu erwarten, o mein Heißgeliebter, denn ich bin nicht mehr auf der Erde, und im Himmel erst werden wir uns wiedersehen.

Suche Trost in andrer Liebe, und vielleicht auch süßes Glück, das dauert. Nur im Namen deines Seelenwohls, bei den Leiden, die ich für dich dulde, sprich für mich ein heiliges Gebet. O wie süß wär' es für mich, mein Paul, deinem Beten einen Tag zu danken, den ich weniger zu leiden habe, nicht ob der vermiedenen Qual, nein, weil es von dir kommt, teurer Paul.«

Eloim weinte, denn noch nie hatte er so viel Liebe gesehen.

Und er sagte zu Beatrix: »Weißt du, fromme Seele, dass um solche Gunst zu haben, auf die Erde zurückzukehren, du noch tausend Jahre länger dulden müsstest?«

»O mit Freuden, o mit Freuden!«, rief Beatrix. »Nur sogleich, nur sogleich, guter Engel.«

Eloim sprach den Namen »Jehovah!«, und die Seele der Beatrix kehrte zurück auf die Erde.

Es war um die Mitternachtsstunde, aber niemand schlief im Schlosse ihres Paul. Denn es gab daselbst ein fröhliches Mahl; nichts mangelte; delikate Gerichte, feine Weine, lustige Brüder und schöne Mädchen. Paul schrie lauter als alle anderen, denn die Trunkenheit hatte sein Gesicht gerötet; und sein Kopf ruhte auf den Knien eines feilen, nackten Mädchens.

Und er sagte: »Gib mir einen Kuss, mein Schäfchen, und noch einen und noch einen; nie wirst du mir genug geben. Sing noch einmal das Lied, das ich dir gelehrt habe, und worüber du heut' Morgen noch rot wurdest; es ist ein schönes Liedchen, nicht wahr, Brüder, es hat ein Freudenmädchen rot gemacht.

Allons, allons! Fort mit diesem Mantel, fort mit diesem Tuche. Ich habe nie spröde Umstände geliebt. Bei meinem Degen, ich musste bei der Beatrix, von der ich Euch soeben sagte, drei Monate lang den keuschen Tugendhelden spielen. Nun, ich hoffe auch, dass sie zur Strafe für die Langeweile, die sie mir gemacht, im tiefsten Grunde der Hölle schmachtet. Dort mag sie bleiben und des Teufels will ich sein, wenn ein Oremus von mir sie daraus erlöset.«

Die trostlose Seele der unglücklichen Beatrix kehrte ins Fegfeuer zurück.

Und der Engel Eloim erwartete sie auf der Schwelle des Fegfeuers und führte sie ins Paradies, denn sie hatte in dieser Stunde, die sie auf der Erde verbracht, mehr geduldet, als sie tausend Jahre im Fegfeuer nicht hätte dulden können.

Während dieser ganzen Legende war die Hand Elisens in den Händen Heinrichs geblieben und sie zog sie nicht zurück, als er geendigt hatte, und sie richtete den Kopf nicht auf, den sie auf die Schulter des Freundes ihrer Jugend gelegt hatte.

Welche zärtliche Worte sie sich wiederholten, welche andere Erinnerungen in ihnen erweckt wurden, ist nicht möglich mit Worten zu sagen; denn es gibt Empfindungen, welche die Worte nicht ausdrücken; man braucht dazu Blicke, Umarmungen.

Diese Empfindungen, diese Erinnerungen waren jedoch sehr süß; denn jetzt, wo Elise und Heinrich alt sind, hören ihre Kinder sie oft sich mit Rührung an den Abend erinnern, wo sie sich nach sechs Jahren wiedersahen, und wo Heinrich Elisen die Legende von der »Seele im Fegfeuer« erzählte.

# Das erlösende Gebet

»Wenn ich lebe, will ich für dich beten.«
Das sind seine letzten Worte.
Aber ach! Ich hör' ihn nimmer beten,
Ob ich auch mit Sehnsucht darauf warte.

Ich heiße Raoul Beaugenin, als Mönch führe ich jetzt den Namen Pater Bertha, und bin der legitime Sohn Bartholomäs von Beaugenin, Vasallens und Stallmeisters des hohen und mächtigen Herren Enguerrand von Marigny, Schatzmeisters des Königs von Frankreich. Meine teure, hochverehrte Mutter Anna Margaretha Bonvouloir, aus der alten Familie der Bonvouloir, erzog mich in der Scheu vor der Sünde und in der Liebe zu Gott bis zum sechzehnten Jahre.

Nachdem ich eines Abends die Gebete meines Rosenkranzes gesprochen hatte, ging ich, ihren Segen auf den Knien zu erbitten. Sie fing an bitter zu weinen und drückte mich lange an ihren klopfenden Busen. Endlich sagte sie mir unter vielen Seufzern und Klagen, dass Herr Enguerrand, aus Liebe zu meinem Vater, mich als Page zu seinem Herren Bruder Philipp von Marigny, Bischof von Cambrai schickte. »Das ist«, sagte sie, »ein verehrungswürdiger Prälat, und du wirst bei ihm Erbauung und gutes Beispiel finden. Also«, fügte sie mit neuen Tränen hinzu, »halte dich bereit, teures Kind, halte dich bereit, morgen, nachdem du eine Messe zu Ehren des Patrons aller Reisenden gehört hast, abzureisen unter der Leitung Herrn Jacob Marlys, vom Kapitel unserer lieben Frauen. Dieser würdige Priester ist an unsern Oberherren abgesendet worden vom Bischof von Cambrai, und kehrt zurück, nachdem er zur Zufriedenheit eines jeden sehr wichtige Angelegenheiten beendet hat.«

Ich weinte auch; denn der Anblick der Traurigkeit meiner Mutter hatte mich betrübt. Aber eine kindische Freude brachte mir bald Trost. Nichtsdestoweniger konnte ich Schlaf finden und wendete mich hundertmal auf meinem Lager. Ich war ganz närrisch vor Freude, und dachte nur an das Vergnügen, eine so weite Tour auf einem hübschen Gaule zu machen.

Auch war ich der erste auf den Beinen, als die Stunde der Messe schlug, die zu meinem Besten gelesen wurde. Hiernach gewahrte ich

wohl, dass ich nicht der einzige war, der die Nacht ohne Schlaf zugebracht hatte, denn nie sah ich eine bleichere und leidendere Frau, als
meine Mutter damals. Ohne ein Wort zu sprechen, so gepresst war
ihr Herz, hing sie mir eine schöne, goldne Kette um den Hals, in
welcher sich ein Stück von dem wahren Kreuze Christi befand, dann
umstrickte sie mich mit ihren zitternden Armen, und plötzlich sank
ihr Kopf auf meine Achsel; sie lag in Ohnmacht. Mein Vater endlich,
welcher sich fest und standhaft zu zeigen suchte, obgleich ungeachtet
seiner Bemühung große Tränentropfen von seinen Wangen über seinen Bart rollten, empfahl mir mit bewegter Stimme, ein guter Christ
zu sein, ergeben der Heiligen Jungfrau und treu meinem neuen Herren. Nachdem gab er mir seinen Segen und musste mich aus den
Armen meiner Mutter fast gewaltsam losreißen. Ich reiste in einer
unnennbaren Traurigkeit und Kümmernis ab. Ach! Ein ganz anderer
stechender Schmerz würde meine Brust erfüllt haben, wenn ich die
kommenden Ereignisse hätte voraussehen können. Wenn ich gewusst
hätte, dass mein Vater für die Verteidigung seines Herrn, Herrn En-
guerrands sterben, wenn man mir gesagt hätte, dass meine Mutter
ihm vor Kummer bald folgen würde. Nach einem Monate abwechseln-
der Reise, während welcher uns die Begleitung von zwölf Gewaffneten
des Königs, die vor und hinter dem Wagen Jacob Marlys ritten, wohl
zustatten kam, gelangten wir in das bischöfliche Schloss, den 11. Mai
im Jahre 1312 des Heiles der Welt.

Monseigneur Philipp war ein frommer, friedliebender Prälat, der
bedacht war, den Frieden zwischen den Stiftsherren und den Bürgern
der Stadt wiederherzustellen, was in Wahrheit keine leichte Sache
war. Denn die Leute von Cambrai, stolz und eifersüchtig auf ihre
Freiheiten, verschworen sich jeden Augenblick unter dem Vorwand,
sie zu verteidigen; und die Stiftsherren ihrerseits, welche neidisch auf
die Freiheiten sahen, hörten nicht auf, die Rechte und Privilegien
anzugreifen.

Während man so in der Stadt Zwietracht und Streitigkeiten herr-
schen sah, hatten sich Friede und Glück in das bischöfliche Schloss
geflüchtet. Wie hätten sie nicht dahin gezogen werden sollen durch
den Engel der Güte und Schönheit, durch die schöne und fromme
Bertha von Marigny, die jüngere Schwester des Prälaten? Ein unge-
schliffener, roher, brutaler Mensch hätte sich ergriffen gefühlt von
Huldigung und Verehrung bei dem Anblick ihres holden Lächelns,

ihres träumerischen Blickes; und wäre er härter gewesen von Sinn und Herz als der Feind der Menschen, wäre er des himmlischen Lichtes beraubt gewesen, er hätte sich den süßen Worten ihrer sanften Stimme ergeben müssen.

Ich, – als ich sie sah, blieb stehen ohne zu atmen, wie geblendet von einer so wunderbaren Schönheit. Acht Tage darauf gelobte ich der Heiligen Jungfrau nie ein anderes Weib zu lieben; doch wusste ich nur zu gut, dass mir nie vergönnt sein würde, meine Achtung, Liebe und Zärtlichkeit zu gestehen, und noch weniger daran denken durfte, sie vergolten zu sehen.

So verflossen mir schnell drei Jahre in einer Art traurigen, unbeschreibbaren Glückes, denn Fräulein Bertha wollte mir wohl. Sie lobte gern meinen Eifer, sie stellte mich zuweilen den andern Pagen als Muster auf, war aber weit entfernt, den Grund meines treuen Eifers zu vermuten. Nichtsdestoweniger machte mich ein wohlwollendes Wort aus ihrem Munde, als: »schöner Page«, oder »treuer Diener«, von einem Schauer erbeben, den ich nicht ausdrücken kann, und verursachte mir sowohl Freude, als Schmerz. Ich fand mich oft, wie ich es laut wiederholte. Während ich betete, machte es mir oft eine sündliche Zerstreuung. Ach, heute, wo ich ein Greis von 91 Jahren bin, verursacht mir diese Erinnerung noch eine große Unruhe und lockt die Tränen aus meinen trocknen Augen.

Zur Zeit des Bischofs Guido von Collemedo hatte sich zwischen ihm und Robert, Grafen von Artois, ein sehr ernster Streit über die Gerichtsbarkeit erhoben, welche sich die Beamten der Grafschaft über Dörfer anmaßten, welche zwischen Cambrai und Arras lagen.

Allmählich überzeugt von der Ungerechtigkeit seiner Ansprüche hatte der Graf von Artois denselben entsagt; als er aber tot war, erneuete seine Witwe, die Gräfin Mahaud, diesen ungerechten Streit und ließ ihre Mannen auf den kambrischen Gefilden, die ihr zunächst lagen, rauben und plündern. Man musste Repressalien nehmen; daher Kriege ohne Ende, die viel Blut kosteten.

Da der Bischof Philipp sich sehr über einen solchen Stand der Dinge betrübte, schlug er seiner Feindin vor, den König von Frankreich zum Schiedsrichter zu nehmen. Hierin lieferte er einen Beweis seltner Klugheit; da nämlich die Gräfin Mahaud Vasallin des Monarchen war, konnte sie das Schiedsrichteramt des Königs nicht verweigern, und wenn ein Spruch gefällt wurde, musste sie sich demselben unterwerfen, wenn sie nicht den Zorn eines mächtigen Souveräns auf sich laden wollte.

Überzeugt ferner von der Augenscheinlichkeit seines Rechts zweifelte Monseigneur Philipp nicht, dass die Entscheidung des Königs von Frankreich ihm günstig sein würde; dann wäre der Krieg unfehlbar geendigt und den ungerechten Ansprüchen der Gräfin ein Ziel gesetzt.

Der König von Frankreich wählte zum Schiedsrichter in dieser Sache seinen eignen Bruder, den Prinzen Karl von Valois. Dieser Herr kam also nach Cambrai, den 28. Mai des Jahres 1313.

Die ersten Tage verflossen mit Festen und Jagden; aber bald fing der Fürst, den man anfangs so vergnügungssüchtig gesehen hatte, an, die Ruhe und Einsamkeit zu loben, die er, wenn man ihm glauben durfte, allen andern vorzöge. Trompeten konnten schmettern, wie sie wollten, Hunde bellen, Jagdhörner die Fanfare tönen, er kümmerte sich in keiner Weise darum.

Gleich vom Morgen an sah man ihn in das Betzimmer Berthas kommen, und immer hatte er ihr irgendein kostbares Geschenk zu machen. Bald war es ein Papagei, welcher schwatzte und lachte, wie es ein altes Weib nicht besser konnte; bald war es eine seltne Blume, die er um einen hohen Preis gekauft hatte, oder sonst reiche Spielereien von mühevoller, langer Arbeit.

Auf diese Geschenke, welchen Bertha freundliche Bewunderung schenkte, folgten galante Reden, die sich immer mehr verlängerten.

Da diese Gegenstände aus Frankreich, Italien oder Deutschland kamen, so nahm der Prinz von Valois Gelegenheit, von den Reisen zu erzählen, die er in diesen fernen Ländern gemacht hatte.

Er sagte nie etwas von den hohen Bestimmungen, die er in dem letzten dieser Länder unfehlbar gehabt hätte, ohne die Umtriebe des Papstes Bonifatius. Denn nach der Ermordung des Kaisers Albert bei Rheinfelden durch den Herzog von Schwaben wollten die Kurfürsten die Krone dem Prinzen von Valois geben; aber der Papst hintertrieb es zufolge seines Hasses gegen den König von Frankreich, mit dem er ernste Streitigkeiten gehabt hatte.

Doch ungeachtet seines bescheidenen Stillschweigens, rücksichts dessen, was man soeben gelesen, gab der Name Deutschland, vom Prinzen Karl ausgesprochen, hinreichend zu denken und warf auf seine Person den Glanz erhabenen Unglückes, das in Bertha eine ehrfurchtsvolle Teilnahme erweckte.

»O«, sagte er, »ich möchte jetzt mein Leben an diesen friedlichen, angenehmen Orten zubringen, fern von den Größen, welche drücken und quälen. Soll mir nie vergönnt sein, keine andere Sorge zu tragen, als durch Gehorsam und Liebe ein Lächeln zu erringen, wie es zuweilen über Ihren Lippen schwebt?«

Und Bertha, gerührt von diesen Worten, ließ ein Lächeln blicken, das mich mit Verzweiflung erfüllte, und sie senkte ihre langen, seidenen Wimpern, um die Verwirrung ihres Blickes zu verbergen.

Nach und nach wurde es bei Bertha Gewohnheit, wenn der Prinz kam, ihre Pagen und Gesellschaftsdamen ins Vorzimmer zu schicken. Sie hätte, wie sie sagte, wegen des Friedens wichtige Sachen mit dem Prinzen zu verhandeln. Sie blieb also allein mit ihm; und zuweilen, wenn die Stunde des Abendessens kam, musste man beide benachrichtigen, dass der Herr Bischof sie erwartete, um den Segen des Mahles zu beginnen.

Während ich den Tod im Herzen hatte, freute sich alles um mich; die Verschwiegensten bewegten geheimnisvoll den Kopf und sprachen ganz leise von Heirat. Andere, weniger zurückhaltend, sprachen ganz laut, dass die Schwester des reichen und vornehmen Schatzmeisters des Königs von Frankreich wohl Gräfin von Valois werden könne; denn nach ihnen war nichts zu hoch für die Dame, welche vornehme Geburt, wunderbare Schönheit, die Tugenden eines Engels und große Reichtümer vereinte. Endlich wiederholte man oft: »Die Gräfin Mahaud wird sicherlich den Prozess nicht gewinnen, und der Herr Bischof ist gewiss, seine guten Länder wieder zu erhalten.«

Diese Gerüchte, mit denen man sich anfangs bloß im Schlosse trug, gelangten bald unter die Bürger und dann weiter nach Arras. Die Gräfin Mahaud, welche, um den Spruch des Schiedsrichters zu verzögern, sich sehr krank stellte, fasste alsdann einen plötzlichen Entschluss. Auf ihre seltene Schönheit und ihre teuflische List vertrauend, denn alle Mittel waren ihr gut, um zu ihren Zwecken zu gelangen, sah man sie eines Abends, ohne dass man sich dessen im Geringsten vermutet hätte, mit einem reichen und großen Gefolge im bischöflichen Schlosse ankommen.

»Nun da, gnädigster Fürst«, sagte sie in heuchlerisch höflichem und betrübten Tone, »da sehen Sie mich kommen, demütig und bereit, Pardon zu erstehen, barfuß und die Schnur um den Hals, denn seit vier langen Monaten hält mich ein hitziges Fieber auf dem Krankenbette gefesselt, und hat mich elend und hässlich gemacht; diese zwei schönen Augen, die ich da sehe, haben den Prozess des Herrn Bischofs vollends gewonnen. Sie haben auch, ich bin dessen gewiss, mehr als nötig war, den Bruder des Königs von Frankreich gegen eine arme betrübte Witwe eingenommen.«

Nach diesen kühnen Reden, worüber Bertha hoch errötete, machte die Gräfin von Artois Miene niederzuknien. Der Fürst ließ es nicht geschehen, und zeigte die artigste Zuvorkommenheit, indem er bemüht war, sie wieder aufzurichten.

Indem sie sich dann auf die Hand des Fürsten stützte, flüsterte sie ihm leise in das Ohr, und kehrte die tugendhafte Einfalt und natürliche Grazie Berthas so gut ins Lächerliche, dass der Prinz, umstrickt von ihren treulosen Reden, anfing sich dessen zu schämen, was er anfangs mit vollem Rechte so sehr geschätzt hatte.

Seitdem wurden die Freude und das Vertrauen, dessen man sich im bischöflichen Schlosse bisher erfreut hatte, Traurigkeit und Mutlosigkeit.

Der Prinz hatte von diesem Tage an keine andere Sorge, als der Gräfin Mahaud zu gefallen, und dachte gar nicht mehr an die arme Bertha. Anstatt der endlosen Zwiegespräche im Betzimmer kamen Falken und Lanzen wieder in Gunst: Man hörte nur Rosse schnauben und Fanfaren schallen; jeder suchte die Lanze und eilte auf die Stechbahn. Endlich wurde auf die inständigen Bitten der Gräfin Artois ein solennes Turnier auf den neunten November festgesetzt und verkündet. Der Prinz verschob auf denselben Tag die Proklamation des schiedsrichterlichen Spruches, hinsichtlich des bewussten Streites.

Den folgenden Tag, es war der 2. September, und das Fest unserer lieben Frauen, hieß mich der Herr Bischof mit einem Waffenherold abreisen, um den Rittern des Landes Botschaft zu bringen und sie zur Teilnahme an dem Turniere einzuladen. Wir kehrten erst den Tag vor dem Turniere zurück.

Ungeachtet meiner Sehnsucht war es mir doch nicht vergönnt, vor meiner edlen Herrin zu erscheinen, weder am Tage meiner Ankunft, noch am Morgen des folgenden Tages. Ich ging also, wie es meine Pagenpflichten mir auferlegten, mich am Fuße des Zeltes zu halten, das am Ehrenplatze von Samt aufgerichtet war, um die vornehmsten Damen, den Bischof, die Kampfrichter und die Stiftsherren aufzunehmen.

O wie verlangte es mich, Bertha kommen zu sehen, sie, deren süßer Anblick mir nicht vergönnt gewesen seit zwei Monaten sieben Tagen! Sie erschien endlich, geführt von einem vornehmen Ritter und hinter dem Bischofe, ihrem Bruder, gehend, der der Gräfin Mahaud die Hand gab.

Heilige Jungfrau! Der bedauernswerte Zustand meiner edlen, unglücklichen Herrin sagte mir nur zu wohl, welcher schreckliche Kummer sie verzehrte: Sie war bleich und mager geworden; schon sah man etwas von einem Totengesichte in ihren Zügen, die eingefallen, aber doch noch schön waren. Ein kaum wahrnehmbares, leichtes, unbestimmtes, bläuliches Rot umzog ihre Wimpern, wodurch ihre Augen vergrößert erschienen. Endlich entfloh jeden Augenblick ein trockner, pfeifender Husten ihrer Brust.

Bei diesem Anblick war es mir unmöglich, einen Ruf des Entsetzens und der Verzweiflung zurück zuhalten. Sie hörte ihn, sie verstand ihn, denn sie warf einen Blick auf mich! … O er brach mir Herz.

Nach einigen Augenblicken des Wartens ertönten die Fanfaren und die Ritter sprengten in die Bahn. Der Prinz von Valois trug die Farbe der Gräfin Mahaud.

Ich kann hier nicht alle Kämpfe dieses Tages erzählen, meine Blicke waren nicht auf den Kampfplatz gerichtet, ein teurerer und traurigerer Gegenstand fesselte sie. Ich will nur kurz sagen, dass Monseigneur Karl, Prinz von Valois, der Sieger des Tages blieb.

Bertha, als Schwester des Bischofs, sollte dem Sieger den Preis des Turnieres überreichen, welcher war, eine goldne Kette mit einem kostbaren Stein in jedem Gliede, und dann ein Degen von guter Klinge und prächtigem Gefäß.

Der Prinz kam also, um vor Bertha niederzuknien, aber als diese vortreten wollte, versagten die Kräfte, und sie fiel in Ohnmacht. Während alle Damen sich um sie drängten, um ihr beizustehen, und sich um nichts anderes kümmerten, nahm die Gräfin Artois die Kette auf, (wenigstens hat man mir es seitdem erzählt, ich war in zu schmerzlicher Angst, um es zu sehen) und hing sie mit Grazie an den Hals ihres Geliebten. Denn sie verhehlte es nicht mehr und war selbst stolz darauf, dem Prinzen das Geschenk liebenden Dankes zu gewähren.

Sollte man glauben, dass der Prinz mitten in der Unruhe eines solchen Unfalles sein Urteil proklamieren ließ, wegen der Streitigkeiten Cambrais und Artois?

Dieses Urteil verdammte die Stadt Cambrai, gegen die Gräfin zu einer Vergütung von 32.000 Livres gutes Geld, viertausend jedes halbe Jahr bis zur ganzen Bezahlung.

Er verpflichtete allein die Gräfin zur Restitution der Sachen, welche in den Dörfern geraubt worden waren, die dem Kapitel, und den Orten, die offenbar zum kambrischen Gebiete gehörten.

Wie soll man die Nacht beschreiben, welche folgte? Die Bürger von Cambrai, außer sich über die Ungerechtigkeit dieses Urteils, hatten sich hier und da in der Stadt zusammengerottet, schreiend und bereit den Teil des Schlosses zu stürmen, welchen der Prinz bewohnte. Die Gewaffneten desselben wachten, die Lanze in der Hand, in der Befürchtung eines Angriffs und die Diener machten in der Eile die Vorbereitungen zur Reise. Ihr Herr hatte den Bischof gemeldet, dass er den folgenden Tag mit der Morgenröte aus dem Schlosse gehen werde. Es war leicht, in einem solchen Mangel aller Höflichkeit die Ratschläge der Gräfin Artois zu erkennen. Man hat wenigstens gesagt, der Fürst hätte sich dazu erst nach langem Zögern entschlossen; und als dieses die abscheuliche Frau, welche er liebte, sah, hatte sie erklärt, dass sie allein abreisen und ihn nie wieder sehen werde, wenn er sie nicht den folgenden Tag begleite. Eine solche Macht übte sie über ihn aus, und er gehorchte.

Beim Anbruch des Tages hörte man also ein großes Geräusch von Pferden. Bertha fragte, woher es käme. Monseigneur Philipp, welcher die Nacht am Bette seiner Schwester zugebracht hatte, erwiderte ihr sanft: »Es ist der Prinz von Valois und die Gräfin Mahaud, welche ohne Abschied vom Schlosse gehen. Sie reisen zusammen, wie Mann und Frau, an den Hof des Königs Philipp.

Bertha faltete die Hände mit einer konvulsivischen Bewegung, wollte einige Worte hervorbringen, und konnte nur einen schwachen Schrei murmeln … Es war der letzte. –

Seit mehr als sieben Wochen war ich bettlägerig, in Fieberhitze und Wahnsinn, indem ich immer Bertha rief mit lautem Schreien und doch keine Tränen vergießen konnte. Jedermann aus meiner Umgebung staunte über dieses plötzliche Übel, und man hat mir nachher erzählt, dass der Herr Bischof eines Tages ausgerufen hätte: »Beim heiligen Philipp, meinem hochseligen Patron, ich gäbe tausend Livres gutes Geld dem, welcher diesen armen Pagen heilen könnte, der sich in so großer Todesgefahr befindet, aus Schmerz über seine Herrin. Gegenwärtig gibt es so treue Diener nicht dutzendweise.« Er hätte sagen sollen, so betrübte Liebhaber.

In einer Nacht, wo ich wider Erwarten hatte einmal einschlafen können, hörte ich mich plötzlich bei meinem Namen rufen: »Raoul, Page Raoul!« Jesus mein Heiland! Es war die süße Stimme Berthas. Sie war da, die Unglückliche, stand neben mir, traurig wie an dem letzten Tage, wo es mir vergönnt war, sie zu sehen. Ich fühlte mich bei ihrem Anblicke traurig werden bis zum Tode, wie unser Herr Jesus Christus im Ölgarten. Seit dieser Zeit hat mich kein Christ je wieder lächeln sehen.

»Raoul, Page Raoul«, sagte sie, »ich komme, um von dir das Ende meiner Leiden zu erbitten, von dir, dem ich so viel verursacht habe, ohne es aber zu wissen; denn du verbargest wohl und sorgfältig deine brennende, schmerzliche Liebe. – Raoul«, und hier glaubte ich eine kaum bemerkbare Röte die bleichen Wangen der Seele leicht färben zu sehen, »Raoul! Ich habe gefehlt! ... Der Prinz von Valois ... Zur Züchtigung für diesen Fehler, werde ich im Fegfeuer zurückgehalten, bis zu dem Augenblick, wo der, welcher mich sündigen ließ, ein ›De profundis‹ für mich gesprochen hat.

Ach er hat noch nicht einen Gedanken für mich gehabt! Für mich, die ich seinetwegen gestorben bin, und so sehr leide im Fegfeuer, weil ich ihn so sehr geliebt habe!

Und doch, Raoul, Gott und die Heilige Jungfrau sind meine Zeugen, dass ich gern noch tausend Jahre an diesen Orten der Finsternis und der Tränen bliebe, wenn er nur einmal bei der Nachricht von meinem Tode gesagt hätte: Arme Bertha!

Gehe denn, Raoul, zu dem Prinzen von Valois. Sage ihm, dass Berthas arme Seele im Fegfeuer leidet, und dass, wenn er will nur ein einziges Mal ein ›De profundis‹ für sie beten, die Engel sie ins Paradies führen werden. Er wird es dir nicht verweigern, Raoul; man muss es wenigstens hoffen; denn ist ein Christ hart genug, um ein Gebet zu verweigern, wenn es sich selbst um das Seelenheil eines Juden handelte?«

Diese Erscheinung gab mich dem Leben wieder, wie durch ein Wunder: Von diesem Augenblick an verschwanden Fieber und

Wahnsinn, und ehe zwei Monate vergingen, war ich mit Gottes Hilfe imstande, die Reise zu unternehmen, welche Bertha von mir begehrt hatte.

Um diese Reise glücklich zu vollbringen, musste ich die Erlaubnis des Bischofs erhalten: Ich begab mich also zu ihm, und bat ihn, meine Beichte zu hören. Die wunderbare Erscheinung, welche ich gehabt, und die Pflicht, welche mir Bertha auferlegt hatte, wurden treulich von mir erzählt; nur wagte ich aus Scham nicht die hoffnungslose Liebe zu bekennen, welche ich für die Verstorbene genährt hatte. Demungeachtet war meine Beichte wahr und getreu, denn so keusche und so geheime Liebe kann keine Sünde sein.

Monseigneur Philipp hörte mich stillschweigend. Endlich sagte er: »Das sind übernatürliche Sachen und man muss nicht zu leicht daran glauben. Vielleicht ist es ein krankhafter Fiebertraum; übrigens, mein Sohn, gibt es hundert und über hundert Hindernisse, welche sich der Erfüllung deines frommen Planes entgegensetzen. Es sind große und traurige Ereignisse vorgekommen in unserm Hause.«

Dann fing er an zu erzählen, wie der König von Frankreich, Philipp der Schöne, gestorben sei. Sein Sohn, der König Ludwig der Zehnte, war ihm gefolgt, der Prinz von Valois unter dem neuen König allmächtig am Hofe geworden, und getrieben von der schändlichen Gräfin Mahaud, hatte Monseigneur Don von Enguerrand seines Dienstes entsetzt und ihn in voller Versammlung, der Verschwendung der Staatsschätze angeschuldigt, indem er von ihm zu wissen verlangte, wie die bedeutenden Kontributionsgelder, die man von Flandern erhoben, angewandt worden wären. Nun waren dieselben vom Großschatzmeister in die Hände des Prinzen selbst gegeben worden.

Messire Enguerrand antwortete also mit Freimütigkeit: »Ich habe Ihnen einen guten Teil davon zugestellt, Monseigneur, wie es gültige Dokumente, die mit Eurem Siegel gesiegelt sind, beweisen werden.«

»Die Pergamente lügen!«, rief der Prinz.

»Monseigneur, wenn gelogen ist, ist's nicht durch die Pergamente, sondern wohl von Ihnen«, unterbrach der Großschatzmeister, mit Recht unwillig über solche Beleidigung. Der Prinz zog seinen Degen, er würde Messire Enguerrand damit verwundet haben, aber die besonnenen Männer des Rates setzten sich dagegen. Er ging alsdann, bei dem lebendigen Gotte schwörend, dass er blutige Rache nehmen wolle an dem Großschatzmeister.

»Seit der Zeit, dass mein Bruder selbst mir die Nachrichten hat durch einen treuen Boten zugehen lassen«, fuhr der Bischof fort, »bin ich in großer und peinlicher Unruhe über das was geschehen ist. Der Graf von Valois wird nicht ruhig sein, bis er Enguerrand vernichtet hat; urteile, mein Sohn, ob er geneigt sein wird, für die Seele Berthas zu beten.

Gehe denn in Frieden, Raoul, wir wollen morgen eine feierliche Messe lesen für das Seelenheil deiner Herrin, der du dich so treu bezeigst. Deinem Plane aber muss du entsagen, als einem kühnen und unüberlegt gefassten.«

Ich musste gehorchen. Aber gleich in der Nacht, die auf diese Unterredung folgte, wurde ich durch ein klägliches Seufzen geweckt; Bertha war wieder da, die Hände faltend zum Zeichen der Trauer und des Gebetes. Ich beschloss, abermals zum Bischof zu gehen, und als ich mich anschickte, mich zu ihm zu begeben, kam ein Diener von ihm, mich zu holen.

»Raoul«, sagte er, »die Seele meiner Schwester ist mir diese Nacht erschienen, traurig und leidend. Ohne Zweifel habe ich unrecht gehabt, dich von deinem frommen Entschlusse abzubringen. Gehe denn, mein Sohn, und der Segen unsers Heilands und der eines alten Mannes begleite dich.«

Bei diesen Worten berührten seine verehrungswürdigen Hände meine Stirn; er stellte mir eine reich gefüllte Börse zu und sagte, dass der Prevot seines Hauses Befehl hätte, mir das beste Ross wählen zu lassen, das in den Ställen des Schlosses wäre.

Ich machte mich den folgenden Tag auf den Weg; es war der 10. März im Jahre des Heils 1314, und die Kirche feierte das Fest der vierzig heiligen Märtyrer.

Ich kam nach Paris nach einer achttägigen Reise ohne Unfall. Meine erste Sorge war, mich in den Palast des Großschatzmeisters zu begeben. Wie schnell schlug mein Herz, als ich seine hohen Türme, seine skulpierten Mauern, seine hundertfarbigen Fensterscheiben erblickte! Dreimal ließ ich mit zitternder Hand den eisernen Klöpfel des ungeheuern Tores ertönen, um einen Huissier zu rufen; aber der Klöpfel mochte tönen wie er wollte. Niemand kam mir zu öffnen.

Jetzt erst kam mir die Ahnung von den traurigen Nachrichten, die ich bald erhalten sollte.

Während ich hier stand und Blicke der Ungewissheit und des Schmerzes um mich warf, machte mir ein alter Mann geheimnisvoll ein Zeichen, ihm zu folgen, und führte mich in die einsame Straße, wo er wohnte.

Als er um sich gesehen hatte, in der Befürchtung, dass man ihn höre, fragte er mich: »Habt Ihr so große Sehnsucht nach dem Beile, dass Ihr in Paris in den Farben des Bischofs von Cambrai einhergeht? Wisst Ihr nicht, dass Herr von Marigny in Ungnade ist, dass er gefangen sitzt in dem Turme des Louvre, des Hochverrates angeklagt?

Außerdem beschuldigt man ihn die königlichen Schätze verräterisch verschwendet zu haben.

Der Palast des Herrn von Marigny ist mit den Siegeln des Königs verschlossen worden. Man hat Diener, Pagen, Knappen schimpflich fortgejagt, diejenigen wenigstens, welche, wie ich, nicht das Glück hatten, bei der Verteidigung unsers Herrn getötet zu werden.«

»Und mein Vater? ... Im Namen des Himmels! Mein Vater, Herr Bartolomaeus Beaugenin? ... Sagt mir von ihm ...«

»Requiescat in pace!«, antwortete der Greis. »Er ist in einer bessern Welt als dieser; ebenso auch seine verehrungswürdige Gemahlin; er starb an einem Lanzenstich, sie vor Schmerz und Gram.«

Meine Verwirrung und Verzweiflung bemitleidend, nahm mich der Greis, der ein Stallmeister des Großschatzmeisters und der Freund meines Vaters war, mit in seine Wohnung und stärkte mich durch fromme Ermahnungen.

Während der drei Tage, die ich bei ihm wohnte, erweckten Gott und die Heilige Jungfrau in meiner Seele einen frommen Entschluss, den sie schon mehrmals darein gesenkt hatten; aber ich hatte ihn stets ferngehalten, denn um ihn zu vollbringen, hätte ich mich auf immer von Bertha trennen müssen. Dieser Entschluss war der, in ein Kloster zu gehen, und den Rest meines Lebens dem Dienste Gottes zu weihen.

Was sollte ich noch in der Welt, wenn die, welche darin meine Freude machten, tot waren? Welche Liebe, außer der göttlichen Liebe, konnte die Leere füllen, welche Berthas Tod in meiner Seele gelassen hatte?

Aber bevor ich ins Kloster trat, musste ich noch eine große und heilige Pflicht erfüllen; ich ging also in das Louvre, wo der Prinz von Valois wohnte.

Der Seneschall, von dem ich eine Audienz bei seinem Herrn begehrte, fragte mich nach meinem Namen und Stand.

»Raoul Beaugenin, Page des Herrn Philipp von Marigny, Bischof von Cambrai.«

Er sah mich erstaunt und verwundert an, ging, und kam wenige Augenblicke darauf zurück, um mich einzuführen.

Als ich mich allein sah vor dem Onkel des Königs, fühlte ich mein Herz hoch schlagen, meine Knien zitterten unter mir.

Endlich suchte ich mich zu fassen und erzählte die Erscheinung, die ich gehabt; wie ich eine so lange und so beschwerliche Reise unternommen hatte, um Berthas Seele aus dem Fegfeuer zu erlösen, wozu nur ein ›De profundis‹ vom gnädigen Prinzen von Valois gesprochen, nötig wäre.

Während ich mit demütiger Zerknirschung meine Erzählung so vorbrachte, dass ein Felsenherz hätte erweicht werden können, wandte der Prinz jeden Augenblick seine Augen nach einem purpurnen Vorhang, der ein großes Fenster umhüllte … Endlich schallte ein lautes Gelächter hervor. Die Gräfin Artois erschien, und zog mich nach dem Balkon: »Da«, rief sie, »so spricht man Gebete für die Marignys!«

Heilige Jungfrau! … Der Großschatzmeister wurde den Strick um den Hals aus dem Louvreturme geführt und nach dem Galgen von Monfaucon gebracht.

Zwei Jahre darauf ging ich einem armen Kranken, der in der Gegend des Louvre wohnte, in seiner letzten Stunde beizustehen; ich wandte mich eben nach dem Kloster der Minimen, als zwei Diener auf mich zukamen und sagten: »Ehrwürdiger Vater, im Namen unsers Heilands, kommt! Unser Herr stirbt ohne Beichte, wenn er nicht sogleich von Euch gehört wird; wir können seinen Beichtvater nicht finden …« Und ohne mir zu sagen, wohin sie mich führten, zogen sie mich mit sich fort.

Man denke sich mein Erstaunen, als ich mich in den Palast des Prinzen von Valois und vor das Bett des Herren selbst führen sah!

Bei meinem Anblick stieß er einen schrecklichen Schrei aus: »Gott ist gerecht, Raoul! … Meine Verbrechen sind sehr schwer in dieser Stunde der Züchtigung. Wird Jesus Christus mir verzeihen? Mir, der ich den unschuldigen Marigny aus Rache umgebracht habe? Wird die

Heilige Jungfrau für mich bitten, da ich die Unglückliche im Fegfeuer gelassen habe, deren Tod ich verschuldet, und die ich mit einem ›De profundis‹ erlösen konnte? ... O Verzweiflung! ... O schrecklicher Zorn! ... Ich bin verdammt!«

Ich suchte diesen Sünder zu einigem Vertrauen in die göttliche Barmherzigkeit zu bewegen; aber nichts konnte ihm die Hoffnung des Heiles geben, und er gab in meinen Armen seinen Geist auf, indem er wiederholte: »Ich bin verdammt!«

Dieselbe Nacht erschien mir die Seele Berthas mit einem Kranz hehren Lichts um das Haupt. Zwei Engel von wunderbarer Schönheit führten sie ins Paradies.

So wurde Berthas Seele aus dem Fegfeuer erlöst, sie, die gelitten hatte, weil sie aus Liebe gefehlt.

Sie ist jetzt in der Wohnung der Seligen und preiset die Güte des Herren in Ewigkeit.

Möge die himmlische Gnade mich einst mit Bertha und den Auserwählten in ewiger Glorie vereinen! Amen! –

## Der weibliche Dämon

Es ist kein Ort, den ich mit dir, mein süßer Heinrich, nicht vorzöge dem schönsten Palaste der Erde. Ja, ich würde dem Paradiese *ohne dich*, eine Schmerzensewigkeit *mit dir* vorziehen. Mehr als die Ruhe, mehr als das Glück, mehr als die ganze Welt, bist du für mich. Weil ich dich heißer liebe, als ich sagen kann, liebe ich dich, wie du mich liebst. Nicht wahr, wir werden nie mehr uns verlassen? Wird uns das Grab nicht trennen? Nein, wir sind verkettet für die Ewigkeit.

Ich hatte gejagt von Sonnenaufgang bis zu Sonnenuntergang, und ermüdeter, als ich es sagen kann, versuchte ich aufs Beste die Stadt zu erreichen, von der ich noch zwei Stunden entfernt war, als ich das Dorf, wo der Vater eines treuen Jugendfreundes wohnte, mit seinem grauen Kirchturme mitten in einem kleinem Holze erblickte.

Ohne es zu wollen, hörte ich auf zu gehen, und meine Müdigkeit schien mir größer als vorher.

Und dann dachte ich an eine wohlwollende, freundliche Aufnahme, an einen bequemen Lehnstuhl bei einem flackernden Feuer, an einen vollen Tisch, an ein warmes, weiches Bett.

Frau von Staël sagt, dass das beste Mittel, sich von einer Versuchung loszumachen, sei, ihr nachzugeben. Ich folgte dem Rat der Frau von Staël und schlug den schmalen Pfad ein, welcher sich zu meinen Füßen schlängelte und zu dem Häuschen Fabers (so hieß der Vater meines Freundes) führte.

Vor der Tür angelangt, klopfte ich mit dem Kolben meines Gewehres und rief fröhlich: »Holla, ich komme, ein Nachtlager zu suchen.« Die Tür öffnete sich; Frau Faber empfing mich freundlich; demungeachtet war es mir leicht beim ersten Blick zu sehen, dass meine Ankunft genierte.

Ich hätte gern alles in der Welt darum gegeben, um aus dieser unangenehmen Position zu kommen, und umkehren zu können; aber es war zu spät.

Die gute Frau Faber las meine Gedanken auf meinem Gesicht, denn sie erzählte mir schnell die Ursache ihrer Unruhe.

»Mein Mann«, sagte sie, »ist krank aus der Stadt zurückgekommen, ich fürchte, dass er etwas Unangenehmes erfahren hat, denn ich glaube, dass ihn mehr die Unruhe als das Fieber krank macht.«

Ich verlangte ihn zu sehen; man führte mich in das Zimmer, wo er lag, und ließ uns allein. Bei meinem Anblick streckte mir der arme Mann die Hand entgegen, drückte die meinige und fing an zu weinen.

Er erzählte mir dann, dass er fürchte, eines Versehens halber, das die Verleumdung vergrößere, vom Dienst zu kommen. Er war Steuerkolporteur.

»O, mein guter Herr«, fügte er noch hinzu, »es ist traurig, kein anderes Mittel zu seiner und seiner Familie Subsistenz zu haben, als eine elende Stelle, in welcher man unaufhörlich in Furcht sein muss; in welcher man jeden Tag seinen Glauben, seine Überzeugung und seine Ehre hintansetzen muss. Besser, als ein anderer, wissen Sie, was ich getan! Ach, ich bin so weit gegangen, meinen Sohn zum Priester machen zu lassen, meinen armen Stephan, der von einer unüberlegten Demut geleitet, und von hinterlistigen Ratschlägen irregeführt wird. Ach, welchen Kummer werden ihm in dieser Laufbahn seine Charakterschwäche, sein unbeständiger Enthusiasmus und seine romantische Neigung bereiten! Ich wollte diesem törichten Entschluss mein väterliches Ansehen entgegensetzen; man ließ mich wissen, dass, wenn ich die geringste Schwierigkeit machte, in dem, was sie den Beruf meines Sohnes nennen, ich sogleich abgesetzt werden würde; ich musste mich krümmen und schmiegen; morgen wird er Priester sein.

»Soll ich ihm meine Schwäche bekennen und ihn sehen lassen, zu welchem Punkte das Elend mich geführt? ... Ich bin feig genug, mich gegen meinen Willen über diesen unsinnigen Entschluss meines Sohnes zu freuen; um zu hoffen, dass seine Erfüllung vielleicht meinen Sturz aufhalten kann ... Mein Gott, welch' scheußliche Gedanken gibt das Elend.«

Ich kann nicht sagen, was ich empfand bei diesem Streit eines braven Mannes in der ewigen Alternative, entweder seinem Gewissen Gewalt anzutun, oder seine Familie zu ruinieren.

Ich ermutigte ihn, so gut ich konnte und ließ ihm die Verhältnisse in einem günstigeren Lichte erblicken, und brachte es endlich so weit, dass er ruhiger wurde und fast wieder Hoffnung fasste.

Seine Frau unterbrach uns und ich war froh darüber, denn die drückende, ungesunde Luft, welche man in dem kleinen Zimmer des Kranken atmete, verbunden mit meiner großen Müdigkeit und der Rührung, welche mir die Mitteilungen des armen Mannes verursachten, machten mir den Kopf heiß, schwer, und beengten mir das Herz.

Ich beeilte mich ins Freie zu kommen, aber das schaffte meinem Unwohlsein keine Linderung.

Schwarze Wolken bedeckten den Himmel; Blitze folgten so schnell aufeinander, dass meine Augen davon geblendet wurden; ich atmete kaum und es war in allen meinen Nerven ich weiß nicht welche Mischung von Aufregung und Niedergeschlagenheit.

Ich setzte mich an den Eingang einer kleinen Hütte im Hintergrunde des Gartens.

Hier kam mir das, was Faber von seinem Sohne Stephan gesagt hatte, wieder in die Gedanken und nahm meine Sinne ganz und gar in Anspruch.

Stephan war mein Schulkamerad; sechs Jahre lang hatten wir uns nicht verlassen. Alle beide von schwächlicher Gesundheit, alle beide mehr Freunde eines Romanes als eines Ballspieles, hatten wir uns bald in jener zärtlichen Freundschaft vereinigt, welche sich so sehr junger Gemüter bemächtigt. Von einem schwächern Charakter als ich, ließ sich Stephan meist nur von meinem Rate leiten, und sein

Vertrauen in mich war ohne Grenzen. Meine Liebe zu dem vortrefflichen Stephan war nicht geringer, und ich gab mich gefällig den Verirrungen seiner sonderbaren und zuweilen wahnwitzigen Fantasie hin. Ein anderer würde über seine bizarren Ideen, über ihre Übertreibung, über ihre fantastische Hitze gespottet haben; sehr eingenommen für alles das, was an das Wunderbare grenzte, fand ich in Stephans Unterhaltung einen Reiz, den man in einer Erzählung findet, welche uns mit Schauer erfüllt.

Wir mussten uns endlich trennen; und als wir uns nach zehn Jahren der Trennung wiederfanden, war ich skeptisch und enttäuscht worden; er hatte soeben die Tonsur empfangen.

Ich machte ihm einige Bemerkungen; er antwortete darauf mit Hartnäckigkeit und seitdem sahen wir uns nur selten und mit Kälte, denn wir verstanden uns nicht mehr. Doch meine Verhältnisse zur Familie litten nicht, und es geschah bisweilen, wie heute, wenn mich die Jagd zu weit zog, dass ich bei Herrn Faber um Nachtquartier bat.

Ich war ganz in die Erinnerung an die Kindheitstage versunken und fragte mich, mit nicht weniger Angst als sein Vater, wie wohl die Verzweiflung Stephans bald sein würde, wenn er sich von mystischen Gelübden gebunden sähe, die sich so wenig seinem Charakter anpassten, – als ich einen Mann in Schwarz gekleidet, eilig und mit geheimnisvoller Gebärde auf mich zukommen sah.

Es war Stephan.

Seine Kleider waren in Unordnung, sein Kopf bloß; er heftete auf mich einen wirren Blick. Er setzte sich neben mich, das Gesicht mit seinen beiden Händen bedeckend und ohne auf meine Fragen zu antworten.

»Heinrich«, sagte er endlich zu mir, »ich werde dir eine sonderbare Mitteilung machen. Ich werde sogleich sterben. Unterbrich mich nicht«, sagte er, und legte auf meine Hand seine brennende, abgemagerte, »lass mich reden. Still! Ich werde sogleich sterben und bin verdammt!« Es war ein Wahnwitziger, der mit mir sprach, das war leicht zu erkennen; und doch schauderte ich zusammen.

»Ich wollte noch einmal das Haus meines Vaters besuchen«, fuhr er fort, ohne meinen Schreck zu bemerken; »ich wollte meine bleichen, hohlen Wangen an die Fensterscheiben seines Zimmers lehnen, und ihn sehen, ihn, meine Mutter und meine Schwestern; aber ohne dass sie mich gewahr würden, ohne ein einziges Wort mit ihnen zu sprechen, denn meine Augenblicke sind gezählt, und die Verzweiflung wird nur zu bald über sie kommen.

Ich bin verdammt, Heinrich, verdammt für die Ewigkeit! Ich habe meine Seele einem höllischen Geiste gegeben; und gäbe er mir sie wieder, ich würde die Hölle noch einmal dem Paradiese vorziehen; denn ich liebe ihn, diesen Dämon, ich liebe ihn mehr als eine ewige Glückseligkeit. Für ihn habe ich dem heiligen Amte eines Priesters Jesu Christi entsagt; ich habe dem Glücke entsagt, Gutes zu tun, einen Sünder mit Gott zu versöhnen, ich habe den heiligen Begeisterungen des Gebetes entsagt! Ich will heute sterben, um desto eher ihm zu gehören, um ihn *nie* mehr zu verlassen!

Höre, Heinrich. Vor zwei Monaten sprach ich mein Breviarium. Ich betete anfangs mit Inbrunst, aber nach und nach beschäftigten andere Gedanken meine Fantasie und zogen mich ab von der Andacht.

Ich dachte an eine Seele, welche jedem Gedanken unserer Seele entspricht, an den Rausch der Zärtlichkeit und Liebe, an ein enges Band hehrer Neigung, welche nichts schwächen, noch trennen könnte. Ein Seufzer entfloh meiner Brust.

Ich hörte an meiner Seite einen Seufzer dem meinigen antworten.

»Es war ein Wesen da, dessen Anblick Schauer und Entzücken einflößte, ein Wesen, wie es sich die zärtlichste und fruchtbarste Fantasie nicht denken kann.

Ich sah Körperformen, die zwangloser, üppiger, zarter, als die eines jungen Mädchens waren; einen nackten Busen, auf welchen lange, schwarze Haare herabfielen; Augen, zu gleicher Zeit funkelnd, sanft und schüchtern, die bis tief in meine Seele drangen.

Ich wagte nicht, mich zu bewegen, ich wagte nicht zu atmen – die Erscheinung hätte verschwinden können.

Sie seufzte noch einmal, und Tränen rollten über ihre Wangen, wie über die eines kranken Kindes und fielen auf ihren Busen, und dann senkte sie den Kopf, wie wenn sie gefürchtet, sich meinen Blicken zu zeigen.

›Stephan‹, sagte sie endlich mit leiser, bewegter Stimme, ›Stephan!‹ Ich war außer mir; ich streckte die Arme nach ihr.

Aber sie kniete zu meinen Füßen und sagte zu mir, mit dem Tone eines jungen Weibes, welches vergeblich ihr Schluchzen zurückzuhalten sucht: ›Stephan, mach' ein Zeichen des Kreuzes, dass ich verschwinde.‹

›O nein! Bleibe, bleibe immer hier, immer hier! Du bist so schön.‹

›Mache es, dieses schreckliche Zeichen, und ich kehre in die Wohnung des Fluches zurück, ohne erfüllt zu haben, was Satan von mir verlangt. Mache es, ich bitte dich flehentlich darum, denn ich bin ein Engel der Finsternis, auf die Erde gekommen, um deine Seele zu verderben.‹

Sie blieb immer zu meinen Füßen, ihre schönen Augen waren auf mich gerichtet, ihre Hände ineinander gefaltet.

›Stephan‹, fuhr sie fort, ›sage mir nur, dass du mir verzeihest, sage es mir, bevor ich gehe, und ich werde mich ohne Murren den Züchtigungen meines erzürnten Herren unterwerfen; ich werde die schrecklichen Hiebe seiner feurigen Geißel nicht verfluchen; denn du wirst mich nicht hassen, Stephan. Und ich werde von dir eine süße, herzliche Erinnerung bewahren, eine Erinnerung, welche mich wird träumen lassen unter den weiten Gewölben, welche die ewigen Flammen mit ihrem Widerschein purpurrot färben. Höre, ich werde suchen einen Tropfen Wasser mit zu nehmen, und werde ihn auf die Lippen eines Verdammten gießen. Ich werde alsdann zu ihm sagen: Für die Liebe Stephans erquicke ich dich; und die Hölle wird sich freuen, ihre traurigen Echos einen Segen wiederholen zu hören; denn der Verdammte wird sagen: »Gesegnet sei Stephan in Ewigkeit. Wenn du im Paradiese sein wirst; denn, Stephan du hast nicht lange mehr zu leben; wenn du im Paradiese sein wirst, werde ich mich seinen göttlichen Hallen zu nähern suchen; vielleicht erkenne ich mitten unter den ewigen Gesängen deine Stimme. Alsdann werde ich in mein Gefängnis zurückkehren und zu mir sagen: Ich bin allein, allein unglücklich für die Ewigkeit, aber Stephan ist glücklich! Mach' ein Zeichen des Kreuzes, Stephan, mach es, damit ich verschwinde.‹

Und ich, Heinrich, ich hörte sie mit einem unnennbaren Entzücken; ich hätte meine Seele darum geben wollen, dass sie nicht aufhöre zu sprechen.

›Stephan‹, nahm sie wieder das Wort, ›ich hatte mir eine Art Glück mit dir geträumt, aber ich will es nicht mehr, es würde mich zu viel kosten, ich würde es um das deinige erkaufen. Ich sagte zu mir: ›Wir werden uns nie mehr verlassen; eine geheime unauflößliche Ehe wird uns für die Ewigkeit vereinen. Er und ich, ich und er werden hinfort nur eins sein.‹

Ich werde ihn sanft auf meinen Flügeln tragen, damit er nicht die Flammenqualen empfinde; mit meinem Atem werde ich seine Stirne kühlen; in meinen sanften Umarmungen werde ich ihn weich betten und wiegen, damit seine Augen sich im Schlafe schließen. Und während er allein in der Hölle schlafen wird, werde ich leise Worte der Liebe singen, welche die Leiden und das Schreien der Gemarterten mildern werden.‹

Heinrich, ich konnte diesen Worten nicht widerstehen; ich umfing mit meinen Armen den gefallenen Engel und presste ihn an meine Brust. – ›Ich will dir gehören, denn du weißt zu lieben, wie ich zu lieben weiß, wie in den überspannten Träumen meiner Jugend ich die Liebe erkannt habe.‹

›Nein! Mach' das Zeichen des Kreuzes‹, unterbrach sie mich, ›mache es, man liebt auch im Paradies, und du wirst geliebt werden von einem Cherubin mit Flammenherzen. Die Qualen Asraellens werden sich mehren durch dein Glück. Aber, was schadets'? Du wirst ja glücklich sein.‹

›Ich will dir gehören, dir, welche man nennt mit dem süßen Namen Asraella; ewig will ich dir gehören. Ich leugne Gott um deinetwillen, ich opfere für dich das Wohl meiner Seele. Asraella, Stephan gehört dir.‹

Die nackten Arme des Engels verstrickten sich mit den meinigen, unsere Lippen begegneten sich ...

Als ich wieder zu mir kam aus einem langen Rausch der Liebe, weinte Asraella, denn ich war verdammt.

Jede Nacht ist sie gekommen, ihren Gatten zu besuchen; jede Nacht ist sie gekommen, ihren Kopf auf meine Schulter zu legen, und mich zärtlich liebkosend, mit ihren Armen zu umschlingen.

Gestern erschien sie mir betrübt, und anstatt meine Stirn mit Küssen zu bedecken, kreuzte sie traurig die Arme über ihre Brust und sagte: ›Stephan, morgen werden wir uns nicht mehr verlassen.‹

Ich verstand sie.

›Morgen‹, antwortete ich. ›Ja, morgen, Asraella, ich gehorche; aber lass mich noch einmal meine Mutter und meine Schwestern wiedersehen; lass mich noch einmal meinen Vater sehen.‹

›Du darfst sie wiedersehen, aber ohne mit ihnen zu sprechen.‹

Diesen Morgen bin ich aus dem Seminar geflohen; ich habe mich verborgen gehalten in diesem Garten, und soeben habe ich sie alle wiedergesehen.

Um diese Stunde erwartet mich Asraelle.«

Das Gewitter hatte angefangen, grausam zu wüten, die Winde heulten, der Regen fiel in Strömen, und die schnell aufeinander folgenden Donnerschläge ließen mich kaum die Stimme Stephans vernehmen.

Ich kann nicht den Schrecken beschreiben, den ich während der unheimlichen Erzählung meines unglücklichen Freundes empfand.

»Lass dich nicht so von den Verirrungen deiner Fantasie leiten«, sagte ich zu ihm, ohne zu wissen, was ich sagte.

Plötzlich leuchtete ein Blitz und bei seinem Scheine sah ich Stephan traurig lächeln, dann horchte er aufmerksam, wie wenn er etwas hörte.

»Asraella, meine Asraella«, rief er, »da bist du, meine Vielgeliebte, komm, komm, ich sehne mich ...«

Der Blitz schlug zu meinen Füßen nieder, und als ich wieder zur Besinnung kam, lag Stephans Leichnam da.

Seines Vaters trübe Ahnung erfüllte sich. Er wurde abgesetzt, weil man ihn beschuldigte, seinen Sohn verleitet zu haben, aus dem Seminar zu fliehen.

Der Pfarrer des Dorfes, ein junger Priester von 25 Jahren, hielt eine Rede, in welcher er deutlich bewieß, dass Gott Stephan zur Strafe für seine Abtrünnigkeit durch den Blitz getötet hätte.

# Der Märtyrer

> Die Tugend lohnt, wenn nicht mit Glück hienieden,
> Belohnt sie doch das Herz mit jenem Frieden,
> Den keine Marter aus dem Busen reißt,
> Der noch im Tode Gottes Allmacht preißt.
>
> Schmach sind der Menschen arme Seelen,
> Die bei der Folter argem Quälen
> Die Lüge für die Wahrheit wählen.

Die Feierabendglocke hatte ausgesummt; es war eine der finstersten Nächte. Ohne die Pechpfannen vor dem Säulenhause hätte man nicht die niedrigen Hallen und gotischen Bogen dieses Palastes Philipps von Valois sehen können, obgleich er an einem in die Augen fallenden

Orte erbaut war, auf dem höchsten Teile des Grève, einer sandigen Fläche, die in jähem Abschuss sich bis zum Bette der Seine herabzog.

Ein junger Mann kam aus einem der dem Palast zunächst stehenden Häuser. Er warf auf die rechte Schulter einen Teil seines großen Mantels zurück, um ohne Zweifel im Fall der Not sich besser des eisenbeschlagenen Stockes bedienen zu können, den er in der Hand hielt, und setzte sich in raschen Lauf. Nachdem er längs dem Ufer hin geschritten war, durchlief er noch den benachbarten Quai in seiner ganzen Länge, durchschnitt einige Straßen, und ließ endlich in seinem schnellen Gehen nach. Noch ganz außer Atem, klatschte er zu zwei verschiedenen Malen in die Hände.

Die Tür einer Wohnung, die sich gegenüber befand, öffnete sich vorsichtig und es trat heraus eine junge, in eine lange Mantille gehüllte Frau. Sie ging auf den jungen Mann los und hielt ihm eine zitternde Hand entgegen.

»Henryot«, sagte sie nach langem Stillschweigen mit bewegter Stimme, »diese Zusammenkunft ist die letzte: Du musst morgen auf immer in ein andres Land reisen, denn unsre Liebe ist nicht mehr unschuldig und rein, wie in der Zeit unsrer Jugend, sie ist – Heilige Jungfrau, verzeihe es mir! – sie ist Ehebruch geworden.«

Der junge Mann stieß ein klangloses Seufzen aus.

»Ach! Ja, mein süßer Henryot, wir müssen uns auf immer verlassen … du musst jetzt aus deiner Brust das Andenken an Margarethen entfernen, wie man einen unreinen Gedanken des bösen Geistes verwirft. … Leb wohl denn … Leb' wohl, leb' wohl, mein Henryot!«

Bis jetzt war er, wie von der Verzweiflung vernichtet, ruhig geblieben. Als er sie aber einen Schritt machen sah, um sich zu entfernen, erhob er sich plötzlich und ergriff die Hand wieder, welche die seinige soeben verlassen hatte.

»Nein«, rief er, »nein, du gehörst mir! Du bist meine Gattin! Schwatzten in unserer Jugendzeit unsre Eltern, während wir in einer und derselben Wiege schliefen, nicht süß und vertraulich von dem Plane unsrer Heirat? Lächelten Sie nicht, wenn ich mein Spielwerk nur von der Hand meiner kleinen Margarete berühren ließ? Als ich nach Flandern reiste, um mit meiner Kunst Goldtaler zu verdienen, wurde da nicht beschlossen, dass man in vier Jahren bei meiner Rückkehr unsre Hochzeit feiern wolle? Fühlte ich nicht, als ich dir den Abschiedskuss gab, deine Wangen von Tränen nass, und deine

Hand so fest, so fest in der meinigen? ... Und als du mich wiedersahst ... Wehe! ... Sie haben ihr Versprechen gebrochen, sie haben dich arme Schutzberaubte gezwungen, dich unter ihre Gewalt zu beugen, und an einen rohen Soldaten zu verheiraten ... Heilige Jungfrau! Ist der Eid, welcher dich an ihn bindet, heiliger als der, welcher dich an mich bindet? ... Ja, du gehörst mir! Komme denn, komm', komm, wir wollen fliehen! ... Wir werden in fernen Landen ein Asyl finden, wo man uns nicht beunruhigen wird.« Margarete weinte bitter und antwortete nicht. »Komm ... lass uns gehen!«, setzte er mit Hast hinzu.

Sie erhob ihren Kopf, den ihre beiden Hände verbargen, und die Arme über die Brust kreuzend, sagte sie: »Henryot, sprichst du so zu mir? Du, der du einst, ach, in glücklichern Zeiten zu mir sagtest: ›Wahre Liebe ist nur reine und heilige Tugend; ohne Pflichten gibt es keine Liebe ...‹ Henryot, wenn ich deinem Verlangen nachgebe, wie lange Zeit würde vergehen, ehe du mich mit Verachtung betrachtetest, ehe meine Gegenwart dir nicht eine lästige Bürde wäre, ein Gewissensbiss, eine Strafe für dein Vergehen? ... Nein, mein Freund, wir müssen uns verlassen, – für immer ... Leb' wohl, leb' wohl, leb' wohl!«

Sie entfernte sich rasch; und er sah ihr mit starrem Auge nach, ohne ein einziges Wort zu sagen, ohne eine einzige Bewegung zu machen, um sie zurückzuhalten.

Er stand noch da, unbeweglich und den Tod im Herzen, als ein Hilferuf ihn aus dieser schrecklichen Erstarrung riss. Mit einem maschinenmäßigen Trieb zur Verteidigung erhob er sich und legte die Hand an seinen eisenbeschlagenen Stock. Das Schreien wurde deutlicher und er sah beim Schein des Mondes einen Mann, der sich gegen zwei andere verteidigte. Henryot lief dem zu Hilfe, den man so feigerweise angriff; aber als er ankam, lag der eine der Mörder am Boden und der andere ergriff bei dem Anblick des neuen Kämpfers die Flucht.

»Der heilige Georg helfe Euch!«, sagte der Unbekannte mit einem starken englischen Akzent. »Ohne Euch wäre es um mich geschehen gewesen; aber wir wollen uns schnell entfernen! Ich fürchte, dass der Flüchtige Verstärkung holt, um mir noch einen Streich zu spielen, der auf Euch zurückfallen könnte. Vollendet Euer gutes Werk, und lasst mich auf Euern Arm stützen bis in meine Wohnung, die nicht mehr fern ist, denn der Blutverlust schwächt mich so, dass ich mich kaum noch aufrecht halten kann … Aber was sucht Ihr da bei diesem Leichname?«

»Mein Messer …«

»Um Gott! Lasst uns eilen, schnell, ohne Verzug! Da unten kommen mehrere Leute und wir könnten schlecht wegkommen, wenn sie uns träfen … Kommt doch … Ich will Euch tausend Messer geben, für dieses da.«

Und sich auf den Arm Henryots stützend, entfernte er sich mit demselben.

Nach wenigen Minuten kamen Henryot und der Fremde vor eine Tür, welche letzterer vorsichtig öffnete und mit nicht weniger Sorgfalt wieder schloss.

Sie gingen hierauf über einen kleinen Hof und durch mehrere große Gemächer, wo eine gänzliche Finsternis herrschte. Endlich befanden sie sich in einem reich tapezierten Zimmer, unter dessen hohem Kamine eine Dame saß, deren Züge und Haltung voll von hohem Anstand und Melancholie waren.

Bei dem Anblick des bleichen, blutbedeckten Fremden stieß sie einen lauten Schrei aus und eilte in der äußersten Unruhe auf ihn zu, mit den deutlichsten, unverkennbaren Zeichen der Liebe und Verzweiflung.

»Es ist nichts, Isabella, meine Wunde ist nicht gefährlich«, sagte in englischer Sprache Henryots Gefährte.

»Aimond, Aimond, welcher Elende hat einen Angriff auf dein Leben machen können?«

»Euer Bruder, der König von Frankreich; oder wenigstens Bewaffnete seines Hauses. Zwei Männer, die seine Livreen trugen, haben mich unversehens angegriffen. Der eine hat Bekanntschaft mit meinem Dolche gemacht, der andere hat die Flucht ergriffen, dank der Hilfe, die mir dieser junge Mann geleistet hat.«

Die Königin warf auf Henryot einen bewegten Blick, der die tiefste Erkenntlichkeit ausdrückte.

»Die Gefahr, welcher ich entgangen«, fuhr der Fremde immer in englischer Sprache fort, »ist nicht die einzige, welche uns heut' erwartet. Erschreckt von den Drohungen und gewonnen von dem Golde unsers Todfeindes, des Ministers Hugh Spencer, hat Euer Bruder, Karl der Schöne, soeben einen Vertrag unterzeichnet, nach welchem er Euch morgen der Rache Eduards II. überliefert. Ihr wisst, welches Los der Hass des Königs von England der Gemahlin bescheiden wird, die ihn beleidigt und erzürnt hat. Was mich betrifft, so kann diese Wunde Euch lehren, dass man nicht gesonnen ist, mich mit Euch nach England zu führen, und dass sie Eile haben, von meiner Grafschaft Kent zu erben.«

»Und wie können wir einer solchen Gefahr entgehen?«

»Es bleibt nur ein Weg, noch ist er zweifelhaft und unsicher: Wir müssen diese Nacht noch fliehen und Flandern zu gewinnen suchen. Mein treuer Harrys erwartet mich in einiger Entfernung von Paris mit fünfzehn oder zwanzig englischen Reisigen, so treu ergeben, wie er. Er ist vorausgeeilt, um diese braven Leute zu versammeln, welche das furchtsame Misstrauen Eures Bruders außer dem Bereiche der Stadt einquartieren ließ. Sind wir einmal bei ihnen, so sind wir gerettet; wir werden ohne Furcht den Hof des Grafen von Hainaut erreichen, wo uns Wohlwollen, Hilfe und Schutz erwarten. Harrys hatte mir einen Führer gegeben, um mich durch die Straßen der Stadt zu leiten, bis zu dem Orte, wo uns die Bedeckung erwartet; aber der Elende hat die Flucht ergriffen, als er die Mörder sah, die mich anfielen.«

Nach diesen Worten wandte sich der Graf von Kent an Henryot und fragte ihn auf Französisch, ob ihm die Straßen von Paris bekannt genug wären, um sie schnell und sicher auf die Straße nach Flandern führen können. »Ich werde Euch reich belohnen«, fügte er hinzu.

»Ich bedarf keiner Belohnung. Ich werde Euch schnell und sicher führen, wie Ihr es wünschet.«

»Auf den Weg! Gott und der heilige Georg stehen uns bei! Sie, Madame, nehmen Sie Ihren Sohn und Ihre reichsten Juwelen; ich selbst will einen Zelter und zwei Rosse satteln.«

Wenige Augenblicke darauf kehrte der Graf zurück und sagte, dass alles bereit sei.

Die Königin, welche ihren Sohn in ihren Armen trug, folgte ihm mit Henryot, und alle drei machten sich auf den Weg, erst im Schritt und mit Vorsicht, dann im Galopp und mit aller Schnelligkeit ihrer Pferde.

Der Tag fing an zu grauen und sie hatten noch nicht in ihrer Eile nachgelassen. Beschäftigt mit ihrem Kummer und ihren Gefahren, hatten alle drei noch kein Wort gesprochen. Das Kind schlief unausgesetzt einen tiefen Schlaf.

Die Königin brach zuerst dieses düstere Stillschweigen. Sie wandte sich an Henryot:

»Jetzt, da wir auf gutem Wege sind und ohne Zweifel nicht mehr fern von unsrer Bedeckung, würde es geraten sein, dass Ihr zurückkehrtet, denn wenn man wüsste, dass Ihr unsere Flucht begünstigt habt, würde es Euch das Leben kosten.«

»Das Leben gilt mir nichts mehr; ich habe für immer verloren, was es mir teuer machen könnte.«

»So jung und hoffnungslos unglücklich! … Wie kann das sein?«

Henryot erzählte kurz seine traurige Liebschaft mit Margareta. Diese Erzählung machte einen tiefen Eindruck auf die Königin. Diese verschämte und edle Liebe war ein sehr bitterer Vorwurf für die Leidenschaft, welche sie auf den Punkt irregeleitet hatte, dass sie zwei Königreiche zu Zeugen ihrer strafbaren Liebe für den Bruder ihres Gemahles, für Aimond, Grafen von Kent, gemacht hatte.

Und das Herz schmerzhaft beengt, richtete sie ihre tränenfeuchten Augen auf den, um dessen Liebe willen sie Ruhe, Glück, Thron, Gewissen und guten Namen verloren hatte; sie suchte irgendeine gleiche Stimmung in dem Antlitz dieses teuren Geliebten.

Die Lippen des Grafen waren von einem höhnischen Lächeln zusammengezogen, und er spottete über Henryot, wegen dieser äußersten Zärtlichkeit, welche ihn bewogen hatte, lieber Margareten auf immer zu verlassen, als Ihr die Gewissensbisse und die Beschämung zu verursachen, das Haus ihres Gemahles geflohen zu sein.

Als sie die Ironie seiner Blicke sah und die Bitterkeit seiner Scherze hörte, bemächtigte sich zum ersten Male ein schrecklicher Zweifel der unglücklichen Fürstin: Sie fragte sich, ob der Graf von Kent sie wirklich liebe, ob diese Zärtlichkeit, welche ihr Opfer in so viel Schande und Unglück gestürzt, nicht eine kalte und ehrgeizige Berechnung wäre. Ach! Sie wagte nicht, diese schmerzliche Prüfung zu enden, zu ergründen; sie wandte sich ab, um nicht eine plötzliche, schreckliche Wahrheit zu sehen, die sich ihr zum ersten Male zeigte.

Ach! Sie büßte damals sehr hart, den Fehler, den sie begangen.

In diesem Augenblicke erreichten die Reisenden die Bedeckung, die sie erwartete; die Königin gab Henryot einen kostbaren Ring, welchen sie ihn bat, zu ihrem Andenken aufzubewahren. Der Graf

von Kent nahm ihn ernst beiseite und sagte: »Junger Mann, indem
Ihr uns zu Hilfe kamet, habt Ihr mehr für Euch getan, als Ihr vielleicht
denket; ich halte es noch nicht für gut, Euch zu sagen, wer wir sind;
aber die Mutter der Gnaden, und St. Georg mögen uns helfen und
uns nie verlassen, – und Ihr werdet Euch des heutigen Tages erinnern.«

Bei diesen Worten schloss er sich seinen Leuten an und Henryot
kehrte nach Paris zurück.

In seiner Wohnung angelangt, saß Henryot schon seit einigen Minuten vor einem großen Tische, auf dem Pinsel, Farben und alle zur
Malerkunst nötigen Utensilien zerstreut umher lagen.

Henryot aber war einer jener Maler, deren Kunst mit der Erfindung
der Buchdruckerkunst zu Grabe gegangen ist, und deren unübertreff-
liche Geschicklichkeit im Auftragen glänzender Farben wir noch
heute in jenen kostbaren Manuskripten bewundern, welche sie mit
Randzeichnungen zierten. Die Randzeichnungen heutiger Prachtaus-
gaben beliebter Dichterwerke mögen sich nicht erkühnen, jenen
glänzenden Produkten einer verlornen Kunst an die Seite zu treten.

Vergeblich versuchte Henryot zu arbeiten. Die Erinnerung an die
sonderbaren Ereignisse, welche ihm seit gestern zugestoßen waren,
hatte sich seines Geistes bemächtigt und hielt ihn in den tiefsten
Träumereien gefangen, als das Geräusch und das Schreien einer großen, vor seinem Hause versammelten Menge, ihn endlich daraus
weckten. In demselben Augenblicke stürzten sich Häscher auf ihn,
fesselten ihn eng und fest, und führten ihn ins Gefängnis mitten unter
den Schmähungen und Beleidigungen eines wütenden Pöbels, der
ihm die Namen »Elender« und »Mörder« beilegte.

Und als die Türen des Gefängnisses sich hinter ihm geschlossen
hatten, und man ihn in einen Kerker zog, öffneten sie sich wieder
mit großem Geräusch und doppelten Verwünschungen des Volkes.

Es war Margareta, die man herbeiführte, die Hände gefesselt und
bewusstlos in den Armen eines Häschers hängend.

Drei Monate ungefähr lag Henryot in dem Kerker, in den man ihn
geworfen hatte, und keine andere Figur hatte sich seinen Blicken geboten, als die finstern Züge seines Wärters, eines felsenharten Menschen, aus dem er nie ein Wort hatte bringen, noch erfahren können,
warum man ihn seiner Freiheit beraubt habe.

Er bildete in diesem Betracht hundert und tausend Mutmaßungen, ohne zu wissen, an welcher er festhalten sollte: Wenn der Fremde, dessen Flucht er begünstigt hatte, Ursache seiner Gefangenschaft war, warum war Margarete in eine Sache verwickelt, an der sie nicht einmal indirekt teilgehabt hatte? Woher dieses Pöbelgeschrei, das noch in seinen Ohren widerhallte: »Mörder, Meuchelmörder!«

Es war ein Labyrinth, in welchem sich die Gedanken des armen, jungen Mannes verirrten, und die Ungewissheit, welche ihn folterte, war für ihn vielleicht eine härtere Strafe, als der kalte, feuchte Kerker, in dem er halb nackt auf ein wenig nassem Stroh lag.

Eines Morgens traten vier Männer ein, und nachdem sie sich genau überzeugt hatten, dass seine Ketten in gutem Stande wären, führten sie ihn mit sich fort.

Es war damals die schöne Zeit des Frühlings, die Luft war rein und mild, der Himmel hell und azurblau. Als er aus dem düstern ungesunden Loche ging, wo er seit so langer Zeit sich krümmte, überlief ein süßer Schauer seine Glieder, belebte und erwärmte sie; ein unnennbares Wohlsein drang in alle seine Sinne und diese ganz physische Empfindung ließ ihm einen Augenblick seinen Kummer und die grausige Lage vergessen, in der er sich befand.

Die Stimme derer, welche ihn umgaben, und der Befehl vorwärts zu schreiten, gaben ihm bald gänzlich dem Schrecken seiner Lage wieder.

Sie gingen durch mehrere Straßen und führten ihn in einen weiten Saal, wo Richter und eine große Volksmenge versammelt waren. Beim Eintreten Henryots ließ sich ein unwilliges Murmeln unter den Zuschauern hören, und verdoppelte sich, als er bei dem Anblick Margaretens einen schneidenden Schrei ausstieß und sich auf sie stürzen wollte.

Man ließ ihn auf eine Bank setzen, welche der gegenüberstand, woran Margarete gefesselt war.

Der erste Richter sagte alsdann:

»Henryot Mahu, du bist der Mörder Peters von Maurepas, bei seinen Lebzeiten bewaffneter Diener des Hauses seiner Majestät, des Königs von Frankreich. Du hast ihn hinterlistig getötet, in der Nacht, durch Anfall, in seinem eigenen Hause und ihn herausgeschleppt mit Hilfe seiner Frau, Margarete Beaumin, welche dir an diesem Abend eine Zusammenkunft gestattet hatte zu dem Ende, genannten Maurepas zu töten. Die Gerechtigkeit des Königs, welche den Leichnam aufheben ließ, hat nicht weit davon dies Messer da gefunden, in dessen Scheide ein kleines zusammengerolltes Pergament stak, welches diese Worte enthielt: ›Diesen Abend um die Vesperstunde, ist es zum letzten Male.‹ Es ist von Margarete geschrieben; denn man hat ihr törichterweise die Schreibekunst gelehrt, die nur den Mönchen zukommt, um die Heilige Schrift zu lesen und zu erhalten, und den Leuten des Gesetzes, um dieses auszulegen. Weit klüger würde man getan haben, wenn man ihr die fromme Unwissenheit gelassen hätte, die jeder Frau zukommt, die in der Furcht Gottes und in der Beobachtung der Pflichten ihres Standes erzogen ist. – Henryot Mahut, was hast du zu antworten?«

Henryot, niedergedrückt durch das Gewicht einer schrecklichen Beschuldigung, deren verderbliche Wahrscheinlichkeit ihm nicht erlaubte, sich zu rechtfertigen, konnte nur mit einer heisern, tonlosen Stimme sagen: »Sie ist unschuldig.«

»Und du, Margarete Beaumin?«

Die junge Frau erhob sich und sagte: »Der Himmel ist mein Zeuge, dass ich unschuldig bin und Henryot auch!«

Geschrei des Unwillens erhob sich von allen Seiten und hinderte sie, zu vollenden. Sie setzte sich ruhig wieder nieder.

Henryot, der von seiner ersten Bewegung sich erholt hatte, wollte alsdann auseinandersetzen, durch welche Folge der Ereignisse er sich als ein Opfer so täuschenden Scheines sähe, aber der Richter hörte ihn mit ungläubiger Miene, und die Zuschauer wiederholten von allen Seiten:

»Sie sind schuldig; man muss Peter Maurepas rächen, der so schändlich umgebracht worden.«

Der Richter erhob sich, um die Sentenz zu lesen: Sie verdammte Henryot Mahu und Margarete Beaumin als Mörder und Ehebrecher auf dreifache Weise gerichtet zu werden, nämlich:

»Auf einer Rindshaut mit Trompeten durch die ganze Stadt von Straße zu Straße gezogen und dann vor das Haus der genannten Margarete Beaumin geführt zu werden. An diesem Orte sollten sie an eine Leiter gebunden werden, so hoch, dass jeder Große und Kleine sie sehen könne; und sollte man an genanntem Platze ein großes Feuer gemacht haben.

Wenn sie angebunden sind, sollte man ihnen die Rechte und die Linke abhacken, die Zunge ausreißen und die Augen blenden.«

Hernach sollte man diese Glieder ins Feuer werfen, um sie zu verbrennen; und dann sollte den armen Sündern das Herz aus dem Leibe gerissen und ebenfalls ins Feuer geworfen werden; nachdem nun solches mit den mehrerwähnten Henryot Mahu und der Margarete Beaumin vorgenommen, sollte man ihnen den Kopf abschlagen, den Rumpf vierteilen und in die vier belebtesten Straßen von Paris schicken.«

Das Hotel St. Paul erhob sich auf den Ufern der Seine, und nicht weit von den Orten, wohin wir die ersten Ereignisse dieser Erzählung verlegt haben. Es war ein großes umfangsreiches Palais, das gebildet war aus zahlreichen Gebäuden, die zu verschiedenen Malen angekauft und untereinander verbunden, ein ziemlich unregelmäßiges Ganze bildeten.

In dem innersten Teile des Hotel St. Paul befand sich ein weiter, mit Bäumen bepflanzter Hof, in dessen Mitte eine Fontäne sprudelte; Gitterwerk verschloss sorgfältig die Fenster, welche auf diesen Hof gingen, damit die Tauben, Fasanen und andere Vögel, welche in dem Bereich des Palastes gehalten wurden, nicht in die Gemächer dringen sollten, deren reiche Tapeten sie hätten besudeln können.

Am äußersten Ende dieses Hofes in einer Art kleinen Turmes schlief der König, Karl der Schöne, noch einen tiefen und süßen Schlaf, obgleich die Strahlen der Mittagssonne sich schon lange auf den dichten Vorhängen von Goldbrokat, welche das königliche Bett umhüllten, glänzend und blendend brachen.

Plötzlich ertönte das Geräusch eines schweren, festen Schrittes auf dem Marmorboden des Vorzimmers; und obgleich halb erstickt durch die dicken Fußteppiche des Schlafgemaches, hörte man sie doch sich mehr und mehr nähern und vor dem Bette des Königs verweilen.

»Bei meinem Schutzheiligen!«, rief der Monarch ärgerlich, obgleich er den ernsten Gang und trockenen Husten seines Vetters, des Grafen Philipp von Valois erkannt hatte. »Beim heiligen Karl, ist es mir nicht mehr gegeben, in Ruhe zu schlafen? Stehen meine Diener nicht an der Tür, die Hellebarde in der Faust, dass sie mich der Gnade und Ungnade des Erstbesten überlassen?«

»Ich bringe Eurer Majestät etwas, was Sie recht munter machen und selbst mehr als eine Nacht am Schlafe hindern wird«, erwiderte streng der Graf von Valois. »Es kommt aus Hainaut ein Bote, welcher wenig erfreuliche Nachrichten bringt. Graf Johann und seine Reisigen haben bei ihrer Landung in England gute Aufnahme gefunden unter den Baronen dieses Landes. Die meisten von diesen haben sogleich die Fahne für die Königin ergriffen; der König Eduard II. und sein Minister Spencer sind in Bristol belagert, zu Gefangenen gemacht und bei dem Herrn von Berkley in Verwahrung gegeben worden, der den erstern in engem und sichern Gewahrsam in seiner Veste hält. Den andern hat er bald und ohne Weiteres enthaupten lassen. Die Königin endlich, das heißt ihr Geliebter, der Graf von Kent, denn sie macht nur, was er will, ist zur Regentin des Königreichs zur Ersetzung des Königs erwählt worden, den man des Thrones unwürdig erklärt hat. Nun trägt Aimond, der Graf von Kent, in seiner linken Seite die Wunde des Dolches eines Reisigen Eures Hauses; und er hat sich vorgenommen, eine Wallfahrt zu machen zu unsrer lieben Frauen von Paris, weil sie ihn vor so großer Gefahr geschützt hat. Dreißigtausend Piken von Reisigen werden ihm bei dieser Prozession zu Kerzen dienen.

»Und wie ist das alles geschehen, ohne dass ich es nur vermutet habe?«, fragte der König bleich und außer sich.

»Sechs Wochen haben dieser verdammten Seele Johanns von Hainaut dazu genügt; er ist den 24. Dezember in England gelandet, und der Akt der Entthronung des Königs Eduard, wovon hier die Abschrift, trägt das Datum vom 14. Januar.«

Der König antwortete nicht, und Philipp von Valois nahm nach einem Augenblick des Stillschweigens wieder das Wort.

»Und welche Streitkräfte werden Sie einem so schrecklichen Feinde, der nie verziehen hat, entgegensetzen? Die Finanzen sind erschöpft; Sie werden Wechsler, Wucherer, Pächter auf die Folter legen können, wie Sie wollen, sie werden sich eher hängen und rädern lassen, als dass sie einen Rosenduble von sich geben; der Exempel sind viele.

Auf die Hilfe der großen Vasallen und Lehnsmänner der Krone darf man nicht rechnen. Das englische Gold hat einen guten Teil derselben gewonnen; und die übrigen haben notwendiger, sich miteinander herum zu balgen, als an Ihre Verteidigung zu denken.

Es bleibt Ihnen nur die Freundschaft und Vermittlung Ihrer Schwester, die Sie liebt, ungeachtet des harten und ungalanten Benehmens, dessen Sie sich rücksichts ihrer schuldig gemacht haben.

Aber auch diese beiden, Ihrer Schwester Freundschaft und Vermittlung, werden von heute an auf immer verloren sein. Denn man ist soeben im Begriff, einen Mann zum Tode zu führen, der ohne ihn zu kennen, ihrem teuren Aimond das Leben gerettet hat, und zwar an dem Abend, wo Sie, um Hugh Spencer zu gefallen, ihn haben meuchelmörderisch anfallen lassen. Was ich Ihnen sage, habe ich soeben von einem ehrwürdigen Priester erzählen hören, der diesen Mann zum Tode vorbereitet hat, und gekommen ist, mich um die Rettung eines Unschuldigen zu bitten. Hier ist zum Beweis ein Ring, den Ihre Schwester Isabelle ihrem Befreier zum Zeichen des Dankes gegeben hat.«

Alsdann ging der Graf in größere Einzelheiten und erzählte was unsere Leser schon wissen.

»Es gibt noch ein Mittel, Vorteil aus diesem allen zu ziehen«, sagte der König nach einiger Überlegung, »und dieses Ereignis den närrischen Gedanken meiner Schwester anzupassen, die so sehr das Wunderbare liebt. Leiht mir Eure Hilfe, Philipp, und alles wird aufs Beste gehen.

Gehet und ordnet an, dass man diesen Menschen in einer Stunde in die Kirche Notre Dame führe, um Buße zu tun und von da zur Strafe geführt zu werden.«

Der Graf sah den Monarchen erstaunt an; der aber wiederholte den Befehl, den er ihm soeben erteilt hatte.

»Tut, was wir Euch befohlen, Vetter«, fügte er mit mehr Würde hinzu, als er gewöhnlich zeigte. Und um den Bemerkungen, welche ihm Philipp von Valois noch machen wollte, eine Grenze zu setzen, rief er seine Diener, und befahl ihnen, ihn schnell anzukleiden.

In dem Augenblicke, wo der Beichtvater in den Kerker eingetreten war, um den Delinquenten zum Tode vorzubereiten, hatte er ihn in jenem Zustand tiefer Niedergeschlagenheit gefunden, welche durch ein großes Unrecht und die Gegenwart eines unvermeidlichen Übels erzeugt wird. Nachdem aber der alte Priester die Beichte Henryots und die Erzählung seiner Abenteuer gehört und ihm gesagt hatte, welcher hohen Personen Flucht er begünstigt hätte, als er ihm ein fast zuverlässiges Rettungsmittel gezeigt hatte, ein Mittel, seine und Margaretens Unschuld zu beweisen, bemächtigte sich des Verurteilten eine unruhige, wilde Freude. Eine drückende Beängstigung erzeugte in ihm eine Ungeduld und Aufregung, welche dem Wahnsinn nahe kamen.

In einer solchen moralischen Stimmung brachte er den übrigen Teil des Tages, die ganze Nacht und einen Teil des folgenden Morgens zu. Endlich öffnete sich die Tür seines Kerkers; der alte Priester erschien; seine Blässe, seine Tränen verkündeten, dass keine Hoffnung mehr blieb.

Alsdann ergriffen den armen Henryot eine plötzliche Verzweiflung, eine schreckliche Wut. Er fing an, im Kerker umherzulaufen, den Kopf an die Mauer zu schlagen, schreckliches Heulen auszustoßen und sich mit seinen Ketten zu verwunden.

Weder die freundliche Stimme des Priesters noch die kräftigen Bemühungen eines Kerkermeisters, der auf sein Schreien herbeigeeilt war, konnte den Wütenden bändigen.

Erst nach langer Raserei fiel er blutig und erschöpft zu den Füßen seines Beichtigers.

»O mein Sohn, mein Sohn«, sagte alsdann der Mann Gottes zu ihm, »wenn die menschlichen Gerichte uns Unrecht und Wehe antun, wird uns da nicht die himmlische Gerechtigkeit für unsere irdischen Leiden entschädigen und belohnen? Nimm mit Ergebung die Dornenkrone dieser Welt, um in einer bessern Welt die Krone der ewigen Glückseligkeit zu erringen.«

»Und sie, sie? Welche Sünde hat sie begangen? Sie, deren Reinheit der Engelsunschuld gleicht? … Und man wird sie zerreißen vor einer Menge, die sich freuen wird bei jeder ihrer Klagen, die Beifall rufen wird bei jedem Fetzen Fleisch, den der Henker ihr abreißt! Gibt es gibt keine Gerechtigkeit, weder im Himmel noch auf Erden!«

Bei dieser Gotteslästerung bekreuzigte sich der fromme Greis und bat die Heilige Jungfrau, Henryot aus einer so erschrecklichen Verzweiflung zu retten.

»O mein Kind«, nahm er bewegt das Wort, »stirb nicht als Ungläubiger, wirf nicht die himmlische Palme, welche die Engel dir reichen, von dir. Die Jungfrauen sind bereit, deine himmlische Hochzeit mit Margarete zu feiern; sie entfalten das hochzeitliche Gewand, welches gereinigt werden soll durch das Märtyrtum; durch das Märtyrtum, das reine Liebe von allem Irdischen reinigen wird. Stirb nicht also, denn dein Tod würde für mich, der dich gestützt und getröstet bat, ein Anlass zu Tränen und endloser Verzweiflung sein.«

»O! Gnade, Gnade, mein Vater … Aber es ist so schrecklich daran zu denken! … Wenn ich allein stürbe … Aber sie! … Sie!«

Der Priester gelangte endlich soweit, dass er Henryot ein wenig ruhiger machte, und als die Henkersknechte kamen, ihn zu holen, fanden sie ihn kniend zu den Füßen des ehrwürdigen Priesters, welcher aufrecht stand und ihn weinend segnete. Nach der Sitte jener barbarischen Zeiten warf man ihn auf eine Haut und zog den armen Sünder unter den Schmähungen des Pöbels zur Kirche Notre Dame, wo er öffentliche Buße tun sollte.

Eine unermessliche Menge erfüllte die Kirche und wider die Gewohnheit führte man Henryot bis an den Chor, wo ein großer, schwarzer Vorhang ausgespannt war, wie um das Schauerliche dieser traurigen Szene noch zu vermehren.

Während man Henryot niederknien ließ, rollte der Vorhang auf, und Margarete, geschmückt wie eine Braut, warf sich in die Arme ihres Geliebten, der in Ohnmacht sank.

Als er wieder zu sich kam, war Margarete noch da; sie hielt noch seinen Kopf; reichgekleidete Personen umgaben sie noch, so wie auch Damen von vornehmem Äußern, welche lächelten und weinten über das, was sie sahen … es war kein Traum! … Nein!

Der König nahm an dieser Szene den Anteil, welchen der Autor eines Mysteriums an der Darstellung seines Werkes nimmt, während die Brüder der Passion es aufführen.

»Wohlan, Herr Bischof«, sagte er endlich zu einem Prälat in reichem Kirchengewand, »feiert die Trauung: Die Zeit ist da. Hier ist die Mitgabe, die wir mit unsrer königlichen Hand Margareten geben, und hier ist eine andere für Henryot Mahu. Diese im Namen unsrer teuren Schwester, der Königin von England. Denn Sie alle sollen wissen, dass genannter Henryot unsre sehr geliebte Schwester aus einer der größten Gefahren gerettet hat, als man unsern königlichen Zorn gegen sie rege gemacht hatte.

Aber so ist das Schicksal der Fürsten dieser Erde«, fuhr er mit Verstellung seufzend fort, »dass zu oft schlechte Ratschläge sie auf falschen Wegen gehen lassen. – Messire Robert von Artois«, fügte er hinzu, indem er sich an einen jungen Prinzen wendete, der zu seiner

Linken stand, »gewiss nicht von Euch sind uns diese schlechten Ratschläge erteilt worden: Ihr habt immer zugunsten unserer Schwester gesprochen, die Furcht vor unserm königlichen Zorn hat Euch selbst nicht abgehalten. Erzählet Isabellen alles das, und wie wir den braven und treuen Henryot belohnt haben … Hier stellet dem Bräutigam diesen Ring zu, der uns dazu gedient hat, das Geheimnis zu in den Tod geführt hätte; er sei der Trauring; ein treuer Diener meiner Schwester, empfange ihn von einem ergebenem Freunde derselben.«

Man vollzog die Trauung, nach welcher der Monarch mit seinem ganzen Hofe sich entfernte.

Das Volk, welches den armen Henryot soeben noch mit Verwün-schungen überhäuft hatte, führte ihn im Triumph in seine Wohnung, zertrümmerte auf dem Wege dahin das Schafott und verhöhnte und zerriss beinahe einen der Richter, welche den Tag vorher den Unschul-digen verurteilt hatten, und den die Neugierde an das Fenster seiner Wohnung gezogen hatte.

# Der Wahnsinnige

SIE: Bei ihrem Sparsystem ist unerlässlich, die Liebe und den Umgang mit uns Frauen, als ein *kostspielig Ding* fortan zu meiden.

ER: Jawohl Madame; denn solche Treue erkaufet man mit Schwalen, seidenem Kleid und – *Geld*. Bin ich erst wieder der, den Sie einst kannten, werd' ich um Ihre Liebe wieder feilschen, denn es ist ja Ihr Herz, wie Ihre Reize.

Auf dem Kirchhofe zu L. irrt zu allen Zeiten des Tages ein junger, bleicher Mann umher. Seine Kleidung ist schwarz. Seine Haare hängen unordentlich über Stirn und Augen, und diese Augen, welche einst des Geistes Helle kündeten, diese Stirn, welche einst von jugendlichem Frohsinn strahlte, hat der Wahnsinn getrübt und tragen nun das Ge-präge tierischer Gleichgültigkeit.

Wenn der Geisteskranke müde geworden auf seinen raschen Irrgän-gen durch die Reihen der Gräber, da ruhet er aus an zwei noch fri-schen Grabhügeln und schreibt die Namen »Emilie« und »Laura« in den gelben Sand.

Wer ist jener bleiche Unglückliche? Und welche Toten beweint er? Hören wir die kurze Geschichte, die seinen Wahnsinn herbeirief.

Am 6. Juli des Jahres 1840 wollte eine Journaliere von L. nach A. Unter wohl fünf bis sechs weiblichen Passagieren befand sich allein ein junger Mann. Dieser legte in seinem ganzen Tun und Wesen ein Savoir-vivre an den Tag, welches ihm die Gunst sämtlicher Damen erwarb.

Er und eine Dame, die nicht mehr jung war, aber mit einem Überrest früherer Schönheit sehr interessant kokettierte, schienen sich des Gespräches ausschließlich bemächtigt zu haben; demungeachtet waren die übrigen Damen der nähern Berücksichtigung nicht unwert, und es war sogar kaum zu verkennen, dass der junge Reisende seine Aufmerksamkeit ebenso gern, vielleicht noch lieber einem jungen weiblichen Wesen gewidmet hätte, die ihm zur Seite saß.

Und wirklich war auch diese neben ihm sitzende Dame einer näheren Aufmerksamkeit würdig. Es war eine Blondine mit allen vorzüglichen Eigenschaften, welche den blonden Mädchen und Frauen über andere ihres Geschlechtes eine gewisse Überlegenheit geben. Jugendlich frische Röte zierte die Wangen und ward gemildert durch den blendend weißen Teint ihrer feinen, zarten Haut. Blaue Augen strahlten mildes Feuer. Die feinen Gesichtszüge belebte ein leichtes Lächeln, wenn ihr Blick dem Auge des jungen Nachbars begegnete. Ihr Wuchs war üppig, ihre Gestalt junonisch und der leicht bedeckte Busen hob sich in reinster Wellenform, wenn ein heftiger Stoß des Wagens sie erschreckte oder der beneidenswerte Nachbar im Verlaufe des Gespräches durch eine rasche an sie gerichtete Frage sie in die Unterhaltung zu verflechten suchte. Letzteres aber wollte ihm nicht gelingen und der Postillion verkündete schon durch Hornstöße, dass sie an der ersten Station angelangt seien, ehe noch zehn Worte zwischen beiden jungen Leuten gewechselt worden waren.

Nur wenige Minuten wurden unsern Reisenden vergönnt, um einige Erfrischungen zu genießen; aber als der junge Mann, den wir bei seinem Vornamen Hugo nennen wollen, sämtliche Damen aus dem Wagen gehoben hatte, war ihm von seiner Nachbarin ein leiser Händedruck sanft erwidert worden.

Hugo war einer jener leicht erregbaren Gemütsmenschen, welche der Anblick eines anmutigen, weiblichen Wesens in Flammen setzt, bevor sie noch zu irgendeiner Hoffnung berechtigt sind. Jetzt, da er hoffen durfte, dass man seinen Huldigungen entgegenkommen würde, vergaß er im Vorgenuss seines künftigen Glückes den ernsten Zweck seiner Reise. Nur die Gegenwart der übrigen Damen konnte den Eroberungssüchtigen zurückhalten, sich seines Sieges zu vergewissern. Lebhaftere Blicke wechselten beide jungen Leute; die hübsche Nachbarin, die allein und ohne Begleiter reiste, schien glücklich zu sein, sich unter den Schutz eines galanten jungen Mannes begeben zu dürfen.

Als daher in A... sich sämtliche Reisende auf die Passagierstube begeben hatten, erwartete Hugo mit Ungeduld, dass die übrigen Damen sich entfernen möchten; denn obgleich es ihm vergönnt gewesen wäre, sich Wohnung bei seinen Verwandten zu suchen, so war doch während der letzten Stunden der Reise in ihm der Entschluss fest geworden, da zu sein und zu bleiben, wo seine hübsche Reisegefährtin bleiben würde.

Nach und nach verabschiedeten sich die Damen, während Hugo durch verstellte Geschäftigkeit an seinem Reisegepäck sein Dableiben zu bemänteln suchte. Als endlich der Augenblick erschienen, wo er mit der blonden Unbekannten allein im Zimmer war, da wagte er die Frage: »Werden Sie heute noch weiterreisen?«

»Ach, leider weiß ich nicht, was ich tun soll«, entgegnete sie ihm mit einer lieblichen, klagenden Stimme. »Zum Weiterreisen dürfte sich schwerlich heute noch Gelegenheit finden; und zu bleiben, fürchte ich, weil ich so ganz unbekannt hier bin.«

»Wenn sie meine Dienste nicht verschmähen wollten, könnte ich Ihnen beim Hierbleiben wenigstens als Führer dienen und wenn Sie erlaubten, Ihr Gesellschafter sein«, entgegnete Hugo in verbindlichem Tone.

Freudig glänzten bei diesen Worten die Augen der jungen Dame, und mit liebenswürdiger Ungezwungenheit nahm sie den dargebotenen Arm des überglücklichen Jünglings, der immer mehr und mehr den Zweck seiner Reise aus den Augen verlor. Sie bezogen zwei Zimmer im nahen Gasthause und nach eingenommenem Abendessen schlug Hugo seinem Schützlinge einen Spaziergang durch die Stadt und ihre Umgebungen vor. Er war stolz auf die Naturschönheiten seiner Vaterstadt und meinte, dass es Paulinen, wie seine Gefährtin sich nannte, ebenso viel Vergnügen machen müsse zu sehen, als er empfand, indem er das und jenes zeigte und erklärte.

Und wie diese Reise überhaupt für den jungen Mann verhängnisvoll werden sollte, so war es insbesondere dieser Spaziergang.

Denn Pauline begann sich nach und nach als eines jener liebenswürdigen, leichtsinnigen Wesen zu zeigen, deren lockende Koketterie, verbunden mit reizender Ungezwungenheit, den Mann mit Fesseln umschlingen, deren ein Ende ihn an der Fülle der Gaben festhält, welche das Weib zu erteilen vermag; deren anderes Ende ihn aber zu gleicher Zeit unaufhaltsam einem sichern Verderben zuführt. Hugo war nicht der Mann, den unter blumigem Grün verborgenen Sumpf zu erkennen, oder wann er ihn erkannt, mit Verachtung der lockenden Außenseite zu fliehen. Er war Belletrist und meinte, als solcher keine Gelegenheit vorbeilassen zu dürfen, wo sich ihm in einer passageren *intrige d'amour* Stoff zu einer neuen Dichtung böte.

Demungeachtet waren zwei Gründe vorhanden, weshalb beide junge Leute auf diesem Spaziergange über duftende Feldraine, zwischen Feldern hoch aufgeschossenen Gedreides hindurch, in den Grenzen des strengsten Anstandes verblieben.

Hugo hatte als feinfühlender Dichter in dem Treiben einer großen Stadt mit ziemlich freien Sitten, doch immer eine derartige Achtung vor dem weiblichen Geschlechte sich bewahrt, dass er auch denjenigen weiblichen Individuen, welche die Menge mit Verachtung straft, nachdem sie dieselben mit ihrer Liebe besudelt, dass er auch diesen unglücklichen Gefallenen nie mit jener rüden Härte oder lasziven Freundlichkeit begegnen konnte, die ihnen nur zu oft zuteil werden und die Unglücklichen noch tiefer in den Staub drücken.

Welche Meinung auch Hugo von der liebenswürdigen Paulina hegen mochte, er behandelte sie mit einer Achtung und Zartheit, die seinem Schützeramte vollkommen würdig war.

Allein Amor, der neckische Knabe, konnte solchem Spiele nicht lange zusehen, ohne denen, welche er mit seinem Geschosse einmal verwundet, mit Hilfe der Frau Mama nicht auch der Liebe süßen Genuss zu verschaffen.

Als Hugo bei einem jähen Abhange, seiner Begleiterin voraus eilend, am Fuße des Abhanges wartete und Paulina ihm folgend, aus Unvorsichtigkeit oder mit Absicht in jähen Lauf geriet, musste er, um sie vor dem Fallen zu schützen, seine Arme ausbreiten und das lose

Mädchen auffangen. Sie flog in seine Arme; an seiner Brust wogte der stürmisch bewegte Busen Paulinens; es war eine Bürde, die er nicht von sich zu stoßen wagte; und als er mit Besorgnis sie fragte, ob sie heftig erschrocken sei, da entgegnete sie ihm mit Lächeln, dass sie so immer zu fallen wünsche. Eng hielten sich beide umfasst und Hugos Lippen vermählten sich dem rosigen Munde der Verführerischen.

Seit diesem Augenblicke war eine Scheidewand gefallen, die zu dem Wohle des jungen Mannes noch länger hätte stehen sollen.

Unter Kosen und Tändeln waren Hugo und Paulina zurückgekehrt und da sie beide für Brautleute galten in dem Gasthause, in dem sie abgestiegen waren, so hatte man ihnen zwei Zimmer gegeben, die hart aneinander stießen.

Beide hatten ihre Namen in das Fremdenbuch eingetragen und sich gegenseitig Gute Nacht gewünscht.

Hugo vermisste, als er in sein Zimmer trat, sein Schnupftuch. Durch die Zwischentür bat er Paulinen zurückkehren zu dürfen, um es zu holen.

Die Bitte ward gewährt. Paulina erschien im feinen, weißen Nachtkleide doppelt liebenswürdig. Ihr jugendlich voller Körper zeigte sich in den schönsten Formen. – Mit wallendem Blute kehrte Hugo in sein Zimmer zurück.

Der Riegel der Zwischentür blieb offen. Lange konnte Hugo den Schlaf nicht finden; und als er ihn endlich gefunden, da träumte ihm, es nahe sich seinem Lager ein liebliches, weibliches Wesen. Er hörte süße Worte der Liebe von ihren Lippen; er küsste diese rosigen Lippen und wiegte sein Haupt auf einem lebenswarmen Busen. O er träumte süß und lange und als er erwachte, da wollte es ihm bedünken, – vielleicht war's eine Fortsetzung des Traumes, – als wenn das liebe Traumbild sich von ihm entferne und sein Ohr höre das Schließen einer Tür. Dann wiederum verfiel er in einen neuen, sanften Morgenschlummer, der freundlich ihm die Ruhe ersetzte, welche der lebhafte Traum dem nächtlichen Schlafe geraubt hatte.

Als er am Morgen mit Paulina am Kaffeetische saß, da schien es ihm, als wenn sie in ihrem weißen Negligé der Solphide seines Traumes gliche. Ihre Augen strahlten Liebe und bestrickten noch mehr das Herz des jungen Mannes, der, in ihrem Anblick versunken, nur sie sah und ihre schelmischen Fragen hörte; – und als sie ihn auch fragte, wie er diese Nacht geschlafen, da färbte höhere Röte ihre blühenden Wangen, und Hugo antwortete mit einem Kuss und inniger Umarmung des zauberischen Mädchens.

Zärtliche Vertraulichkeit war heute an die Stelle der gestrigen Zurückhaltung getreten und der Jüngling hatte vom kosenden Mädchen erfahren, dass sie die Ihrigen besuchen wolle, um eine zufällige Spannung ihres gegenseitigen Verhältnisses rasch zu beseitigen.

Und welches war der Grund einer solchen Spannung?

Hugo mochte ihn ahnen; aber Sanguiniker, der er war, ließ er sich von den Reizen seiner neuen Liebe hinreißen, ohne der Schmerzen zu achten, die sie ihm verursachen würde; er wusste vielleicht, welches Mädchen er umarmte, aber er ließ seinen Geist nicht zu reifer Überlegung kommen, um sich den gegenwärtigen Genuss nicht zu rauben.

Unglückliche Gemüter, die um eines kurzen Genusses willen, einer trüben Zukunft blind entgegengehen!

Hugo begleitete Paulinen auf die Post, als sie sich als Passagier des an selbigem Tage nach R... gehenden Eilwagens einschreiben ließ; er selbst auch ließ sich einschreiben; er konnte sich nicht mehr von ihr trennen; und sie, die da wusste, dass er um ihretwillen das hintenansetzte, weshalb er nach A. gereist war, sie wusste ihm durch tausendfache, immer neue und reizendere Zärtlichkeiten das gebrachte Opfer reichlich zu belohnen. Sie meinte, irgendein Geschäft habe ihn nach A. geführt und ahnete nicht, dass in Kurzem ein zweites weibliches Wesen blutige Tränen über den von ihr bestrickten, leichtsinnigen Jüngling weinen würde. Vielleicht hätte sie anders gehandelt!

Rasch ward der Weg nach R... zurückgelegt. Wenn zwei Liebende in einem bequemen Postwagen allein und ohne die lästige Gegenwart eines Kondukteurs sitzen, da fahren sie wohl um die halbe Erde, ohne sich zu langweilen!

Im Gasthause zum weißen Ross in R... gab man ihnen, die immer unter der privilegienreichen Firma eines Brautpaares reißten, *ein* Zimmer. Als sie es beide betreten und die Wirtin sich entfernt hatte, da flog Paulina in des erstaunten Jünglings Arme und ihn mit zärtlichen Liebkosungen überhäufend, sprach sie:

»O zürnen Sie mir nicht, teurer Hugo, dass ich solches Vertrauen, wie Sie mir bis diesen Augenblick bewiesen, gering vergolten habe. Nicht, wie ich Ihnen sagte, ist es R..., wo die Meinigen wohnen; das letzte Dorf, durch welches wir fuhren, und von dem ich so genaue

Kenntnis verriet, ist mein Geburtsort. Nicht unvorbereitet möchte ich in das Haus der Eltern treten, die mir zürnen, und Ihre gütige Hilfe ist es, um die ich jetzt herzlich bitte.«

Hugo, der schwärmerische Jüngling, hatte Geist und Lebenserfahrung genug, um Paulinens Inneres in diesem Augenblicke zu durchschauen; er zürnte ihr nicht und freute sich, dass neben seiner begonnenen Liebesintrige seine Reise noch anderes Interesse gewinnen sollte. Pauline verlangte sehnlichst ihre jüngere Schwester Auguste zu sprechen, bevor sie den strengeren Eltern entgegenträte.

Hugo sandte einen Boten in das nahe Dorf, um Paulinens Schwester von dem Wunsche seiner teuern Reisegefährtin unterrichten zu lassen. Er selbst folgte mit ihr, nach einer kleinen Weile, dem Boten, um in der Nähe ihres Geburtsortes die Gerufene zu erwarten.

Seltsame Gefühle mochten in dem Herzen Paulinens in dieser Stunde wohnen. Sie begegnete früheren Bekannten und Freunden und wandte das Antlitz von ihnen. Sie nahete ihrem Geburtsorte in einem glänzendern Kleide, als sie ihn verlassen, und doch zitterte ihre Hand und deckte Schamröte ihre Wangen.

Der Bote kehrte zurück und verkündete die nahe Ankunft der jüngeren Schwester Auguste; und als diese endlich erschien in ihrer ärmlichen Bauernkleidung, da machte sich Paulina vom Arme Hugos frei und rauschte in ihren seidenen Gewändern der lang entbehrten Schwester entgegen.

Welche Verschiedenheit! Paulina und Auguste. Paulina, die Gefallene, in stolzer Kleidung, weint in den Armen der Schwester, weil sie fühlt, dass sie geringer ist; Auguste, in ärmlicher Kleidung, weint vor Freude, ihre Schwester wiederzusehen und, *weil sie so vornehm geworden.* Ach, die kleine Unschuld weiß nicht, mit welchen Opfern dieser nichtige Glanz erkauft worden, weiß nicht, dass sie höher steht als ihre Schwester; sie betastet schüchtern den Samt und die Seide und nur die innigste Schwesterliebe kann sie vermögen, ihre Schwester zu umarmen.

Hugo stand als Zuschauer einer so schönen, als seltenen Szene; und als Paulina ihrer Schwester aufgetragen, die Mutter zu ihr in das Gasthaus zu senden, und sich aus Augustens Armen loswindend, zu Hugo mit noch nassen Augen zurückkehrte, da konnte er nicht umhin, sie zu fragen, warum sie einem glänzenden Elend so große Opfer gebracht?

Und höher hob sich die schöne Gestalt der Kurtisane; aus dem Munde des einfach erzogenen, früheren Landmädchens ging eine Verteidigung ihres Handwerkes, wie der staunende Hugo nicht erwartet hatte; ihre Worte vollendeten den Sieg über sein von Liebe erfülltes Herz.

»Ich weiß es, Hugo«, sprach sie, »wie die Menge, deren Beute ich geworden und die mich als ihr Eigentum reklamieren würde, wenn ich zur Tugend zurückkehren wollte, ich weiß, wie diese Menge von mir urteilt und was auch Sie von mir denken; denn dass es Liebe sei, was sie mir folgen lässt, habe ich verlernt zu glauben; Sie suchen in meinen Armen, was Sie in denen einer andern auch finden würden, – das Vergnügen! O ich weiß zu welchem niedrigen Werkzeug ich herab gesunken!«

Sie strich bei diesen Worten über die hohe, schöne Stirn, wie um eine Wolke davon zu verscheuchen.

»Aber der Schande trotzen, nenne ich jetzt meine Tugend; das ist meine Stärke, wie es die Eurige ist, sie zu vermeiden; es ist meine Klugheit, sage ich, und sie führt mich zum Ziele, sie überwindet alle Hindernisse und überlebt immer neu erstehende Gewissensbisse; zum Kampfpreis aber habe ich das *Vergnügen*. Das ist mein Sonnenstrahl nach dem Unwetter; das ist die bezauberte Insel, wohin der Sturm mich wirft, und wenn ich verächtlich bin, bin ich wenigstens nicht lächerlich. Unnütz sein, das ist lächerlich. Lächerlich sein, ist schlechter als infam zu sein; zu nichts in der Welt zu dienen, das ist verächtlicher, als zu den niedrigsten Zwecken zu dienen!

Und übrigens«, fuhr sie mit Eifer fort, »was ist einer wahrhaft starken Seele an der Schande gelegen? Wissen Sie, Hugo, dass jene Macht der Meinung, vor welcher die Seelen, welche man ehrbar nennt, so knechtisch sind, wissen Sie, dass es sich nur darum handelt, schwach zu sein, um sich derselben zu unterwerfen, und dass man stark sein muss, um ihr zu widerstehen? Nennen Sie Tugend eine Berechnung des Egoismus, die so leicht zu machen ist und in der sie alles ermutigt, alles belohnt? Stellen Sie die Mühen, die Schmerzen, das Heldentum einer Familienmutter denen einer Entehrten gleich? Wenn beide um das Leben ringen, glauben Sie, dass die mehr Ruhm verdient, welche am wenigstens Mühe hat?

Aber wie, Hugo! Erschreckt Sie meine Rede nicht? Haben Sie nichts auf die Ketzereien der Wollust, auf die Unverschämtheiten der Ausschweifung zu antworten; verteidigen Sie doch die Tugend, wenn Sie glauben, dass es ein Ding gibt, das sich mit diesem Namen nennt?«

»Wenn die Moral auch nicht billigen darf, was Sie wider die Tugend ihres eigenen Geschlechtes sagen«, erwiderte Hugo, »höre ich doch mit Vergnügen die Reden, die Sie selbst Ketzereien nennen, weil Sie sich durch dieselben eine Stelle weit über Ihresgleichen, weit über eitlen Tugendhelden sichern.«

»Ja«, entgegnete Paulina, »wäre es mir vergönnt gewesen, zu bleiben, was meine Schwester noch ist, würde ich weniger ein Gegenstand Ihres Mitleides sein; aber was legt uns denn das göttliche Gesetz auf? Zu leben! Nicht wahr? Und was gebietet das menschliche Gesetz? Nicht zu stehlen! Und doch ist es ein Gebrechen der Gesellschaft, dass in ihr so manches Individuum nichts anderes zum Leben hat, als ein von ihr autorisiertes, aber mit einem verhassten Namen gebrandmarktes Handwerk, *das Laster*.

Wissen Sie, mit welchem Stahle wir armen Geschöpfe gehärtet werden müssen, um von diesem zu leben? Mit wie vielen Beschimpfungen man sucht, uns die Schwächen bezahlen zu lassen, die wir überlistet, die niedrigen Begierden, die wir gesättigt haben? Unter welchem Berge von Schmach und Ungerechtigkeit wir gewohnt werden müssen zu schlafen, zu gehen, Geliebte zu sein, Kurtisane und Mutter, drei Bedingungen des Schicksals der Frauen, denen keine entgeht, sei es nun, dass sie ihren Leib durch einen schmachvollen oder durch einen Ehekontrakt verkauft.

O Hugo«, fuhr nach augenblicklichem Schweigen von beiden Seiten Paulina fort, »wie sehr sind die öffentlich und ungerechterweise entehrten Wesen berechtigt, die Menge zu verachten, welche sie mit ihrem Fluche trifft, nach dem sie sie mit ihrer Liebe besudelt hat.«

Hugo hatte sich, als er am gestrigen Tage Paulinens sozialen Charakter ahnen durfte, mit sophistischen Gründen den Genuss zu erhalten gewusst, der für ihn aus dem Glauben hervorging, er weihe seine Liebe einem achtungswerten Mädchen; jetzt, da sich nicht mehr leugnen ließ, Paulina gehöre unter die gefallenen, unglücklichen Wesen, welche das Bedürfnis zu leben zwingt, aus der Liebe ein feiles Gewerbe zu machen, jetzt band ihn sinnliches Interesse vielleicht weniger, als humanes Mitleid an das Mädchen, welches er gern auf den Standpunkt geführt hätte, wohin sie in geistiger und körperlicher Hinsicht gewiesen war.

Paulina konnte eine Stelle in den höhern Kreisen des Lebens mit Glanz behaupten, wenn Leichtsinn sie nicht zum bedauernswürdigen Werkzeug niedriger Lüste gemacht hätte. Dass es so war, presste dem menschen- und noch mehr mädchenfreundlichen Hugo bittre Seufzer aus, als er mit ihr in die Stadt zurück und auf den volksfestlichen Schießplatz ging; denn dahin verlangte es Paulinen vielleicht, um die ernsten und trüben Gedanken aus ihrer Seele zu bannen. Hugo hätte freilich lieber auf einem einsamen Spaziergange die ernste Stimmung, in die sie beide versetzt waren, erhalten, um einen in ihm keimenden Plan weiter zu bilden.

Paulina ward im Treiben des kleinstädtischen Vogelschießens wieder das Mädchen mit liebenswürdigem Leichtsinne, wie sie in A... und auf der Reise gewesen, und am Ende gefiel sich auch Hugo in der allgemeinen Bewunderung, die man seiner schönen, für diesen Ort wahrhaft prächtig gekleideten Gefährtin zollte. Nur auf wenige Minuten kehrten sie in den Gasthof zurück, um daselbst zu Abend zu essen. Paulinens Schwester Auguste kam dahin und brachte mit tränenden Augen die Nachricht, dass die Mutter nicht kommen könne.

»Seht«, sagte Paulina, »wenn ihr euere Schwester nicht hättet, von welcher der Vater und die große Schwester immer so übel reden. Da, gib das der Mutter, mein Gustchen, sie soll sich einen ganzen, neuen Anzug kaufen.« Sie drückte bei diesen Worten dem erstaunten Kinde eine volle Börse in die Hand.

Arme Mutter, die sich mit der Schande ihrer Tochter bedecken soll!

Pauline mochte einen solchen Gedanken in Hugos Auge gelesen haben. Sie wandte sich ab und errötete. Aber als Auguste fort war, schwand auch Paulinens gesetztes Wesen.

»Ach Hugo«, rief sie, »heut Abend ist Ball auf dem Schießhause; ich werde mich umkleiden; man muss diesen Kleinstädtern imponieren. Nicht wahr, Sie gehen mit?«

Hugo bejahete, obgleich ungern, denn er fürchtete Ursache zur Eifersucht zu bekommen. Paulina verstand es in seinem Innern zu lesen und sagte zärtlich, »Ich werde nur Ihnen gehören, mein Hugo«, und küsste dabei die Falten von seiner Stirn. Sie warf dann rasch die Kleider von sich.

»Sie werden mich einschnüren, Liebster?«, sagte die Verführerische und Hugo war nicht ungehorsam.

Endlich stand sie in vollem Ballstaate vor ihm und fragte: »Gefall'
ich Ihnen, Hugo?«

Hugo antwortete mit der tausendfach deutbaren Sprache eines
Kusses. –

Sie waren auf dem Ball. Paulina strahlte wie eine Königin unter
dem kleinbürgerlichen Flitterstaat; sie nahm die Huldigungen der
Männer wie schuldigen Tribut und war nur gegen Hugo freundlich
und zärtlich. Sie flogen in die Reihen der Tanzenden.

Man staunte. So hatte man hier noch nicht tanzen sehen. Paulinens
Arm ruhte fortwährend in dem Arm ihres Tänzers. Das fand man
inkonvenient, aber gewisse junge Leute fanden es hübsch und machten
es ebenso.

Hugo war der Beneidete von allen und gefiel sich so sehr in der
Rolle eines begünstigten Liebhabers, dass Paulina selbst zum Aufbruch
antreiben musste.

Sie kehrten in den Gasthof zurück.

»Aber mein Gott«, hob Hugo an, »man hat mir noch kein Zimmer
angewiesen, und alles liegt in tiefem Schlafe.«

»O Sie Armer«, entgegnete Paulina lächelnd.

Wenn es schon ein süßes Geschäft ist, ein schönes, geliebtes, zärtliches Mädchen oder Weib ankleiden zu helfen, so muss es wohl dreifach süßer sein, das Werk des nüchternen Morgens am ahnungsreichen
Abend mit zitternder Hand wieder zu zerstören. –

Hugo tat wie ihm geheißen. –

Es mochte schon Mitternacht sein, als beide noch auf dem Sofa
saßen. Ein leises Klopfen an der Tür ward gehört. Paulina strich die
Falten des Nachtgewandes und warf ein Umschlagetuch um; Hugo
putzte das tief herabgebrannte Licht und öffnete.

»Logiert hier nicht eine Mamsell, die gestern von L. gekommen?«,
fragte eine weibliche Stimme. Hugo bejahete.

»Können wir sie nicht sprechen?«, fragte die Person weiter und
Hugo sah nun im Dunkeln noch zwei Gestalten stehen.

Paulina war auf dem Sofa sitzen geblieben und schälte sich einen
Apfel.

»Man wünscht Sie zu sprechen«, sagte Hugo zu ihr. Sie antwortete
mit einem unmutigen »Hm!« und aß ihren Apfel. Hugo war in peinlicher Verlegenheit, er sah, dass Paulina ihre ältere Schwester, denn
das war die Besuchende, nicht sprechen wollte.

Da trat die kleine unschuldige Auguste freundlich als Vermittlerin auf. Bei ihrem Anblick regte sich Paulinens Herz. Sie zog sie an ihre Brust und rief mit schmerzlichem Blicke auf die ältere Schwester: »Mögest du glücklicher sein im väterlichen Hause, als ich es gewesen.«

Als sie wieder allein waren, fragte Hugo die traurig sinnende Paulina:

»Warum waren Sie so unfreundlich gegen ihre Schwester?«

»Soll ich freundlich sein mit der Urheberin meines Unglücks, meiner Schande? Sie warf den ersten Stein auf mich; aber wenn ich verwerflich bin und alle Guten mich verdammen; sie darf es nicht, denn sie und der Vater waren es, die mir die heimatliche Hütte zur Hölle machten, weil ich als Kind zu Hoffnungen berechtigte, die das Glück meiner armen, schwachen Mutter machten. Sie waren es, die mich am Ende hinaustrieben in die Welt, wo ich schutzberaubt und hilflos dem Laster anheimgefallen.«

Sie weinte.

Ja, so ist es mit den Banden, den ewig heiligen Banden des Blutes. Die, welche durch sie an uns geknüpft sind, verdammen vor allen andern den gestrauchelten Bruder und Freund; sie sind am hartnäckigsten im Verzeihen und doch meist an unserm Falle schuld, oder hätten durch eine kleine Handreichung dem Sturze zuvorkommen können. Und dann höhnen und lachen sie noch, die Vatersbrüder und Schwestern und die ganze tugendhafte Sippschaft und werfen den sich Aufrichtenden immer von Neuem in den Staub.

Hugo küsste die Weinende und bald lächelte sie wieder unter den Tränen, wie die Sonne glänzt in den Tropfen des rasch vorübergeeilten Gewitterregens.

Hoch stand die Sonne am Himmel, als beide des andern Morgens erwachten.

Hugos und Paulinens Zeit war karg gemessen. Sie mussten heute noch ihre Rückkreise antreten. Wenige Stunden nach eingenommenem Kaffee waren sie auf dem Wege nach Paulinens Geburtsort, durch welches der Wagen, mit dem sie bis A... zu fahren gedachten, kommen sollte.

Hugo wartete in der Nähe der Landstraße auf den Lohnkutscher, während Paulina im elterlichen Hause weilte. Gern hätte er sie beobachtet; aber er fügte sich in die Notwendigkeit, den Wagen zu erwarten, zumal auch ernstere Gedanken in seiner Seele erwachten. Er gedachte des Zweckes seiner Reise und wie weit er ihn aus den Augen verloren.

Hugo war nicht mehr frei. Anfangs Liebe und dann Gewohnheit des Umgangs hatten ihn an ein Mädchen gefesselt, deren ganze Hoffnung auf ihm beruhete, zumal sie vor nicht langer Zeit eines Pfandes ihrer Liebe genesen war. Hugo war Vater und wollte nun auch Gatte derjenigen sein, die ihm ihre Jugend, ihre Unschuld, die ihm alles geopfert, was das liebende Weib dem Manne opfern kann. Zu diesem Zwecke war Hugo in seine Vaterstadt A... gereist. Er bedurfte mehrerer Papiere, um sich in einer fremden Stadt zu verehlichen. Er hatte gestern versäumt, die nötigen Schritte zu tun, und heute dachte er nicht mehr daran, *die* mit seiner Hand glücklich zu machen, welche so sehr verdient hätte, seine Gattin zu werden. Er suchte sich zu überreden, dass er für die Ehe noch zu jung sei, im Grund aber war Paulina die Ursache seiner Treulosigkeit. Sie war eine liebenswürdige Kokette und wusste den jungen Mann stärker zu fesseln als das einfache Mädchen, welches ihm eine treue Liebe weihete.

Paulina kam. Der Wagen rollte soeben vorüber; sie stiegen ein und fuhren in Gesellschaft anderer Passagiere rasch dem ersten Reiseziele A... entgegen. Paulina hatte verweinte Augen, war aber mit Blumen, Erdbeeren und dergleichen mehr reichlich beschenkt. Sie schien eine Versöhnung mit Tränen gefeiert zu haben. Unangenehm ward von beiden empfunden, dass sie nicht mehr allein waren, und Hugos Stirn legte sich in düstere Falten, die sich erst wieder glätteten, als sie in A... angekommen, vernahmen, dass für heute keine Gelegenheit, nach L... zu fahren mehr zu finden sei. Konnte er doch nun hoffen, noch einen schönen, der Liebe geweihten Tag in Paulinens Armen zu verleben.

Sie bezogen in dem Gasthause, das sie gestern bewohnt hatten, wiederum dieselben Zimmer mit der verführerischen Zwischentür. Während sie aber um die Mittagszeit beide aus dem Fenster sahen und Hugo – der leichtgläubige Hugo – sich von Paulinen Treue und Liebe geloben ließ, und ihr dagegen versprach, sie in eine Lage zu versetzen, welche es ihr möglich mache, nur ihm zu gehören, während dieses verliebten Zwiegespräches, wo mehr versprochen ward, als man je zu halten vermögend war, kam ein Lohnkutscher vor den Gasthof gefahren. Der Wirt, welcher den Wunsch Paulinens kannte, heute noch nach L... zu reisen, fragte den Ankommenden sogleich, ob er dahin fahre. Der Kutscher bejahete und Hugos süße Liebesträume schwanden. Zum Übermaß seines Unmutes hatte ein Kanzleirat von Berlin über das Innere der Kutsche zu disponieren und Hugo wusste es ihm wenig Dank, dass er so gefällig war, den Brautleuten, wie sie der Wirt dem alten Herrn vorstellte, die Mitreise zu gestatten.

Nach kurzem Verweilen rollten die drei Reisenden der galanten Lindenstadt zu. Der Kanzleirat verwickelte Hugo in ein langes Eisenbahngespräch und kaum durften die Verliebten einige zärtliche Blicke wechseln. Gut war es, dass dieselben ihre Maßregeln schon getroffen und Paulina Hugo für nächsten Abend ein Rendezvous gegeben hatte, denn die Pferde trabten rasch und L... war erreicht, ehe Hugo, der verdrießliche Bräutigam, wie ihn der Kanzleirat scherzhaft nannte, es sich versah.

Der Berliner stieg vor der Post aus; Hugo und Paulina im P..., von wo sie in ihre Wohnung gingen, nachdem mit tausend Schwüren Treue, Liebe und was die Hauptsache, Rendezvous versichert worden waren.

Als das Romantische dieses Reiseabenteuers sich verflüchtigt, denn Hugo ging wieder auf L...s Straßenpflaster, trat die Prosa seines Verhältnisses vor die Seele des Leichtsinnigen. Welche Ausflüchte sollte er dem armen Mädchen machen, das auf seine glückliche Wiederkunft ihres Lebens Hoffnung baute?

Er trat in seine Wohnung. Seine kleine, holde Laura lachte ihm entgegen und die Mutter hing mit fragenden, ängstlichen Blicken an seinem Gesichte.

»Warum bist du so verdrießlich, guter Hugo?«, fragte sie endlich und Tränen ersticken schon ihre zitternde Stimme.

»Man hat mir die Ausfertigung der zu unserer Heirat nötigen Papiere verweigert«, entgegnete Hugo, und das Gewissen gab ihm einen Stich.

»Ach ich Arme«, weint Emilie, das unglückliche Opfer leichtsinniger Jugendliebe; »ach du unglückliches Würmchen«, haucht sie in einem schmerzlichen Kusse auf die Stirn des unschuldig lächelnden Kindes. Hugo war nicht hartherzig, und wenn er auch Emilien nicht mit dem Feuer der ersten Jugendliebe liebte, so wusste er doch ihre trefflichen Eigenschaften zu schätzen und liebte dabei sein Kind über alles; aber

Hugo war leichtsinnig, die Regungen seines Herzens waren nur von kurzer Dauer und wichen schnell andern Eindrücken.

Zwei Freunde, die seine Ankunft erfahren hatten, kamen, ihn zu einem Spaziergange abzuholen. Hugo fand Gelegenheit, seine Reiseliebschaft mit allem ihm zu Gebote stehenden Mitteln der Fantasie und noch jungen Leidenschaft ausschmückend zu erzählen und vergegenwärtigte sich dadurch der verführerischen Kurtisane Bild so sehr und malte sie sich selbst mit so lebhaft lockenden Farben, dass seine Emilie ganz aus seinem Herzen verschwand. O hätte damals ein treuer, besonnener Freund Hugos Erzählung mit angehört, er hätte den Leichtsinnigen vielleicht gewarnt und die Folgen mit wirklichen Farben gemalt, statt wie jene Freunde die Sache ergötzlich und die angesponnene Intrige der Fortsetzung wert zu finden.

Emilie weinte und Hugo kam wenig nach Hause. Er wusste, dass die Arme Ursache hatte zu klagen und zu weinen, und darum mochte er diese gerechten Tränen nicht sehen, weil sie ebenso viel Vorwürfe für ihn waren, wenn auch Emilie mit Worten sich sanft und freundlich zeigte.

Am folgenden Abend sah er Pauline wieder. Sie bestrickte heute das schwache Herz des Verirrten noch mehr; denn sie spielte die Reuige und wünschte sich fort aus dem Hause, wo täglich und stündlich das feile Spiel der Sinnenlust sich wiederholte. Hugo hielt diese Sehnsucht nach einer einsameren Stellung für Liebe zu ihm und drängte sie, ihren Entschluss bald ins Werk zu setzen.

»Ach wie gern«, entgegnete Paulina, »erfüllte ich recht schnell und bald Ihren Wunsch, teurer Hugo, wenn ich nur nicht gezwungen wäre, Ihnen untreu zu werden, um die nötigen Mittel zu haben.«

Hugo schreckte zusammen; diese Sprache, diese deutliche Sprache der Kurtisane hätte ihn zur Vernunft bringen sollen; denn er war nicht reich; aber er hörte nur die Stimme der Leidenschaft, er drückte seine volle Börse in ihre Hand und hielt dann noch für Liebe, als Paulina zärtlich seinen Wünschen entgegenkam. Dass er bezahlte, wie jeder andere, nur in einer delikateren Weise, kam ihm nicht in den Sinn, zumal sich Paulina dankbar erwieß; denn schon am nächsten Abend weihete sie ihm ihre Liebe in einem eigenen, zierlich eingerichteten Zimmer der P...er Vorstadt. Auch diesen Vorzug hatten Emilie und Laura erkaufen helfen, denn sie mussten fortan darben, damit Paulina ihrem Hugo *treu bleiben* konnte.

Monden vergingen und Emilie weinte immer noch; und Hugo ließ sie darben und weinen. Seines holden Töchterchens Lächeln rührte ihn wohl manchmal, aber ein Besuch bei Paulinen ließ ihn alles vergessen. Doch bald war auch Paulina nicht mehr vermögend, die Falten von seiner Stirne zu bannen, denn Hugo verlor den Frieden seines Herzens. Er fühlte seine Schuld, fühlte, was es heißt, das Herz eines treu liebenden Mädchens zu brechen, und *doch brach er es.*

Emiliens Tränen fingen an, ihn – zu langweilen. Er sagte es ihr unverhohlen und erklärte ihr zugleich, dass er bis zu der Zeit ihrer möglichen Verheiratung wieder allein wohnen wolle. Als Grund schützte er das lästernde Gerede der Leute vor.

»Achtetest du doch sonst so wenig auf dergleichen Gerede«, sagte die unglückliche Emilie.

Hugo antwortete nicht und zog aus. Emiliens Tränen flossen an diesem Tage reichlicher als je; sie wusste, dass nun alles verloren sei und ahnete Hugos Untreue.

Nur selten besuchte er sie und sie wusste nichts von seinem Tun und Treiben. Da brachte eines Tages der Briefträger einen Brief an Hugo. Er war noch in dieses, sein früheres Logis adressiert und von Frauenhand geschrieben. Emilie nahm ihn an und – die Versuchung war zu stark für sie – sie öffnete ihn. Er war von Paulinen. Sie schrieb:

Teurer Hugo,
Sie machen sich selten. Seit zwei Tagen warte ich mit Ungeduld, Ihnen die süße Nachricht zu bringen, dass Sie bald … werden. Ich erwarte Sie heut Abend und hoffe, Sie werden mit Ihrer Gegenwart beglücken

Ihre ewig treue Paulina.

Blutige Tränen Emiliens nässten den Brief der Kurtisane. Ach, auch sie hatte sich wieder vergessen im festen Vertrauen auf Hugos Redlichkeit. Ein zweites unglückliches Geschöpf regte sich unter ihrem Herzen. Das Maß ihres Leidens füllte sich mehr und mehr. Emilie siegelte den Brief wieder zu und sandte ihn mit der neuen Adresse an Hugo.

Hugo war zu zerstreut, um zu bemerken, dass der Brief eröffnet gewesen und riss ihn hastig auf. Die Lesung desselben stimmte ihn nicht heiterer. Er war in Geldverlegenheit. Der Buchhändler gab keinen

Vorschuss mehr. Paulinens Treue war kostspielig. Sie hatte die Wohnung gewechselt, wie er aus der unter ihrer Namensunterschrift befindlichen Wohnungsanzeige ersah. Und dieses war der Faden, an den das Schicksal das Ende von Emiliens Leiden knüpfte. Die Unglückliche hatte sich die Wohnung ihrer Nebenbuhlerin aufgemerkt und gedachte, den treulosen Hugo zu belauschen. Er hoffte diesen Tag auf Geld und erhielt mehr, als er erwartet. Nach mehrtägiger Verlegenheit musste ihn dieses umso mehr erfreuen. Er eilte zu Paulinen und dachte nicht Emiliens, welche darbte und an einer trockenen Brotrinde nagte.

Als Hugo aus seinem Hause getreten, hatte er nicht bemerkt, dass ein junges Weib mit einem schlafenden Kinde auf dem Arme ihn erwartete; noch weniger gewahrte er, dass sie ihm von Weitem folgte, und ein schmerzliches Ach über ihre Lippen schlüpfte, als er bei Paulinen eintrat. Was sollte sie tun, da sie nun wusste, dass Hugo bei seiner Buhlerin war? Sollte sie eintreten und ihn an seine Pflichten mahnen? Nein! Dann hätte sie den Unwillen Hugos, den Hohn seiner Mätresse dulden müssen. Die Vernunft und Klugheit behielten die Oberhand, sie tat nichts, was ihr und ihrem Kinde unterm Herzen hätte schaden können, denn sie gedachte ihrer Pflichten, die sie gegen dieses, wie gegen das schon lebende hatte.

Wer aber konnte es hindern, dass ihr Herz im Busen sich wandte und blutige Tränen die noch schlafende Laura beträufelten? Hugo, der es vermocht hätte, dachte in den Armen Paulinens nicht daran, ihren Hunger zu stillen.

Emilie kehrt nach Hause zurück. Nach einer schlaflosen traurigen Nacht reicht sie am andern Morgen dem hungrigen Kinde das letzte trockene Semmelschnittchen. Wovon soll sie sich und Laura heute nähren, wenn Hugo nicht kommt?

Der Abend naht. Emilie kann die weinende Laura nicht mehr besänftigen; sie hat kein Licht anzuzünden; kein Holz, die kalte Stube zu wärmen. Da geht sie, die Schwache, Kranke mit letzter Kraftanstrengung zu einem Bruder, um ihn um einige Groschen anzuflehen. Der Harte antwortet ihr: »Gehe zu dem, der dich ins Elend geführt.«

Emilie geht; Gram und Verzweiflung im gemarterten Busen. Hugos Fenster sind erleuchtet. »Er ist zu Hause«, denkt sie, »er wird vielleicht allein sein. O möge der Barmherzige, möge das Weinen des Kindes ihn erweichen, wenn mein Kummer und Elend es nicht vermögen.«

Sie ist die Treppe hinangestiegen und fragt nach Hugo. Ein Dienstmädchen zeigt ihr sein Zimmer und sieht mit mitleidigem Achselzucken dem wimmernden Kinde nach. Emilie klopfte leise mit zitternder Hand. Man hört nicht.

»Sie werden nicht willkommen sein«, sagt das Dienstmädchen, welche stehen geblieben, halblaut vor sich hin und ruft dann Emilien zu: »Klopfen Sie stärker, er ist drinnen.« Emilie klopft noch einmal und öffnet, ohne das »Herein« abzuwarten. O hätte sie nicht geöffnet, sie wäre nicht zusammengeschreckt, dass die arme, kleine Laura laut aufschrie, und durch ihren Schrei jenes Paar auf dem Sofa aus einem Taumel weckte, in dem sie Emiliens zweimaliges Klopfen überhört hatten.

Vernichtet wankte Emilie über den Saal hinweg.

Das mitleidige Dienstmädchen stillte die Tränen Lauras mit einem Butterschnittchen und leuchtete Emilien die Treppe hinab. Aber auf der letzten Treppe blieb sie leider noch zu zeitig zurück, denn die immer reichlicher hervorquellenden Tränen verdunkelten Emiliens Augen, sie verfehlte eine Stufe und stürzte. Laura flog aus ihrem Arm. Die herbeieilenden Hausbewohner hoben Emilien bewusstlos, ihr Kind mit zerschmettertem Köpfchen auf. Die letzten Stufen waren von Stein gewesen. Man brachte beide in das nahe Spital und noch in derselben Nacht endete ein Blutsturz Emiliens jammervolles Dasein.

Hugos zerknirschendes Schuldbewusstsein ließ ihn drei Tage lang Paulinen nicht besuchen. Er klagte sich als dreifachen Mörder an. Als aber das stille Grab die Geopferten in sich schloss, da ging er am Abend des vierten Tages seinen Schmerz in Paulinens Armen auf Augenblicke zu vergessen. Sie war zu Hause; ihre Fenster matt erleuchtet. Hugo eilte die Treppe hinauf, öffnete ungemeldet die Tür und – stand von der Strafe des ewigen Vergelters getroffen, vernichtet vor Paulinens Zimmer, wie Emilie vor dem seinigen gestanden.

Paulina lag in den Armen eines andern. Hugo steht einen Augenblick schweigsam; dann lacht er plötzlich laut auf und geht lachend die Treppe hinab.

Das rächende Geschick hatte ihn mit Wahnsinn gestraft.

Und das ist jener bleiche junge Mann, der auf dem Kirchhofe zu L... zu allen Zeiten des Tages umherirrt und wenn er müde geworden, ausruht an zwei frischen Grabhügeln, deren einer seine treue Emilie, der andere seine liebe, kleine Laura bedeckt. Er gedenket der Opfer seines Leichtsinnes; denn immer schreibt er mit dem Stocke ihre Namen; aber beweinen kann er sie nicht, denn der Wahnsinn hat ihm der Tränen lindernden Balsam geraubet. –

Die Kurtisane Paulina hatte wenige Tage, nachdem sie von Hugo entlarvet worden, mit einem jungen Engländer L... verlassen. –

# Die neue Griseldis

Ist Griseldis denn ein Wunder?
Oder ihre Tugend Plunder?
Können Weiber den verachten,
Dem sie süße Opfer brachten?
Weiß es nicht; – doch wer dies liest,
Merk, dass es ironisch ist. –

## 1. Erster Schauer

Ich war nach Leipzig zurückgekehrt. Diese Stadt wird einen ewigen Reiz für mich haben; denn welche andere ist für den Schöngeist so fruchtbar an Stoff zu Intrigen und Abenteuern, dass der Schöngeister großen Drang nach hier, ich mehr diesem Umstande, als dem blühenden, konzentrierten Buchhandel zuschreiben möchte. Schöngeister, ich meine Belletristen, brauchen Stoff zu Novellen, und wenn man nicht Novellen *erlebt*, ist's ein schwierig Ding, solche zu *schreiben*.

Und was jetzt in diesem Bezuge das eigentlich kleine Leipzig den größten Städten, insonderheit der Metropolis Frankreichs gleich?

Ich erwerbe mir, durch Beantwortung dieser Frage, die Gunst vieler schönen Leserinnen.

Denn wer will es leugnen, dass Leipzigs liebenswürdige Damen es sind, welche gleich Magneten, alle Eisenbahnen auf Leipzig ziehen, die Fremden locken, und uns zu manchen kühnen Abenteuern führen?

Also darum war ich nach Leipzig zurückgekehrt.

Mehrere Abende nacheinander strich ich, ohne meinen Zweck zu erreichen, an einem Hause der Vorstadt vorüber, das mir denk- und merkwürdig nicht nur, sondern auch geheimnisvoll anziehend war, wenn ich gleich befürchten muss, durch Erzählung des fraglichen

Abenteuers die erlangte Gunst der Leipziger Damenwelt wieder zu verscherzen. Daher finde es seinen Platz in einem besondern Kapitel, das man beliebig überschlagen kann.

Weil ich also mehrere Abende hintereinander an jenem Hause der Vorstadt *vergeblich*, denn ich sah nicht, was ich sehen wollte, vorbeigewandert war, – ging ich ein Stück weiter und gerade zum äußeren Tore hinaus. Der Abend war schön und da ich den ganzen Tag Verse geschmiedet hatte, verlor ich mich ins Freie und rief mit Kleist:

»Empfangt mich heilige Schatten, ihr Wohnungen süßer Entzückung, wenn ich auch gerade nicht in ›hohen Gewölben voll Laub‹ lustwandelte, ist mir doch immer die Nacht ›voll dunkel schlafender Lüste‹.« Ich ging auf einem Rain und weiß nicht, bis zu welchem Dorfe ich fortgeträumt wäre, hätte ich im Sternenlichte nicht eine dunkle Gestalt vor mir erblickt. Das war bedenklich, zumal wenn man bedenkt, dass ich keine Waffen, nicht einmal einen Stock bei mir führte; denn dass ich auch kein Geld hatte, das wusste doch der mutmaßliche Räuber nicht, und schlug mich erst tot, ehe er zu dieser für mich und ihn gleich traurigen Gewissheit kam. Während ich dieses sehr weise dachte, war ich auch natürlicherweise stehen geblieben, was immer ein Beweis von Mut war; da ich ja furchtsamerweise fliehen konnte. Die Gestalt bewegte sich zwölf bis zwanzig Schritte vor mir; wer hätte zählen können. War sie doch nahe genug, um zu hören, wie gewaltig es in meinem Herzen hämmerte.

Die Sterne flimmerten; die Lichter der Stadt schimmerten; die Kutschen rollten auf den fernen Landstraßen; Musik tönte von T...s Tanzsalon nur schwach und leise herüber. Ach, ein Walzer! Guter Strauß, der letzte, den ich von dir höre. O, wär' ich doch lieber da drüben unter den niedlichen Grisetten, als hier vor dieser ominösen Figur.

Die Gestalt erhält Bewegung und Leben. Ich zittre. Die Arme vagieren, ihre Hände halten etwas gefasst. Ich verliere keine Geste und starre hin, wie das von der Schlange erkorene Opfer in die Augen der Schrecklichen. Seht, da blitzt das Pulver von der Pfanne einer Pistole, die nicht gegen mich, die auf die Gestalt selbst gerichtet ist. Kein Schuss folgt, die Waffe hat versagt. Aber was hat dieser Blitz mir gezeigt! Habe ich recht gesehen? Eine Selbstmörderin! O könnte ich malen und meine Pinsel tauchen in die tragische Fülle jenes Momentes. Bleich, wie das fahle Licht des auffliegenden Pulvers, blickten krampfhaft verzerrt, aber noch schön, die Züge eines weiblichen Antlitzes, zwei große, starre tränentrockne Augen in das verderbliche Feuer. Die Gestalt war hoch und stolz; beide Hände hielten die tödliche Waffe gefasst und gegen den Busen gerichtet. Schnell war der Blitz und kurz der Augenblick, aber das schauerlich schöne Bild – wer kann es fassen aus trocknen Worten?

Ich hab' es gesehen und was ich gedacht, weiß ich nicht; aber gefühlt hatte ich, denn als ich die Gegenwart erkannte, stand ich bei ihr und hielt die Hand gefasst, welche die Waffe zum zweiten Male heben wollte.

»Unglückliche, was wollen Sie tun?«

»Lassen Sie mich, ich beschwöre Sie!«

Wir rangen um die Waffe, die auf den Boden fiel; sie suchte sie nicht aufzuheben; in namenloser Zerrüttung sank sie stöhnend in sich zusammen. Lange währte ihr Schweigen und ich betrachtete sie, die stolze Gestalt, zerknirscht in den Tau des Abends gebeugt. Reiche Kleidung schimmerte im matten Sternenlichte. Tiefe Seufzer erleichterten ihre Brust und endlich betete sie, anfangs verworren, dann aber sprach sie fest:

»Allmächtiger, ich danke dir; du hast mir verziehen und mich gerettet. Möge mein Retter ein edlerer seines Geschlechtes sein, als der, der mich hierher geführet.«

Und sie erhob sich nach diesen Worten und wandte sich zu mir:

»Wer sie auch sein mögen, edler Mann; ich nenne Sie so, weil Sie es sein müssen, wenn Sie durch Ihre Tat mich nicht noch elender machen wollen; Sie werden schweigen?«

Ich hob die Rechte zum reichgestirnten Himmel: »Wenn diese nicht reden, wird niemand wissen, dass Sie schwach sein konnten.«

Sie bebte zusammen. »Schwach sein konnte?«, sprach sie langsam nach. »Ach, dass ich es war; aber wer hat es Ihnen gesagt?«

Die Arme hatte mich missverstanden und sich verraten.

»Hab ich es nicht gesehen?«, fragte ich und konnte ein Lächeln nicht unterdrücken, welches dem Tone eine geringe Beimischung gegeben haben mochte, denn sie ward sichtlich verwirrt und rief dann:

»O wie grausam benutzen Sie ihre kaltblütige Stimmung, um ein zweites Geheimnis meiner Brust zu entringen. Möchten Sie, da ich leben soll, mich nie vor andern als vor Ihnen und meinem eigenen Schuldbewusstsein erröten lassen.«

»Und möchte ich Ihnen bald beweisen können, dass wenn ich nicht ein Besserer, doch wenigstens ein anderer bin als viele meines Geschlechtes«, erwiderte ich und bot der Unglücklichen meinen Arm.

Lange sah sie mich schweigend an, als wolle sie mit ihren Augen die Nacht durchdringen, um in meinen Zügen zu lesen; dann nahm sie den dargebotenen Arm und sagte:

»Ich vertraue Ihnen. Das Schicksal hat sie mir gesandt und das wird nicht immer grausam sein.«

Ich erwiderte nichts, erwägend, dass Worte nicht immer Vertrauen in dem Maße einflößen, als sie es in den setzen musste, welcher mit zwei Geheimnissen ihre ganze weibliche Existenz in seiner Brust trug. Wenn Vertrauen nicht schnell durch Handlungen erweckt wird, so muss es langsam mit der Zeit kommen.

Schweigend gingen wir nebeneinander, denn musste nicht wenigstens ihre Stimmung Schweigen bedingen? Ich konnte freilich den sanguinischen Adamssohn nicht verleugnen, und die grausame, körperliche und geistige Lage der Unglücklichen vergessend, fragte ich mich, ob sie wohl hübsch ist? Denn die Züge jenes Momentes, wo der Pulverblitz ihr Gesicht erleuchtet, waren nicht natürlich, nicht eigentümlich, waren gespensterhaft bleich verzerrt, aber doch grässlich schön gewesen. Ich mochte sie nicht festhalten, wenn sie mir auch heute bei der Erinnerung an jenen Moment schaurig entgegen starren; mochte sie nicht festhalten, weil ein warmer, weicher Mädchenarm in dem meinigen ruhte, weil das leichte Anstreifen eines weiblichen schlanken Körpers während des Gehens mir sanftere Vorstellungen erweckte.

Ich tröstete mich und meine Zweifel mit der Nähe der Stadt und des zu erwartenden Gaslichtes. Aber leider war gerade dieses der Umstand, welchen meine Begleiterin fürchtete.

Kaum näherten wir uns den ersten Häusern der äußersten Vorstadt, als sie plötzlich aus ihrem tiefen schmerzlichen Sinnen aufschreckte und ihren Arm heftig aus dem meinigen löste.

»Hier müssen wir uns trennen!«, rief sie.

»Trennen?«, fragte ich kleinlaut.

»Ja, trennen«, erwiderte sie fest. »Was nützt es Ihnen, mehr zu erfahren, als Sie schon wissen. Ist es Ihnen nicht genug, im Besitz zweier grässlichen Geheimnisse – meiner Schande, meines Verbrechens zu sein? Sie sind ja ein anderer als viele Ihres Geschlechtes; beweisen Sie es; verlassen sie mich!«

»Aber ...«

»Aber – diese kleinliche Neugierde, meine Wohnung, meinen Namen zu wissen, in das bleiche Gesicht einer Verbrecherin zu schauen, steht – soll ich es sagen? – nur einem Weibe.«

Ich biss mir in die Lippen und ging einige Schritte vorwärts. Sie glaubte, dass ich mich entfernen wollte und rief mir nach:

»Leben Sie wohl und gedenken Sie einer Unglücklichen, indem Sie ihre Geheimnisse ehren!«

Aber ich ging nicht; der weichere Ton ihrer Stimme fesselte mich. Ich trat rasch auf sie zu und fasste ihre Hand. »Geloben Sie mir«, sprach ich mit einer Stimme, die sie zu rühren schien, »geloben Sie mir zu leben und wenn es sein soll, zu leiden.«

»Ich gelobe es Ihnen, bei den einzigen Zeugen dieser Stunde.« Die Sterne glänzten in zwei großen Tränenperlen ihrer zum Himmel gehobenen Augen. Sie war erweicht. Ich wagte weiter zu sprechen: »Und halten Sie ferner nicht für kleinliche Neugierde das aufrichtige, höhere Interesse, welches ein teilnehmendes Herz für Sie und Ihre Leiden fühlt. Geben Sie mir, wie und wann es sei, ein Zeichen Ihres Lebens oder gestatten Sie, dass ich Ihnen, wenn Sie je meiner bedürfen, die treuesten Dienste weihe.«

»Sie fordern, was ich kaum gewähren kann und versprechen, was Sie bereuen würden; wenn ich es in Anspruch nähme. Aber es sei. Geben Sie mir Ihre Adresse.«

Ich riss das Kuvert von einem Briefe.

Sie empfing es.

»Und nun gehen Sie, edler Mann. Wenn aber der Mond seinen Wechsellauf beendet hat, und Neumond die Abende wieder dunkel lässt, wie heute, und ich noch keinen Gebrauch von diesem Blatte gemacht, dann kehren Sie eines Abendes zurück an diese Stelle zur selben Stunde.«

Sie sprach das langsam und fast feierlich. Mein Herz bebte, als wenn Sie mir eine Liebeserklärung gemacht hätte und ihre feine Hand noch einmal drückend, verließ ich sie, wähnend, einen Gegendruck empfunden zu haben.

Ich ging; nicht ohne zu öfteren Malen nach ihr zurückzusehen. Sie folgte mir mit den Augen und als ich bei einer Krümmung des Weges noch einmal nach ihr umschauen wollte, war sie verschwunden oder die Nacht verhüllte sie meinem Blicke. –

Was ich an diesem Abende noch tat, können nur die verraten, welche zuweilen Narren sind, wie ich.

Ich ging wohl bis tief in die Mitte der Stadt, aus Furcht, sie möchte mir folgen und mein Umkehren übel deuten und dann ihres Versprechens am ersten Neumondabende mich wiederzusehen, sich enthoben achten. Nach mehreren Wendungen nahm ich aber wieder die Richtung nach jener äußersten Vorstadt und war bald wieder im Freien; suchte und fand die Stelle, wo ich die Pistole ihren Händen entwunden, und saß auf dem Rain und starrte in die Nacht. Aber kein Pulverblick erhellte sie, auch kein Mondenschein, sonst hätte ich meiner Brieftasche und der Nachwelt vielleicht Verse geliefert, durchsichtig wie Mondenschein und fahl wie Pulverblitz.

Als ich mich aber wieder in meinen vier Pfühlen sah und mich zerstreuen wollte, zwang ich mich, an ein anderes weibliches Wesen zu denken, eine weniger tragische Situation und Aventüre zu schildern und schrieb das folgende Kapitel.


## 2. Liebesschauer

Es gibt gewisse Menschen, welche sagen: Wenn ein schöngeistiger, humoristischer, satirischer, sentimentaler und andere Schriftsteller auf Reisen geht, so hat er ein Abenteuer erlebt, ehe er die nächste Station erreicht, während andere vernünftige Leute – die gewissen Menschen meinen sich – die halbe Welt durchreisen können, ohne dass man ihnen nur ein einziges Mal zuruft: »*La bourse ou la vie!*«, ohne dass eine hübsche Sünderin ihnen zulispelt: »*Ah, Monsieur, vous êtes trop aimable; on ne vous peut rien refuser.*« Diese gewissen Menschen sind aber so gewöhnliche Individuen der Menschengattung, dass der *grand brigand* und die *petite grisette* sie der Drohung und Verführung gar nicht würdig erachten; und Räuber und Grisetten haben doch bekanntlich eine feine Distinktionsgabe.

Ich aber glaube, als *habitué au café d'amour* behaupten zu können, dass man wohl Abenteuer erlebt *par hasard*, am meisten aber *par desir*, das heißt, wenn man sie sucht.

Man braucht gar nicht einmal auf Reisen zu gehen, um solche zu erleben, wenn man nur will. So erging es mir während meines akademischen Quinquennimus, das heißt, während der fünf Jahre, die ich mich Studierens halber in Leipzig aufhielt, dass, wenn ich mit einem gewissen Kommilitonen spazieren ging, ich nicht imstande war, nur einmal eine *aventure d'amour* zu finden und zwar aus dem einfachen Grunde, weil der sehr werte Commilito auf sein glattes Gesicht und seine braungelockten Haare zu eitel und mit seinen Beinen zu bequem war, als dass man ihn hätte bewegen können, einem hübschen Mädchen zu Gefallen umzukehren, oder einen Umweg zu machen, um an der Pleiße Strande Blumen zu pflücken und Wassernymphen zu necken. Auch pflegte er in den Tanzsalons den dicken Mädchen, die er besonders liebte, Bier vorzusetzen, während ich meine Belles mit Punsch und Nekos überschwemmte. Folge war, dass man mir sagte: »*On ne vous peut rien refuser*«, während er allein nach Hause ging oder höchstens ein »*Bon soir sans baiser*«, ein trocknes Gute Nacht hörte.

Die gewissen Menschen, denen ich hierdurch die Möglichkeit aller möglichen Abenteuer beweisen will, werden allerdings sagen, das sind liederliche Abenteuer eines liederlichen Bonvivant. Gut. War aber das im vorigen Kapitel erzählte auch eins der liederlichen Art? Und hätten sie es erlebt, sie, die ihre faulen Beine des Abends kaum vor die Türe setzen, geschweige denn auf einen im Abendtau gebadeten Feldraine bei Sternenflimmer wandeln? Sie, die am Tage in der Postchaise und abends im Hotel schlafen, begegnen keinen Räubern in den Abruzzen, sie müssten denn von Frankonis Reiterbude träumen.

*Sapienti sat.*

Zwei Monate vor der Begegnung mit jenem rätselhaften Mädchen, hatte ich, von Paris kommend, Leipzig berührt, indem ich nach Berlin reiste; und weil ich trotz Paris und London, Leipzig doch insbesondere goutierte, ihr Mädchen wisst, warum, so hielt ich mich zwei oder drei Tage daselbst auf. »Berlin lernst du Zeit genug kennen«, dachte ich, und ging ins Theater. Madame Dessoir entfaltete all ihr höheres Talent in der Rolle der Griseldis und ich würde sie gern länger bewundert haben, wenn dem Stücke selbst nicht die einem Drama so nötige tragische Erhebung abginge, da man nach einer zweistündigen Folter als Pointe des fünften Aktes weiter nichts sieht, als wie Griseldis den grausamen Percival, um mit der Sprache des gemeinen Lebens zu reden, *abfallen* lässt. Ich war aus einer Parterreloge herausgetreten, und weil der Abend regnerisch und kühl war, wickelte ich mich in meinen Mantel und wollte im Schatten eines Pfeilers einen Freund erwarten, dem ich im Theater wegen meiner morgenden Abreise ein Rendezvous gegeben hatte. Plötzlich öffnete sich die Tür einer Seitenloge und ein Mädchen tritt heraus, hoch und schlank von Wuchs, ein schönes griechisches Profil, blitzende Augen, stolze, aber leidenschaftliche Haltung. Sie blickte sich forschend um, sah mich und eilte rasch auf mich zu. »Mein Gott, Theodor, was haben Sie denn heute? Sind Sie eifersüchtig, weil ein fader Geck an meiner Seite sitzt? Warum kommen Sie so spät, dass ich den für Sie aufbewahrten Stuhl einem andern erlauben musste? Gehen Sie, bestellen sie einen Wagen, ich mag nicht länger bleiben; Sie peinigen mich; der Geck ennuiert mich und das Stück könnte mich rühren, wenn es natürlicher wäre. Aber so gehen Sie doch, Theodor; erwarten Sie mich drüben auf der Promenade; ich mag hier vor dem Hause nicht einsteigen. Gehen Sie!« Sie schob mich aus der Halle und ich ging ohne zu sagen: »Ich bin nicht Ihr Theodor.« – »Komme, was da wolle«, sagte ich zu mir; »die Schuld ist nicht mein.«

Ich bestellte einen Wagen und ließ ihn an einer dunklen Stelle der Promenade halten. Nach fünf Minuten saß ich an der Seite der schönen Unbekannten. Beim Einsteigen hatte sie dem Kutscher zugerufen, in die …straße, Nummer 12; und wir rollten dahin.

Sie musste ihren Theodor für mit Recht schmollend glauben, denn Sie spielte die Reuige, Zärtliche, Liebkosende und mein Stummsein fiel ihr nicht eben auf.

»Bist du noch böse?«, fragte sie und hing sich an meinen Hals.

Ich antwortete nicht und wäre bald aus der Rolle gefallen, denn in welcher Skala war der Ton zu suchen, mit welchem Theodor ja oder nein zu sagen pflegte?

»Bist du noch böse, bester Theodor?«, fragte sie noch dringender und beugte ihr schönes Antlitz näher an mich, dass ihr süßer Hauch mein Gesicht berührte. Glücklich! Die Skala war gefunden, ich antwortete mit einem – Kuss. O wie war der Einfall so köstlich, die Antwort so natürlich und der Lohn so süß. Sie küsste mich tausendmal wieder, umarmte, drückte, herzte mich – denn ich hatte ihr verziehen. Ich setzte gleichfalls die stumme Sprache der Liebe fort und auf der gefundenen Skala, eine wahre Himmelsskala, gab es bald keinen Ton mehr, den ich nicht angeschlagen hätte.

Der Wagen hielt. Gott, wie glücklich war ich, dass in dieser Straße noch keine Gaslaternen brannten. Ich sprang aus dem Wagen, hob sie heraus und der Kutscher fuhr weiter. Darauf zog sie die Klingel; die Tür öffnete sich durch einen Druck von oben und wir traten ein. Ich drückte die Tür hinter mir zu.

»Was tun Sie, Theodor?«, fragte sie erschrocken über mein Benehmen. Ich blieb stumm, suchte ihre Hand, erfasste sie bebend, zog die schöne Betrogene an mich und küsste sie mit allem Feuer, welches die Erwartung eines sinnlichen Glückes durch meine Adern goss. O, was ist der Kuss doch für eine reiche, biegsame und vielbedeutende Sprachform des Herzens. Ich hatte noch kein Wort geredet und die Schöne hatte es so wenig bemerkt, dass sie mich im Gegenteil in diesem Augenblicke für sehr beredt hielt. Sie hatte verstanden, um was dieser letzte, brennende Kuss flehete, sein Feuer hatte sich ihr mitgeteilt; sie drückte meine Hand, führte sie an den stürmischen Busen und heftete ihre süßen Lippen in einem langen Kusse auf meinen Mund. Dann stammelte sie: »Um Gottes willen, sprich keine laute Silbe, guter Theodor, der Vater, die Dienstboten kennen deine Stimme.«

O Amor, konntest du gegen einen Sterblichen wohl günstiger sein?

Sie hielt mich bei der Hand und geleitete mich leise über die Hausflur, die Treppe hinauf in das erste Gestock. Dort öffnete sie am Ende einer langen Galerie ein Zimmer. Es war das süß duftende Boudoir der Schönen. Wir traten ein. Sie wollte Licht machen. Ich wehrte ihr. Sie unterließ es.

Als ich des Morgens erwachte, fand es sich, dass Amor uns weicher noch gebettet hatte als auf dem Sofa. Noch einen Kuss; sie erwachte.

Der Tag fing an zu grauen; ich verließ sie und verließ das Haus.

Ich eilte durch Leipzigs Straßen nach meinem Hotel; fand mein Zimmer und warf mich halb entkleidet ins Bett. Ich war todmüde.

Die Sonne brannte durch die Fenster, als ich erwachte. Der benachbarte Rathausturm schlug eins. »Befehlen Sie auf dem Zimmer zu speisen?«, fragte ein eintretender Kellner. »Jawohl«, entgegnete ich. Es wurde serviert. Kaum hatte ich gegessen, als ein Postschaffner eintrat.

»Ihren Koffer, mein Herr; in einer halben Stunde geht der Eilwagen.«

»Wohin denn?«, fragte ich erstaunt.

»Nach Berlin; Sie sind doch der Herr, der aus diesem Hotel mitfährt?«

»Ach verdammt! Ja, ich bin's; dort ist der Koffer. Ich entsann mich eben erst, dass ich gestern Auftrag gegeben hatte, mich auf der Post nach Berlin einschreiben zu lassen.«

Nun gut! Sind die Reisegefährten langweilig, bleibt mir doch eine süße Reminiszenz zur Unterhaltung.

Nach einer halben Stunde war die Deichsel nach Berlin gekehrt.

## 3. Das Rendezvous

Ich war also in Berlin gewesen, als ich an jenem Abende der stolzen Selbstmörderin die Waffe entwand, und einige Tage vorher an einem Hause der Vorstadt vergeblich auf und nieder gegangen war. Der Grund dieses Hin-und-Herwandelns war aber nicht allein der Wunsch, die wiederzusehen, welche mich für ihren Theodor gehalten, – es war noch ein andrer Umstand, der mich wegen jenes nächtlichen Abenteuers zuweilen selbst beunruhigte. Im Anfang meiner Reise hatte ich wirklich, wie ich gefürchtet, langweilige Gefährten und ich musste mich mit meinen Gedanken unterhalten. Dass diese auf das zunächst Vorhergehende gerichtet waren, braucht nicht erwähnt zu werden, wohl aber, dass ich plötzlich an meiner Hand einen kostbaren Ring glänzen sah. Ich erstaunte, betrachtete denselben näher; fand aber nichts, was ihn auszeichnete, als dass er massiv golden und mit einem scheinbar sehr wertvollen Stein gefasst war.

Ich fragte einen jüdischen Reisegefährten:

»Was glauben Sie wohl, dass dieser Ring wert ist?«, und zog denselben von meinem rechten Mittelfinger.

Der Jude nahm ihn in die Hand, prüfte lange und sagte endlich: »Wenn ich sollte ihn kaufen, würd' ich geben können sechs Louisdor.«

Der Ring war also mindestens 12 Louisdor wert und das beunruhigte mich. Ich sah mich genötigt, mir den ganzen Verlauf des nächtlichen Abenteuers zu detaillieren und das war keine unangenehme Beschäftigung; es verkürzte mir meine Reise und ich fand endlich, was ich suchte.

Felicie hatte bei meinem Weggange zu mir gesagt: »Theodor, ich erwarte, du wirst mit meinem Vater sprechen.« Bei diesen Worten schob sie den Ring an meinen Finger als symbolisches Zeichen unserer Vereinigung.

Daher der Ring, aus dem mir Schalk Amor manch indiskretes Wort zuflüsterte!

Armer Theodor, arme Betrogene, euer Glück steht auf dem Spiele! Und der Ring? Das sah wie ein Diebstahl aus. Ich konnte mich trotz meines Epikureismus des Abenteuers kaum noch freuen.

Ich wünschte wenigstens, den Ring zurückgeben zu können und darum war ich wieder in Leipzig, wo mich das auf so lange hinausgeschobene Rendezvous mit der mutmaßlich *schönen* Selbstmörderin länger zu verbleiben zwang, als ich anfangs gewollt hatte. Ich arrangierte meine literarischen Arbeiten, um die vier Wochen mit möglichst größtem Nutzen hinzubringen, da trat der Briefträger herein.

»Ein Briefchen per Stadtpost; nichts zu entrichten. Guten Morgen, Herr Doktor.«

»Sehr lakonisch«, dachte ich und besah die Aufschrift des Briefes. Mein Gott, eine zierliche Frauenhand. Das Siegel? Ein adeliges Wappen. Ist denn der Brief wirklich an mich? Ja, ja, hier steht's mit wundernetten Buchstaben: »Sr. Wohlgeboren Herrn Dr. Ferdinand Hasus«.

Ich suchte meine Schere; denn diesen Brief konnte ich unmöglich aufreißen. Gott, wo ist denn mein Etui. Nirgends, nirgends; ich muss es verloren haben. Ich klingelte und schrie dem herbeieilenden Kellner entgegen: »Eine Schere!« Er holt sie.

Aber Götter, wie lange bleibt er! Endlich bringt er eine ellenlange Papierschere.

»O Sie – Pinsel, hätte ich fast gesagt. Eine kleine, ganz kleine, niedliche, scharfe, spitze.«

»Dort liegt ja eine solche, wie mir scheint«, erwidert lächelnd der Kellner.

»Wo denn?«

»Da, da! Im Etui auf dem Spiegeltische.« Er reicht sie mir.

»O ich – Pinsel!«

»Befehlen der Herr Doktor noch etwas?«

»Dass Sie gehen.« Der Mensch lachte und ging. Ich löste mit möglichster Vorsicht das Siegel und zerriss den Brief in zwei Hälften beim Entfalten, denn er war von innen noch einmal gesiegelt. Wie doch die Weiber ihre Briefe pflastern. Ich hielt die Hälften zusammen und las:

»Wenn Ihr Interesse an meinem Geschick aufrichtig ist, so missdeuten Sie es nicht, wenn ich Sie um das auf nächsten Neumond gegebene Rendezvous schon heute bitte.«

Keine Überschrift, keine Unterschrift. Verdammt kalt und stolz; aber doch erfreulich! Man muss dem adeligen Wappen schon etwas zugute halten. Also meine schöne Selbstmörderin – Gott, wenn ich doch einen andern Namen für sie wüsste. Immer und ewig Selbstmörderin, das riecht so sehr nach Pulver. Aber auch nicht einmal den Vornamen zu unterschreiben, das ist doch gar zu vorsichtig; den muss sie mir heut Abend wenigstens sagen.

Die Stunden verfließen langsam, aber nicht unangenehm in der Erwartung der Dinge, die da kommen sollen. Hundertmal frage ich mich, was mag sie wollen und ebenso viele Male antwortete ich mir: »Werden sehen.« Dass sich nebenbei meine Eigenliebe mit etwas ganz Besonderem schmeichelte, lässt sich denken. Leider sind aber eigenliebige Erwartungen den meisten Täuschungen unterworfen.

Endlich schlug die Glocke acht und ich trat meine Wanderung an; denn zwischen acht und neun Uhr mochte es gewesen sein, als ich sie gestern Abend getroffen. Und wenn meine Ungeduld mich zeitiger an den bestimmten Ort trieb, konnte es doch nimmer meiner Galanterie Eintrag tun.

Aber wer malt mein Erstaunen, als ich mich dem Orte, wo ich sie gestern verlassen, langsam nähernd, ihre hohe Gestalt von Weitem erblickte?

Sie erkannte mich und trat mir einige Schritte entgegen. Ich wollte mich entschuldigen.

»Entschuldigen Sie sich nicht, mein Herr, Sie können nichts dafür, dass meine Ungeduld größer war als die Ihrige.«

Kalt, entsetzlich kalt, aber doch bezaubernd. Ihre Ungeduld größer als die Meinige? Welche Aussichten!

»Ich würde mich unendlich glücklich schätzen, wenn ich Ihren Wünschen ...«

»Keine überflüssigen Versicherungen, mein Herr; ich liebe Sie nicht, weil ich den geringen Wert derselben kenne. Dass ich Ihnen mehr Vertrauen schenke, als ich je einem Manne wieder schenken zu dürfen glaubte, beweist unser Hiersein. Vielleicht kommt bald die Zeit, wo ich in diesem Vertrauen Ihren gütigen Beistand in Anspruch zu nehmen wage. Wollen Sie mir aber für jetzt nur eine Frage beantworten? Kennen Sie den Baron D...?«

Ich staunte und bejahte.

»Stehen auch mit ihm in Briefwechsel?«, fragte sie noch.

»Ja«, erwiderte ich, immer mehr in Verwunderung gesetzt.

»Er ist Ihr Freund?«, fragte sie weiter.

»Wenn man flüchtige Bekanntschaften der Jugend Freundschaften nennt, – ja!«

»Wann lernten Sie ihn kennen?«, fuhr sie fort.

»Vor ungefähr zwei Monaten in Berlin; er kam einige Tage nach mir von Leipzig dahin. Wie mir schien, hatte er unangenehme Erfahrungen in Leipzig gemacht.«

»Hat er Ihnen nie gesagt, warum er Leipzig verlassen?«, fragte sie gespannt.

»Nein«, erwiderte ich; »er vermied davon zu sprechen und ich dringe nicht gern in Geheimnisse anderer.«

Sie schwieg und schien unbefriedigt von meinen Antworten.

»Aber«, brach ich dann das Stillschweigen, »was kann Sie bewegen, mein Verhältnis zu Baron D. so genau kennenzulernen?«

»Darf ich, ohne Sie zu beleidigen, diese Frage unbeantwortet lassen?«

»Ganz nach Ihrem Belieben«, entgegnete ich wirklich verletzt.

»Sie fühlen sich beleidigt?«, fragte sie plötzlich mit einer Stimme, die Rührung verriet. »O, verkennen Sie mich nicht und sein Sie überzeugt, dass nur der Gedanke an eine grausame Täuschung mein Benehmen schroff und kalt macht.« Sie fasste bei diesen Worten meine Hand, drückte sie leise und sagte: »Werden Sie nicht am Ende alles wissen? Ach gönnen Sie mir doch Zeit, die Gedanken meines armen, zerrütteten Kopfes zu ordnen.« Ihre Stimme ward immer milder und fast klagend sagte sie: »Wir schwachen, hilfsbedürftigen Frauen sind so glücklich, wenn wir Männern vertrauen dürfen; o dass wir es nur nicht so oft bereuen müssten!«

Sie stand eine Zeit lang schweigend und in sich versunken. Dann riss sie sich plötzlich aus ihrem Sinnen und rief: »Schwören Sie mir, nichts zu sprechen, nichts zu tun – für mich, ohne meinen Willen.« Ich versicherte es ihr.

»So wissen Sie, dass Baron D. der Urheber meiner Schande ist.«

Sie verbarg ihr Gesicht in ihre Hände und ich schwieg betroffen; denn Baron D. hatte mir in seinem Betragen gegen die Schönen Berlins das Gegenteil anzukündigen geschienen. Er war hintergangen worden. – Doch wir glauben uns oft hintergangen, wenn wir selbst hintergehen.

»Noch eine letzte indiskrete Frage«, rief sie nach kurzem Schweigen, »was schrieb er Ihnen in seinem gestrigen Briefe?«

»In seinem gestrigen Briefe?«, fragte ich verwundert über ihre Allwissenheit.

»Von dem Sie die Adresse genommen und mir gegeben«, sagte sie lächelnd.

»Ach so.« Ich sagte ihr, dass mir Baron D. geschrieben habe, dass er Leipzig auf seiner Reise nach Straßburg berühren werde und ich möchte seine bekannten und unbekannten Gläubiger auffordern, ihre Rechnungen einzureichen, damit er bei seiner Ankunft hier sie so schnell als möglich berichtigen könne.

»Mein Gott, wie dieser Mensch sich gebärdet!«, warf die Getäuschte ein. »Aber Sie sind sein Anwalt; ich melde mich bei Ihnen als seine Gläubigerin, ich habe Rechenschaft von ihm zu fordern und will sie fordern, und hätte ich einen Bruder, er würde sie ganz anders fordern.«

»Darf ich sie fordern?«

»Nein, nein! Ich bin nicht so blutgierig; ich will sie selbst fordern; ich werde Ihnen schon dankbar sein, wenn sie ihn hierher führen.«

»Hierher? Und unter welchem Vorwand?«

»Mein Gott, diese Frage! Sagen Sie ihm doch, Sie wollten ihm eine neue Amourschaft kennenlernen. Die Männer betrachten ja dergleichen so leicht, als wenn sie sich ihre Equipagen gegenseitig zeigen und nötigenfalls auch zur Nutzung überlassen. Eine Geliebte geht aus den Händen eines abreisenden Freundes in die Hände des zurückbleibenden, wie ein Möbel. Daher ein gewisser Ausdruck bei den Studenten.«

Bitter zerfleischend war dieser Worte Ton.

»Grausame«, antwortete ich, »wären Sie nicht berechtigt, ihren Zorn gegen die Männerwelt zu äußern, ich könnte Ihnen zürnen, dass Sie keine Ausnahmen machen.«

»Ich mache sie; und glaube, dass Sie mein Freund sein werden.«

»O, ich möchte als solcher die härteste Probe bestehen«, rief ich und wagte die feine, weiche Samthand zu küssen.

»Aber mir scheint, sie agieren als Freund zu lebhaft«, sagte sie mild lächelnd. Ich errötete, denn ich hatte in den letzten Augenblicken ihre Hand gefasst gehalten und unwillkürlich den Handschuh herabgezogen.

»Darf ich ihn behalten?«

»Solches gewährt man bloß dem Liebhaber, nicht dem Freund; doch da ich hoffe, in der Freundschaft glücklicher zu sein als in der Liebe, will ich die kleinern Rechte von dieser auf jene übertragen. Aber sind Sie auch unabhängig genug, um einem Weibe Freund sein zu können, welche sich in einer Lage befindet, wie ich?«

»Ich bin's, und wäre ich es nicht, ich würde mich unabhängig machen um den Preis, ewig Ihr Freund zu sein.«

»Ich will es glauben und fordere von Ihnen, als ersten Beweis der Wahrheit Ihrer Versicherung, dass Sie mir den Baron D. zur Stelle bringen. Nicht ihn will ich reklamieren, denn ich hasse ihn jetzt ebenso sehr, als ich ihn sonst liebte; aber seinen Namen will ich für das unglückliche Geschöpf einer schwachen Stunde und dann wird er mir vielleicht auch freiwillig zurückgeben, was ich nicht fordern mag!«

Ich versprach, was sie verlangte, und nannte ihr den Tag, wo er eintreffen würde.

Noch einmal durfte ich ihre Hand küssen und wähnte mich überglücklich, als ich sie leise gegen meine Lippen gedrückt fühlte.

Wir schieden.

# 4. Getäuschte Hoffnung

Baron D. kam nicht. Statt seiner ein Brief mit Geld und dem Auftrage an mich, seine Schulden zu berichtigen.

Hätte ich doch seine größte Schuld auch berichtigen können!

Statt nach Straßburg zu gehen, wollte er plötzlich Wien besuchen, und Leipzig nicht berühren.

Wird diese Nachricht Felicien angenehm sein oder nicht? Felicien, warum dieser Name? Sollte das nicht ihr Name sein, da ich mich sehr deutlich entsinnen kann, dass ihn Baron D. beim letzten Märzenschnee in Berlin häufig mit dem Stock in den Schnee, später in den Sand, in Kaffeehäusern mit dem verschütteten Kaffee auf den Tisch schrieb. Ich werde sie beim nächsten Rendezvous so nennen und dann wird sich's ergeben, ob sie wirklich so heißt.

Mein Interesse für sie wuchs mit jedem Tage und ich hätte ohne Weiteres den Liebhaber gespielt, wenn dieses nicht als eine sehr unrichtige Würdigung ihrer traurigen Lage erschienen wäre.

Ich war aber meinen Grundsätzen nach fähig, mich zum Vater eines Kindes zu erklären, dessen Vater sich schändlicher Untreue gegen die Mutter schuldig machte, in einer Lage, wo sie seiner am meisten bedurfte; der da aufhörte, Liebhaber zu sein, wo er anfangen sollte, der Gattenpflichten zu gedenken.

Es war ein mystisches Dunkel in den Verhältnissen, das Felicie allerdings wenig geneigt war, aufzuhellen.

Der Abend des zweiten »Stellensiesichein« war erschienen und ich dieses Mal eher an Ort und Stelle als meine *schöne* Klientin. Schön? Ja, schön muss sie sein; wer möchte daran zweifeln?

Nach wenigen Minuten erschien sie.

»Allein?«, rief Sie mir schon von Weitem entgegen.

»Allein!«, erwiderte ich und sagte ihr warum.

»So ist denn die letzte Hoffnung hin, meine und des werdenden Kindes Schande wenigstens mit einem Namen zu bedecken«, rief sie schmerzlich und stützte das Haupt an einen Baum. »Unglückliche, liebende Mädchen, die in unbegrenztem Vertrauen auf die unwandelbare Treue des Geliebten, ihm zu früh gewähren, was der Brautnacht bestimmt ist. Sie berauben sich eines Leitseiles, was den sinnlichen Mann bis zum Altar führt. Haben die Männer einmal nur den höchsten ihrer Wünsche erreicht, dann vergessen sie gar schnell die Pflichten gegen die, welche sich ihnen ergeben.« Weinen und Schluchzen unterbrach die Stimme des Weibes, die ich über Tränen erhaben glaubte. Aber diese weibliche Schwäche näherte mich ihr.

»Felicie!«, rief ich. »Welches Dunkel auch über Ihren Verhältnissen ruhen mag, halten Sie mich für einen zudringlichen Narren oder einen Edlen, – ein Mädchen, wie Sie, darf vor der Welt nicht mit Schande da stehen – geben Sie Ihrem Kinde einen Vater, und tragen Sie meinen

Namen; ich will Ihr Gatte sein, will Sie lieben und ehren, will Ihre Tugend schützen, und wenn ich Ihre Liebe nicht erwerben kann, doch bloß Ihr Freund sein.«

»Die Tränen und das Unglück eines schuldigen oder unschuldigen Weibes können einen fühlenden Mann wohl zu einem Schritte vermögen, wie Sie, edler Mann, tun wollen; aber fern sei es von mir, ein Opfer anzunehmen, welches gebracht zu haben, Sie später bereuen könnten. Sie halten vielleicht für Neigung, für erwachende Liebe, was bloß mitleidiges Interesse ist. Ich weise aber Ihren Antrag nicht unbedingt zurück und werde ihn annehmen, wenn Sie mir ihn in einem halben Jahre wiederholen. Bis dahin trage ich meine Schande unter fremden Namen an einem fernen Ort. Und wenn Sie ihn dann wiederholen und ich ihn annehme, werde ich Ihnen gehören. Ich fühle, dass ich einen Mann um diesen Preis *lieben* werde. Aber wer hat Ihnen meinen Namen genannt?«

»Baron D. schrieb ihn in Schnee, in Sand, überall wo Schreibmaterialien waren ...«

»Und Sie heißen ...?«

»Ferdinand!«

»*A demain*, Ferdinand!«, sagte sie, reichte mir die Hand und verschwand in der Dunkelheit der Nacht.

»Hm, ein seltenes Weib, abstoßend und anziehend, kalt und warm, aber immer groß und edel. *A demain!* Mit welchem sanften Tone sagte sie das. O wäre es schon morgen. Aber um welchen Preis habe ich dieses Versprechen erkauft; um meine Freiheit! Ich könnte zurücktreten! Hm, das hieße ihr einen schönen Begriff von den Männern beibringen. Ihre Fesseln werden doch süße, sanft, gelinde sein?« *Nous verrons.*


# 5. Ohne Titel

Während in der ganzen nachfolgenden Nacht, in immer neu sich wiederholenden Träumen, während den ganzen goldenen Morgen fortwährend das süße »A demain, Ferdinand« in meinem Innern widertönte, und ich unter diesem Glockenläuten der Liebe alle einzelnen körperlichen Formen und Züge und Umrisse Feliciens zu einem idealen Schönheitsbilde goss und diese körperlichen Vollkommenheiten mit einem strahlenden Geiste, mit einem stolzen, aber edlen Charakter belebte, und dann wiederum dieses seltene Weib in die pikante Lage versetzte, in der ich sie gefunden, während ich ihr stolzes, aber doch weiches Herz mit zornigem Unwillen erfüllte gegen den Urheber ihrer Leiden, ließ ich – und das war der schöne Zielpunkt all' meines Träumens – Wohlwollen, Neigung, Liebe für mich in ihrem Busen keimen. Sie will die Meinige werden, wenn ich meinen Antrag in sechs Monden wiederhole; um diesen Preis erduldet sie so lange ihre Schande. Sie war zu stolz, um ein Opfer anzunehmen, was ich bereuen könnte; zu edel, um nicht die aufrichtigen Regungen meines Herzens zu würdigen.

Dass sie das Pfand einer schwachen Stund unter ihrem Herzen trug, konnte meine Illusion nicht zerstören, konnte ihren Wert in keiner Hinsicht schaden.

In der höchsten Liebe sind die besten Mädchen wie die *guten*: Aus Liebe geben sie sich hin und es kommt nur auf die Schlechtigkeit, gehaltene Stufenfolge und das besonnene Feuer des Mannes an, *jede*, die ihn heftig liebt, zum *letzten* Punkte zu führen. Hier ist bloß der Mann zu verachten, denn das Weib gibt nicht den Anlass. *Liebe* aus Sinnlichkeit hat die Bessere nicht; wohl aber *Sinnlichkeit* aus Liebe.

Keine Gute glaubt, dass sie fallen könne, denn sie kennt ihren Aufopferungstaumel nicht. –

Noch eins; konnte meine Illusion nicht noch durch einen Umstand zerstört werden? Dass die Reize ihres Gesichtes denen ihres Körpers nicht glichen!

Ich war Sanguniker und wiederholte mir oft, *sie muss schön sein*. Wenn sie es aber nicht wäre? Nun, dann werde ich wohl so viel Philosophie besitzen, um, von diesem Mangel absehend, nur ihre geistige Schönheit ins Auge zu fassen, welche bleiben wird, während die mangelnde, auch wenn sie jetzt nicht mangelte, am Ende doch mangeln würde.

Ich ordnete die Angelegenheiten des Baron D. und gedachte des Glückes, das dieser in namenloser Verwirrung von sich stieß. Warum? Weil er an ihrer Tugend zweifelt? Er mag es; aber nur nicht laut; wenn sie die Meinige ist, wenn sein Kind meinen Namen tragen wird, mag er nicht höhnen, noch lächeln. –

Ich will nicht mit Goethes Graf Friedrich im Wilhelm Meister beim Anblick der schwangern Philine und dem Gedanken an ihr früheres

Übernachten bei Wilhelm stoisch ausrufen: »Wenn man so etwas nicht vertragen kann, muss man gar nicht lieben.« Hm, ich mochte es wohl ertragen, wenn Feliciens schlanke Taille sich rundet, aber nur nicht, wegen Baron D. dazu lächelt.

Aber es ist ein hartes Ding, wenn man gezwungen ist, sich je dieses Ausspruches zu bedienen und es gehört ein hart geriebenes Herz dazu, um diese traurige Überzeugung lachenden Mundes auszusprechen. Wer weiß, ob es nicht auch dem leichten Graf Friedrich einen tiefen Stich ins Herz gegeben, als er aus der frühern Leichtfertigkeit Philinens einen Scherz machte.

Aber die Gemüter sind verschieden. Ich habe gefallene Mädchen geliebt, habe sie noch geliebt, als sie, um ihre Existenz zu sichern, ihre Liebe um schnödes Geld verkauften, aber diese Liebe war ein Verbluten meines Herzens, welches das Schicksal durch irgendeinen Zufall endlich heilte.

# 6. Ungeduldsschauer

Unter die verschiedenen Unannehmlichkeiten in der Liebe gehört auch die, wenn man in der Hoffnung auf ein recht erfreuliches Rendezvous stundenlang an einem finstern, menschenleeren Orte steht und in den grauen Regenhimmel starrt, oder auf den Weg hin, woher die kommen soll, welche die Nacht der Ungeduld mit ihren hellen Strahlenaugen erhellen soll.

»A demain!«, hatte Felicie gestern freundlich gerufen, und Felicie hält Wort. Sie ist keine von denen, welche mit der Erwartung eines Mannes spielen, als wären wir bloß da, um abendelang auf sie zu warten, während es ihnen beliebt, zu Hause zu bleiben oder gar mit einem andern Nebenbuhler nach einer andern Richtung hin spazieren zu gehen.

Es hat acht Uhr geschlagen und sie ist noch nicht da. Ich fange an, Konjekturen zu machen, wo sie wohl bleiben mag. In der ersten halben Stunde sind diese Konjekturen immer zugunsten der Ausbleibenden. Sie wird Abhaltung haben, ihre Uhr geht zu spät u. dgl. m., sagt man tröstend zu sich selbst. In der zweiten halben Stunde hören die günstigen Mutmaßungen auf und stattdessen tritt ein heftiges Auf- und Niedergehen, ein starkes »Hm, hm!« und dergleichen mehr ein. In der dritten halben Stunde äußern sich alle mögliche Merkmale der vier Temperamente, wie sie ein Anthropolog in der Physiognomik der Temperamente bei Gelegenheit der Ungeduldsäußerungen geben würde, wenn er sich die Mühe nehmen wollte, auf die Rendezvous der Verliebten einzugehen. Der Choleriker flucht, tobt, droht die Fenster einzuwerfen, nennt seine Geliebte eine M... und rennt davon. Der Melancholiker ringt die Hände, guckt in die Sterne, seine Gedanken sind Untreue, Selbstmord, und wohnt seine Geliebte auf dem Glockenplatze in L..., so tritt der Kanonenteich, als das nächste Wasser mit allen seinen Schrecken, das heißt mit all' seinen im Schlamm versunkenen Kanonen vor seine Seele und er möchte sich neben sie betten aus unendlichem Kummer über der Geliebten langes oder gänzliches Ausbleiben. Der Sanguiniker hält die Mitte zwischen dem Choleriker und Melancholiker; einmal tobt er, wie der erste und dann fantasiert er, wie der zweite; er hat aber das Gute, weder davon, noch ins Wasser zu laufen. Der Pflegmatiker endlich, hält es nicht der Mühe wert, länger auf und nieder zu gehen, lehnt sich an einen Laternenpfahl und schläft ein. In der vierten halben Stunde zeigt es sich, wer den Kampfplatz behauptet. Der Choleriker ist schon fortgetobt, der Melancholiker geht seufzend nach Hause und liest Youngs Nachtgedanken, der Pflegmatiker schüttelt sich, geht nach Hause, legt sich ins Bett und wundert sich, dass seine Geliebte nicht gekommen. Was tut der Sanguiniker? Er macht's wie ich; er wartet es ab; nicht für möglich haltend, dass man ihn täuschen könne, geht er, kommt wieder, bis die Glocke zehn schlägt, denn es gelüstet ihn gar zu sehr nach einem verliebten Zwiegespräch.

Felicie kam nicht; denn es tönten die Schnarren der Nachtwächter, die Stadtlichter verschwanden und ich musste eilen, um noch ins Tor zu kommen.

*A demain* hatte sie gesagt, ohne dass ich sie dazu aufgefordert, hatte es in einem so sanften, milden, freundlichen Tone gesagt, und doch kam sie nicht. O wie sind die Weiber so seltener Art! Doch sie wird unwohl sein; dieser Gedanke folterte mich; ich ging unruhig nach Hause.

Nach solcher Täuschung konnte mein Schlaf kein ruhiger sein und ich war froh, als der morgende Tag grauete, denn der Tag zerstreuet uns ja doch immer mehr, als die Nacht, in welcher, selbst wenn wir den Schlaf erringen, doch noch unruhige Träume uns martern.

Ich sah aus meinem Fenster hinab in die Petersstraße und sah dem Treiben der Marktleute zu, als eine schwerbepackte, vierspännige Reisechaise vorüberfuhr. Eine Dame sah aus dem Wagen zu den Fenstern herauf, warf mir einen leichten Gruß und einem vor dem Portale stehenden Kellner ein Billett zu. Gott! Das musste sie sein; und wie schön! Aber sie reist fort, hat mich erkannt und verlässt mich mit einem leichten Gruße. Aber das Billett? Ja, das brachte in diesem Augenblicke der Kellner. Es ist von ihr; dieselbe Frauenhand; dasselbe Siegel. Aber wie kurz:

»*Nous nous reverrons.*«

*Pardieu*, sie ist keine von denen, welche bei dem zweiten Rendezvous hingebend lispeln: »*On ne vous peut rien refuser.*«

Soll ich Felicien nachreisen? Aber wohin ist sie? Zu welchem Tore ist sie hinaus? Allein? Mit wem? O, ja! *Mit wem?* Das zog mir die Brust zusammen; ich fühlte unendliches Wehe! Bei Gott, ich hatte dieses Weib geliebt, wie ich in meinem flatterhaften Jugendleben noch nicht geliebt, aber »Sie war liebenswürdig und ich liebte sie; ich aber war nicht liebenswürdig und sie liebte mich nicht.« Das habe ich oft zu mir sagen müssen.

Ach, die Weiber mit ihren Kälte- und Wärmegraden! Was machen sie nicht alles aus uns? Aus mir haben sie noch nicht viel Gutes gemacht. Wenn ein Jude nicht handelt, ein Theolog durchs Examen fällt, ein Jurist removiert wird, ein Mediziner durch unglückliche Kuren die Kunden verliert, wird er, was ich durch die Weiber geworden – ein Bücherschreiber. Doch über diesen Punkt lese man Jean Pauls »Grönländische Prozesse«, Artikel »Über die Schriftstellerei« aufmerksam nach. Unter die Ursachen der Schriftstellerei gehören aber auch noch die Leipziger Zimmervermieterinnen, diese jungen Witwen, Feinwäscherinnen usw. mit anständig möblierten Zimmern für solide, ledige Herren, die das teuerste Möbel für die armen Füchse werden, diese vier und fünf Treppen hoch wohnenden stillen Familien, die haben manchen zum Bücherschreiber gemacht, wenn der Alte keinen Wechsel mehr schicken wollte, um die zärtlichen Wirtinnen ins Theater oder Konzert zu führen; haben manchen auch zum Schauspieler gemacht, aufs Zuchthaus gebracht und am Ende ins Fäustchen gelacht. O an eine Madame T...n werde ich ewig denken.

# 7. Freudiger Schauer

In einer Badestadt der alten europäischen, deutschen Philisterwelt, ja, in einer Badestadt, meine schönen Leserinnen, fühlte ich den freudigen Schauer des Wiedersehens. Rümpfen Sie nur nicht die Näschen, weil Sie wissen, warum Felicie in eine Badestadt gereist ist. Eine Badestadt ist immer noch besser, als – – –.

»Sie müssen reisen«, sagte ein Arzt zu mir, den ich wegen häufigen Morgenschwindel konsultiert hatte.

»Du musst reisen«, sagte ein Freund zu mir, der da merkte, dass ich unglücklich verliebt war.

»Sie müssen reisen«, sagte ein Buchhändler zu mir, »damit Sie Reisenovellen schreiben können; Sie haben Talent dazu.«

*Pardi!* Talent zu Reisenovellen: Das ist ziehend; das die Reisekosten deckende mutmaßliche Honorar noch ziehender.

»Ich muss reisen«, sagte ich am Ende zu mir selbst, setzte mich auf die Post und reiste.

In der Badestadt R... im Herzogtum A... sah ich sie wieder, Felicien die Hohe, Stolze, Angebetete – aber nicht nach jenem Morgen, wo ich sie Leipzig verlassen gesehen – nein, nach sechs Monaten, in denen meine Ungeduld sich nicht vermindert, meine Gedanken sich nicht zerstreut, meine närrische Liebe aber sich gesteigert hatte. Ach, könnte ich nur den Leser so hinhalten, wie das Schicksal oder Felicie, im Grunde einerlei, denn die Weiber sind unser Schicksal, mich hingehalten, von der Zeit, wo man den schönen Sommer erwartet, bis zu der Zeit, wo der Winter auf herbstlichem Laube daherrauscht. Da es nun aber nicht möglich ist, eine Novelle zu schreiben, von welcher der Leser das Ende erst nach sechs Monaten liest – »Warum ist denn das nicht möglich?«, ruft mir der Redakteur eines Wochenblattes für Stadt und Land zu. »Geben Sie sie mir, ich teile sie in 26 Portionen, so dass der Leser die letzte Portion erst in sechs Monaten zu schlucken bekommt.« – »Wie viel Honorar?« – »Honorar?« – »Ja Honorar.« – »Ist Ihnen nicht die Ehre genug von 200 Abonnenten gelesen zu werden?« – »Nein! Nein! Ich brauche Geld; die Ehre ist Nebensache.« – »Alsdann muss ich danken.«

Also die letzte Hoffnung, sechs Monate zu erobern ist hin und ich muss also fortfahren:

Sechs Monate waren verflossen. (Das kann ich wohl ebenso gut sagen, als Madame Birch-Pfeiffer zwischen einem ersten und zweiten Akt zwanzig bis dreißig Jahre hinrollen lässt.) Ich fühlte noch das unendliche Wehe im Herzen, wie an jenem Tage, wo Felicie Leipzig verlassen. Ich hatte mich in verschiedenen Gauen Deutschlands herumgetrieben und sie, nach der all' mein Sinnen und Trachten gerichtet war, nicht wiedergefunden.

> Ach wie lang ist's, dass ich walle,
> Suchend durch der Erde Flur?
> Titan deine Strahlen alle,
> Sandt' ich nach der teuren Spur, etc.

So klagte ich oft im Postwagen und die Mitreisenden sagten dann: »Der arme Mensch ist gemütskrank.«

Einmal reiste ich aber mit einem höchst langweiligen *Commis voyageur*, was unartige Studenten Ellenreiter übersetzen, und um mich seines faden Geschwätzes zu entledigen, stellte ich mich häufig schlafend; weil aber auch dieses nicht half, fuhr ich plötzlich aus meinem Ecksitze, packte ihn an beiden Schultern und rief mit donnernder Stimme:

> Hast du Zeus, sie mir entrissen?
> Hat von ihrem Reiz gerührt
> Zu des Orkus schwarzen Flüssen
> Pluto sie hinabgeführt?

Das wirkte. Auf der nächsten Station setzte sich dieser junge Mensch ins Cabriolet und eine junge, liebenswürdige Dame nahm neben mir Platz. Ich liierte eine Konversation mit ihr und erfuhr, dass sie zu Verwandten nach Leipzig reise. Sie kam von Frankfurt; ich aus des Thüringer Waldes ›tiefen Gründen‹. Im »Erbprinzen« in Weimar übernachteten wir; soupierten zusammen und – am andern Morgen sah ich mich genötigt, mein unzerstört gebliebenes Bett mit der Hand zu zerstören. Als die Rechnung kam, hatte das Fräulein ihre Börse verlegt. »Hm!«, dachte ich und bezahlte. Wir kamen nach Leipzig. Den ersten Tag suchte ich Felicien, den zweiten auch, den dritten verlockten mich Freunde in einen der Venus geweiheten Tempel. Eine

Priesterin desselben kredenzte mir die Schokolade – es war meine Reisegefährtin! –

Ich fing an, daran zu denken, nicht mehr an Felicien zu denken, als ich eines Abends folgendes Gespräch an der Wirtstafel im Hotel de Baviére hörte. Ein Einheimischer fragte einen fremden Kaufmann:

»Aber mein Gott, wo sind Sie denn so lange geblieben? Die Saison ist ja längst vorüber.«

»Ja mein bester Herr N..., ich war schon auf der Rückreise, als mir ein begegnender Arzt die eisenhaltige Quelle zu R... ganz insbesondere für meine Unterleibsleiden anpries; ich machte einen kleinen Abstecher nach der genannten Brunnenstadt und fand das Wasser so gut, dass ich getrunken habe, bis gestern.«

»Ist denn der Badeort so nahe?«

»Drei Stationen.«

»Und fanden Sie denn noch Kurgäste vor?«

»Es kommen überhaupt sehr wenig hin, wie an alle derartige Orte, wo Gesundheit oder vielmehr die Erlangung derselben der einzige Zweck des Besuches sein dürfen und können.«

»Also waren Sie der letzte und einzige Brunnengast?«

»O nein! Zwei Damen tranken noch mit mir?«

»Zwei Damen? Waren sie hübsch?«

»Die eine sogar schön.«

»Dann ist's auch erklärlich, dass Sie das Wasser gut und heilsam fanden.«

»Sie irren, Bester; die schöne, junge Dame beweinte ihren vor kurzer Zeit gestorbenen Gatten und hoffte jeden Tag Mutter eines Posthumus zu werden.«

»Ah, *mon dieu*, solche Promontorien der guten Hoffnung mag ich nicht leiden; wie hieß sie denn?«

»Bewundern oder belachen Sie meine Indifferenz; ich habe nicht nach ihrem Namen gefragt.«

»Ha, ha! Sie sind der Alte!«

»Aber bei Gott, es war eine stolze, edle Gestalt, welche die Trauer nur noch interessanter machte.«

Ich brauchte nichts mehr zu hören! Dem Verliebten genügt eine ferne Ahnung eines ungewissen Glückes und er überlässt sich der Hoffnung, ohne an eine mögliche Täuschung zu denken. Ich verließ die Tafel, verließ Leipzig und befand mich wenige Stunden nach Anhörung jenes Gespräches auf der Straße nach R... Die Nacht, die Einsamkeit im Wagen fühlte ich nicht, der ich mich jeden Augenblick Felicien näherte.

»Doppeltes Trinkgeld, Schwager!«, rief ich dem Postillion zu, und die Gelbjacke fuhr, dass Kies und Funken stoben. Sein Nachfolger auf der nächsten Station tat desgleichen und so fort. Als der Morgen grauete und die herbstliche Frühsonne das grüngelbe Laub der Bäume beschien, da glänzten die Häuser des Städtchens R..., da glänzten die Badegebäude, da glänzte der Park, wo sie sich vielleicht eben jetzt erging, mir entgegen; selbst die Jacke des Postillion glänzte in höherm Gelb, die muntern Bauergesichter lachten. Alles lachte, glänzte – es war eine Jean Paul'sche Seligkeit. Und diese hing an einem so dünnen Faden – wenn jene vom Fremden gesehene Dame Felicie nicht war!

»Schnetterrengtengteng!«, schallte das Horn des Postillion. Wir fuhren in die Stadt ein; die Kleinstädter rissen die Fenster auf und grüßten; ich grüßte sie alle wieder, die mich für einen leutseligen Inkognitoprinzen hielten, denn ich war glücklich.

»Schnetterrengtengteng!«, tönte das Posthorn noch einmal und der Wagen hielt vor dem Badehotel. Ich sprang heraus; blickte am Hause hinauf; in der ersten Etage öffnete sich ein Fenster, ein Morgenhäubchen sah heraus, es war Felicie – nicht.

Schrecklich! Also getäuscht! Zerknirscht folgte ich dem Kellner, der mir nach des Wirtes Weisung in der ersten Etage ein Zimmer Nr. 3 geben sollte.

Ich ging mit ihm über den Saal; die Tür Nr. 2 öffnete sich. Eine zweite Dame im Morgenhäubchen will dem Kellner einen Auftrag zurufen und ruft:

»Gott, ist's möglich! – Herr Doktor.«

»Felicie!«, stammeln meine Lippen. Sie tritt ins Zimmer zurück; die Tür schließt sich hinter uns, und ich liege zu den Füßen der Angebeteten.

## 8. Geburtsschauer

Ich saß neben Felicen auf dem Sofa; ihre Hand ruhete in der meinigen; die Dame mit strengem Blick hatte uns verlassen. Felicie war nicht mehr die stolze, tragische Selbstmörderin; sie war ein hold lächelndes

Mädchen; ich sah nichts von dem Posthumus des Table-d'hôte-Gespräches; ich sah die schönen, blassen Züge, die tränenfeuchten Augen; ich sah das wogende Florgespinnst auf ihrer Alabasterbrust und war stumm – vor unendlicher Seligkeit. Felicie sah mich mit einem Blicke zärtlichen Wohlwollens an und führte die Katastrophe herbei mit der Frage:

»Aber wenn Sie in der Freundschaft so heftige Gefühle äußern, wie wollen Sie es erst in der Liebe machen?«

Da lag ich wieder unten auf dem Teppich zu ihren Füßen und rief: »Freundschaft habe ich nie für Sie empfunden; mein erstes Gefühl war Liebe, unendlich gesteigert durch die lange Entfernung von Ihnen; heut' erwartet sie den Todesstreich oder den Ruf zum seligsten Leben.«

»Ich werde Ihnen nicht eher antworten«, sagte Felicie wieder etwas gemessener und fast mit dem frühern Stolz, »bevor Sie nicht ruhig an meiner Seite sitzen oder« – lächelnd fügte sie das hinzu – »ich rufe meine Bonne zurück.«

Und ich saß wieder an ihrer Seite, sah ihr in das blasse, schöne Dulderingesicht mit seinem unaussprechlichen Seelenausdruck, ihre Hand ruhte in der meinigen und erwiderte manchen warmen Druck sanft lächelnd und zuweilen mit der Bonne drohend.

»Aber«, fragte sie, »wo sind Sie denn während der Zeit gewesen, dass wir uns nicht gesehen? In Leipzig waren Sie nicht.«

»Ich habe Sie gesucht, habe nach Ihnen gespäht in allen Winkeln deutscher Erde und Sie waren mir so nahe, o hätte ich dieses ahnen können.«

»Und bin Ihnen absichtlich so nahe geblieben«, entgegnete sie freundlich, »denn welches schwache Weib freut sich nicht des Beistandes eines edlen Mannes? Vergebens aber zog ich Nachrichten über Sie ein; Sie waren und blieben verschwunden.«

»Haben Sie also doch meiner gedacht?«

»So«, antwortete sie, »dass ich eifersüchtig zu werden anfing, weil ich glaubte, Sie reisten einer andern Schönen nach.«

Ich errötete und antwortete nicht, denn ich fühlte, dass ich ihr im Weimarschen »Erbprinzen« nicht ganz treu geblieben war. Doch bei einer rein platonischen Liebe kann sich die Sinnlichkeit auch einmal verirren. Felicie mochte mein schweigsames Erröten übel gedeutet haben, denn sie fuhr fort:

»Wie konnte ich auch so töricht sein, zu glauben, dass Sie einen Antrag, den Sie mir aus reinem Mitleid machten, nach sechs Monden aus Liebe wiederholen würden!« Sie vergaß ihre Zurückhaltung, wandte sich ab und weinte.

»Felicie, hören Sie mich; lassen Sie mich nicht länger auf der Folter der Ungewissheit. Wollen Sie *mein* sein? Die sechs Monden sind um, ich wiederhole den Antrag und ...«

»Lassen Sie sich nicht von den Regungen des Herzens irre leiten, Ferdinand; überlegen Sie!«

»Überlegen? An Ihrer Seite? O, ich hätte in der Einsamkeit des Reisewagens während eines halben Jahres genug Zeit zur Überlegung gehabt; aber überlegt man denn, wenn das süßeste Glück sich uns bietet, ob wir es ergreifen sollen? Felicie, noch einmal, wollen Sie *mein* sein?«

»Wenn«, sprach sie zögernd, errötend und ihr Antlitz in ihre Hände bergend, »wenn das Wesen, das ich unter meinem Herzen trage, Sie Vater nennen darf!«

»Um den Preis, Sie meine Gattin nennen zu dürfen?«, fragte ich und umarmte die geliebte Braut, sie sank an meine Brust, unsere Lippen fanden sich und ein langer, süßer Kuss voll himmlischer Seligkeit feierte unsere Verlobung. Sie erwiderte meine Zärtlichkeiten und nannte mich scherzend einen feurigen Liebhaber. Ich umschlang sie immer enger und fester, da – ward es ihr plötzlich unwohl, sie stöhnte: »Lassen Sie mich, guter Ferdinand; rufen Sie meine Bonne!«

Ich verließ sie; sie war auf das Sofa zurückgesunken. Die Bonne begegnete mir auf dem Vorsaal. »Felicie ist unwohl geworden, *ma chére*«, rief ich ihr zu; »eilen Sie ihr beizustehen.«

»*Ah mon dieu – l'enfant.*«

Sie lief zu Felicien ins Zimmer und ich fiel der Kürze halber die Treppe hinab.

Ich wusste weder Geburtshelfer noch Hebamme zu suchen, und trieb sämtliche Kellner mit ihren grünen Jacken und weißen Servietten in alle Winde; und als ich endlich die beiden Leute ankommen sah, von deren Geschicklichkeit oder Ungeschicklichkeit das Wohl und Wehe Felicens abhing, da litt es mich nicht mehr in meiner Stube, wo ich die Schmerzenslaute der Leidenden hörte, ich stürmte hinaus in die laubbedeckten Gänge des Parkes.

Nach einer Stunde kehrte ich zurück; der Herr Doktor verließ soeben das Haus; kein Liebhaber kann die Gefühle nachempfinden, die in meinem Innern wogten, als ich die Treppe hinauf stieg und mich Feliciens Zimmer näherte. Der junge Gatte, der zum ersten Male Papa geworden, kann sich allein an meine Stelle denken. Das Schmerzenszimmer öffnete sich; die Hebamme schob ihre Haube heraus und winkte mir. Ich trat in das Zimmer, wie ein Heide, der zum ersten Male in einen christlichen Tempel tritt.

Da lag Felicie im blendend weißen Schmerzensbette, die bleichen, schönen Züge zeugten von dem überstandenen Leiden, lächelnd, matt, aber süß lächelnd, reichte sie mir die Hand und wies auf den kleinen, schlafenden Weltbürger an ihrer Seite. Sie winkte der Bonne und Hebamme, das Zimmer zu verlassen, und ich kniete an ihrem Bette nieder.

»Noch sind Sie frei, Ferdinand! Den Antrag, den Sie der stolzen Unglücklichen machten, werden Sie vielleicht der kranken Wöchnerin nicht wiederholen. Aber sehen Sie, die Natur hat selten gespielt.« Sie reichte mir den holden, schlafenden Engel, ich nahm ihn in die zitternden Hände und – Wunder! – seine Züge waren die meinigen.

»Sähen Sie erst seine Augen«, fuhr Felicie fort, »Sie fänden ganz Ihr Ebenbild.«

»So hätte Goethe recht in seinen Wahlverwandtschaften?«, fragte ich.

»Ja«, erwiderte Felicie lächelnd, »er muss wohl recht haben, da ich mit diesem Wesen unter meinem Herzen mehr und mit liebenderem Interesse an Sie gedacht habe, als mein Mund Ihnen bis jetzt verraten durfte.«

Glücklich durch dieses Geständnis, fragte ich: »Felicie, wann werden Sie mein sein, ganz mir angehören?«

»Bald, recht bald, mein Ferdinand«, entgegnete Felicie und schlang, als ich sie küsste, den Arm um mich und zog mich innig an ihre Brust.

Der Kleine erwachte aus seinem ersten Schlafe, und wirklich – meine Augen lächelten mich an aus dem Kinde meiner Braut.

# 9. Letzter und Hauptschauer

Schriebe oder dichtete ich ein Epos, gleichviel, ob ernst, ob komisch, ich würde hier nichts Besseres tun können, als die Musen, Apollo und einige andere heidnische Gottheiten in aller Form anzurufen, damit ich das Schwerste von allem glücklich vollbrächte, nämlich das Ganze mit einem recht anständigen Schluss und Knalleffekt krönte.

Sechs Wochen waren vergangen und mein kleiner Stiefsohn lachte an dem blühenden Busen der Mutter ganz mit meinem Lachen. »Nicht ähnlicher könnte dir dieses Kind sein, wenn es dein leibliches wäre«, sagte dann oft die glückliche Mutter und küsste den kleinen Ferdinand, während der große Ferdinand die hold errötende Wange der Verschämten mit Küssen bedeckte.

Felicie war eine liebende Braut und ich war glücklich an ihrer Seite. Für die Umgebung war ich ihr Bruder. Doch die Männer sind begehrliche Geschöpfe; ich brannte vor Ungeduld, Felicien an den Altar zu führen. Das durfte nun freilich nicht in der Badestadt geschehen, wo mein kleiner Stiefsohn für einen Posthumus galt. Ich drängte Felicien, den Wohnsitz zu wechseln. Siehe, da kam noch eine Bedingung! Ich lächelte, als Felicie mir versprach, mir sogleich zum Altar zu folgen, wenn ...

»Wenn?«, fragte ich. »Teure Felicie, wirst du nicht noch ein ›Wenn‹ und ein ›Aber‹ einwenden, wenn wir Hymens Tempel betreten.« Felicie errötete und sagte nach einer kleinen Pause: »Dieses einzige letzte ›Wenn‹ erfülle mir noch, teurer Ferdinand; es dient zu meiner und deiner Ruhe; zu unserer ehelichen Glückseligkeit. Veranlasse den Baron D..., der, nachdem ich mich ihm als Braut ergeben, mich verschmähet, den Grund anzuführen, warum er treulos gehandelt.«

Ich machte Einwendungen, beteuerte Felicien, dass sie mir ewig teuer sein werde, dass nichts mir ihre reinen Gesinnungen verdächtigen könne, aber sie bat – und küsste das »Ja« gar bald von meinem Munde.

Felicie tat Unrecht, in meinem Herzen gewaltsam den Gedanken zu erwecken, dass sie einen andern schon mit ihrer höchsten Gunst beglückt habe; aber mein Vertrauen war stark genug, dass sich diesem wohl etwas peinlichen Gedanken auch nicht der geringste Zweifel an ihrer Tugend beimischte. Sie hatte gesündigt, was tausend Bräute sündigen, wenn der Altar nahe genug ist, um die Schwachheit eines verliebten Momentes mit christlichem Mantel zu bedecken. Sie hatte ihre Liebe, rein und geläutert auf mich übergetragen, auf mich, der ich nichts weniger als ein Tugendheld gewesen.

Der Zufall begünstigt oft unsere grillenhaftesten Wünsche. Baron D. hatte mir seit seiner Abreise nach Wien nicht wieder geschrieben. An dem Tage, wo Feliciens Wunsch mir die Aufgabe stellte, seinen Aufenthalt zu ermitteln, um ihn zu einer Erklärung zu veranlassen, empfing ich nachstehenden Brief von ihm:

Mein lieber Doktor,
Ich suche Sie überall und finde Sie nirgends, weil Sie an einem obskuren Badeort in den Armen der Liebe liegen. Ha, ha! Und in welchen Armen! Doktor, Sie sind bei Gott zum Dichter geboren, denn Ihre Fantasie scheint stark genug zu sein, einem weiblichen Wesen Tugend anzudichten, welche fähig war, einen liebenden Bräutigam vierzehn Tage vor der Hochzeit auf das Schändlichste zu hintergehen. Ha, ha! Wird Ihr Doktormantel weit genug sein, das zu bedecken, was ich der Welt enthüllen könnte? Grüßen Sie Ihren Engel
von

Ihrem Freunde

Fr. v. D...

Ich hatte mit steigendem Schrecken, mit Erblassen und Zittern das höhnende Billett zu Ende gelesen, das mir meinen Himmel und meinen Engel raubte und Felicie hatte mich beobachtet. Ich konnte und wollte ihr den Inhalt des Briefes nicht verhehlen und ließ es geschehen, dass sie den Brief aus meinen Händen nahm und las. Als sie gelesen, knitterte sie konvulsivisch das Papier zusammen und sprach mit Seele und Leben durchschneidendem Tone, während sie sich kaum aufrecht zu halten vermochte:

»Sie sind frei.«

Dann sank das hohe, schöne Weib auf das Sofa, bedeckte ihr blasses Gesicht mit ihren Händen und rief:

»Elender, war es dir nicht genug, den Frieden, die Unschuld meines Herzens zu rauben, musst du mich mit ewiger Schmach bedecken?«

Sie weinte; das Übermaß des Schmerzes hatte ihren stolzen Gleichmut gebrochen.

Ich war vor ihr auf die Knie gesunken und versicherte ihr mit tausend Schwüren, dass nichts mir den Glauben an ihre Unschuld rauben könnte. Sie hörte mich nicht.

Da öffnete sich die Tür; ich sprang auf. Ein Kellner meldet den Baron D...

»Baron D...?«, rufen wir beide mit Entsetzen, Felicie, die ihr tränenfeuchtes Antlitz emporhob und ich.

»Er wünscht, Sie allein zu sprechen, Herr Doktor«, fügt der Kellner hinzu. Ich wollte hinauseilen.

»Bleiben Sie, Ferdinand; diese letzte Gnade erflehe ich von Ihnen. Lassen Sie ihn hierher kommen.« Die letzten Worte sagte Felicie zum Kellner und dieser verließ das Zimmer.

Baron D... trat ein; blieb aber auf der Schwelle der Tür stehen. Sein Brief lag am Boden; er konnte ahnen, was vorgegangen war.

»Ich glaubte Sie allein zu treffen, Herr Doktor«, hob er endlich an.

»Vielleicht um desto ungestörter Ihr Opfer von Neuem zu zerfleischen?«, fragte Felicie mit bitterm Tone.

»Nicht doch, gnädiges Fräulein – oder Frau«, verbesserte er mit einem höhnenden Blick auf das schlafende Kind in der Wiege, »es könnte eine Unterredung mit dem Herrn Doktor vielleicht dazu dienen, dass nicht ein zweites Herz durch Sie gebrochen werde.«

»Das Ihrige brach wohl, als Sie den heroischen Entschluss fassten, mich, nachdem ich Ihnen der Liebe höchste Gunst gewähret, schmachvoll zu verlassen?«

»Wenn Sie mir ein so schönes Geschenk zudachten«, höhnte der Baron, »so bedaure ich unendlich, es nicht empfangen zu haben.«

»Herr, lästern Sie sich nicht selbst; denken Sie an jenen Abend, wo Sie nach einem kleinen Zwiste mit mir aus dem Theater nach Hause fuhren.«

»Fürwahr, ich erinnere mich desselben nicht«, entgegnete der Baron.

»Man hatte Griseldis gegeben; ich traf Sie in der äußeren Galerie vor den Parterrelogen, Sie bestellten einen Wagen, wir fuhren zusammen vor meine Wohnung, Sie sprachen wenig oder gar nicht, aber Ihre Küsse versicherten mir, dass Sie mir verziehen hatten und ...«

»Und ich versichere Sie, dass ich an jenem Abende weit entfernt war, zu küssen und wieder geküsst zu werden; ich lag im Duell verwundet in einem nahen Dorfe und dachte an Sie, für deren Namen ich mich geschlagen. Ich erlitt also an diesem Tage eine zweimalige Niederlage, wovon ich mir wenigstens die im Duell hätte ersparen können«, erwiderte immer bitterer der gereizte Baron.

»Theodor«, rief jetzt verzweiflungsvoll Felicie und ich erstarrte bei Nennung dieses Namens. »Theodor, um Ihrer einstigen Seligkeit willen, gestehen Sie, dass Sie an jenem Abende sich mit mir ins Haus drängten, dass ich Sie beschwor, kein lautes Wort zu reden, dass Sie mir auf mein Zimmer folgten, dass Sie mich hinderten, Licht zu machen, und dass ich Ihrem Wunsche geneigt war, weil ich an unsere nahe Verbindung dachte; der Ring, den ich Ihnen noch in jener Nacht schenkte, muss Sie an alles erinnern.« Bei diesen Worten überdeckte tiefe Schamröte Feliciens schönes Antlitz; aber der Baron achtete es nicht und schonungslos antwortete er:

»Dass Sie mich für den Räuber Ihrer Unschuld halten, kann mich nicht aus der Fassung bringen, als dass es nunmehr scheinen könnte, als wolle ich den geschenkten Ring verleugnen und mich eines Ringdiebstahles schuldig machen.«

»Viper!«, kreischte Felicie und klammerte sich an die Wiege des erwachenden Kindes. Wir sahen beide hin; ich erkannte deutlicher als je die Züge meines Gesichtes in dem unschuldigen Antlitz des Säuglings; und der Baron sagte:

»Doktor, wenn ich nicht wüsste, dass Sie zu jener Zeit in Paris gewesen, dieses Kind könnte wider Sie zeugen und mich veranlassen, Genugtuung zu fordern.«

»Fordern Sie Genugtuung, ich gebe Sie Ihnen, aber verkennen Sie jene unglückliche Getäuschte nicht. Hören Sie, als Ihnen Felicie nach jener Nacht geschrieben, dass Sie durch eine schnelle Verbindung den möglichen Folgen Ihrer Liebe vorbeugen möchten und Sie Felicien deshalb verließen, weil Sie dieselbe für untreu halten mussten, – war ich es gewesen, der Feliciens Irrtum, der die Nacht, die Gelegenheit, die reuige Stimmung Ihrer Geliebten benutzte und Vater jenes Kindes ward. Ihnen, Baron, gebe ich jede Genugtuung, die Sie nur verlangen, aber Sie Felicie – werden Sie den Vater Ihres Kindes verdammen?« Ich war bei diesen Worten zu ihren Füßen gesunken und reichte ihr den Ring. Sie starrte mich sprachlos an, dann nahm Sie den Ring, nahm das lallende Kind aus der Wiege und ging, eine zweite Griseldis, an mir vorüber mit den Worten:

»Wer also handeln konnte an eines fremden Mannes Braut, verdient selbst die Hand einer Schmachbedeckten nicht.«

Sie ging in das Nebenzimmer und riegelte sich ein. Ich folgte dem Baron in den nahen Park. Er hatte den ersten Schuss und traf. Ich ward verwundet hinweggetragen, während er mit raschen Pferden fernen Gegenden zueilte.

## Dekadente Erzählungen

Im kulturellen Verfall des Fin de siècle wendet sich die Dekadenz ab von der Natur und dem realen Leben, hin zu raffinierten ästhetischen Empfindungen zwischen ausschweifender Lebenslust und fatalem Überdruss. Gegen Moral und Bürgertum frönt sie mit überfeinen Sinnen einem subtilen Schönheitskult, der die Kunst nichts anderem als ihr selbst verpflichtet sieht.

**Rainer Maria Rilke** Die Aufzeichnungen des Malte Laurids Brigge **Joris-Karl Huysmans** Gegen den Strich **Hermann Bahr** Die gute Schule **Hugo von Hofmannsthal** Das Märchen der 672. Nacht **Rainer Maria Rilke** Die Weise von Liebe und Tod des Cornets Christoph Rilke

*ISBN 978-3-8430-1881-4, 412 Seiten, 29,80 €*

## Erzählungen aus dem Sturm und Drang

Zwischen 1765 und 1785 geht ein Ruck durch die deutsche Literatur. Sehr junge Autoren lehnen sich auf gegen den belehrenden Charakter der - die damalige Geisteskultur beherrschenden - Aufklärung. Mit Fantasie und Gemütskraft stürmen und drängen sie gegen die Moralvorstellungen des Feudalsystems, setzen Gefühl vor Verstand und fordern die Selbstständigkeit des Originalgenies.

**Jakob Michael Reinhold Lenz** Zerbin oder Die neuere Philosophie **Johann Karl Wezel** Silvans Bibliothek oder die gelehrten Abenteuer **Karl Philipp Moritz** Andreas Hartknopf. Eine Allegorie **Friedrich Schiller** Der Geisterseher **Johann Wolfgang Goethe** Die Leiden des jungen Werther **Friedrich Maximilian Klinger** Fausts Leben, Taten und Höllenfahrt

*ISBN 978-3-8430-1882-1, 476 Seiten, 29,80 €*

## Erzählungen aus dem Sturm und Drang II

**Johann Karl Wezel** Kakerlak oder die Geschichte eines Rosenkreuzers **Gottfried August Bürger** Münchhausen **Friedrich Schiller** Der Verbrecher aus verlorener Ehre **Karl Philipp Moritz** Andreas Hartknopfs Predigerjahre **Jakob Michael Reinhold Lenz** Der Waldbruder **Friedrich Maximilian Klinger** Geschichte eines Teutschen der neusten Zeit

*ISBN 978-3-8430-1883-8, 436 Seiten, 29,80 €*